Alex George
An jenem Tag in Paris

Alex George

AN JENEM TAG IN PARIS

Roman

Aus dem Englischen
von Sabine Thiele

PENDO

Mehr über unsere Autoren und Bücher:
www.piper.de

Wenn Ihnen dieser Roman gefallen hat, schreiben Sie uns
unter Nennung des Titels »An jenem Tag in Paris« an
empfehlungen@piper.de, und wir empfehlen Ihnen gerne
vergleichbare Bücher.

Die Zitate auf Seite 209 stammen aus:
Walt Whitman, Aus der endlos schaukelnden Wiege,
in: Grasblätter, S. 313 ff. Deutsch von Jürgen Brôcan,
Carl Hanser Verlag GmbH & Co. KG, München 2009.

ISBN 978-3-86612-494-3
© Alex George 2020
Titel der englischen Originalausgabe:
»The Paris Hours«, Flatiron Books, New York 2020
© der deutschsprachigen Ausgabe:
Pendo Verlag in der Piper Verlag GmbH, München 2021
Satz: Uhl + Massopust, Aalen
Gesetzt aus der Dante MT Pro
Druck und Bindung: GGP Media GmbH, Pößneck
Printed in Germany

Für Hallam

INHALT

7

KAPITEL I

STICHE

Der Armenier arbeitet im Licht einer einzelnen Kerze.
Vor ihm auf dem Tisch liegen seine Werkzeuge: eine
Spule mit Baumwollfaden, ein rechteckiges Stück Stoff,
eine Schere, eine Nadel.

Die Flamme flackert, die Schatten wandern wie tan-
zende Geister über die Wände des winzigen Zimmers.
Souren Balakian faltet den Stoff in der Mitte, überprüft,
ob die Kanten sauber aufeinanderliegen, dann nimmt
er die Schere. Er spürt den Widerstand unter den Fingern, als die Stahlklingen in das Material schneiden. Wie
immer genießt er diesen kleinen Moment des Trotzes,
bevor er leichten Druck ausübt und die Schere durch den
doppelt gelegten Stoff gleitet. Er führt sie einen wohl-
bekannten Umriss entlang und vertraut dabei allein auf
sein Augenmaß. Unzählige Male schon hat er diese Arbeit
ausgeführt, in so vielen Nächten, dass er nichts mehr messen muss. Torso, Arme und der Halsausschnitt – ein weiter Bogen, um Platz für den übergroßen Kopf zu schaffen.

Als er fertig ist, liegen zwei identische Stoffstücke auf dem Tisch vor ihm. Er wischt die Reste auf den Boden und greift zu Nadel und Faden. Auf die Trennung folgt die Wiedervereinigung. Er hält die zwei Stoffstücke exakt übereinander und schiebt die Nadel durch beide Schichten. Dann zieht er den Faden fest. Als würde er sein Leben wieder zusammensetzen, so wild entschlossen arbeitet er. Er kneift die Augen zusammen und achtet auf eine gleichmäßige Länge der Stiche. Als er fertig ist, reißt er den Faden mit einer scharfen Drehung seiner Finger ab und hält das Kleidungsstück mit einem zufriedenen Laut ins Halbdunkel.

Nacht für Nacht sitzt Souren an seiner Werkbank und näht ein neues Gewand. Am nächsten Abend wird es verschwunden sein, eine Wolke aus grauer Asche im Wind, und dann wird er sich hinsetzen und wieder eines nähen.

Er legt das fertige Kleidungsstück auf den Tisch, steht auf und mustert die Reihen blickloser Augen, die in den Raum starren. Handpuppen mit hölzernen Köpfen hängen nebeneinander an der Wand. Beleibte Könige und wunderschöne Prinzessinnen. Tapfere Männer mit gefährlichen Augen, eine hagere Hexe mit Warzen am hässlichen Kinn. Pausbäckige Kinder mit Augen, die zu groß und zu unschuldig für diese kunterbunte Truppe sind. Ein Wolf.

Sie alle sind jetzt Sourens Familie.

Er nimmt einen Jungen namens Hector vom Haken und trägt ihn zum Tisch, wo er ihm die soeben genähte Tunika über den Kopf zieht. Er dreht die Puppe zu sich und begutachtet sein Werk. Hector ist ein hübscher Bursche mit einer Knopfnase und rosigen Wangen. Das Gewand passt ihm gut. Die Puppe verbeugt sich ein wenig und winkt ihm zu.

»Ah, Hector«, flüstert Souren traurig. »Du freust dich immer so, mich zu sehen, auch wenn du weißt, was dir bevorsteht.« Er sieht auf die Uhr an der Wand. Mitternacht ist schon lange vorbei. Der neue Tag hat bereits begonnen.

Jeden Abend kämpft Souren so lange wie möglich gegen den Schlaf an. Er arbeitet bis spät in die Nacht, verpasst den Puppen einen neuen Anstrich und näht ihnen im Kerzenlicht neue Kleider. Bis ihm die Augen zufallen, bleibt er an seiner Werkbank. Das Unausweichliche kann er nicht ewig von sich fernhalten. Seine geliebten Puppen können ihn nicht vor den Dämonen beschützen, die ihn durch die dunkelsten Tiefen der Nacht verfolgen.

Am Ende holen ihn seine Träume immer ein.

KAPITEL 2

EIN UNANGENEHMES ERWACHEN

Tock-tock-tock.

Guillaume Blanc setzt sich abrupt im Bett auf. Sein Herz hämmert gegen die Rippen, sein Atem geht hektisch und stoßweise. Er sieht zur Tür und wartet auf die nächste Attacke.

Die geflüsterten Worte, die er durch die Tür gehört hat, dröhnen jetzt laut in seinen Ohren: drei Tage.

Tock-tock-tock.

Er lässt die Schultern sinken. Niemand klopft, nicht heute. Das Geräusch kommt aus der Nähe. Guillaume dreht sich um und späht durch das Fenster über dem Bett. Das erste Morgenlicht überzieht den Himmel. Von hier oben im sechsten Stock erstrecken sich die Dächer der Stadt unter ihm, ein glitzerndes Füllhorn aus Schiefer und Glas, ein Teppich aus Kuppeln und Türmen. Da ist der Übeltäter: ein Specht mit üppig schwarz-weiß-rotem Gefieder. Er kauert auf halber Höhe am Fensterrahmen, starrt mit schwarz glänzenden Augen auf das Holz, als überlege er, was er als Nächstes tun soll.

Tock-tock-tock.

Es ist früh, viel zu früh, als dass an diesem Morgen etwas Gutes passieren könnte.

Das Adrenalin ebbt ab, und Guillaume spürt seine pochenden Schläfen. Er rollt sich herum, entdeckt ein Glas mit milchigem Wasser auf dem Boden neben dem Bett und trinkt es durstig aus. Mit seiner schmutzigen Handfläche reibt er sich über die Stirn. Ein Ozean aus Schmerz, genug, um darin zu ertrinken. Eine leere Weinflasche liegt in der Mitte des kleinen Zimmers. Er hat sie aus der hintersten Reihe in Madame Cuillasses Küchenschrank genommen, als er am Abend zuvor ins Haus gestolpert war. Sie war mit Staub überzogen und in Vergessenheit geraten, nicht einmal gut genug für ihr Coq au Vin. Doch Guillaume war schon zu betrunken, um sich noch darum zu scheren.

Tock-tock-tock.

Der Specht scheint auf Guillaumes Nasenspitze zu sitzen und ihm den scharfen kleinen Schnabel genau zwischen die Augen zu rammen. Wie bezeichnend für sein Glück, denkt er. So ein Vogel hat in den schmutzigen, engen Straßen von Montmartre nichts zu suchen. Er sollte frei mit seinen Brüdern und Schwestern im Bois de Boulogne herumfliegen, fröhlich auf Baumstämme einhämmern und nicht den Fensterrahmen von Guillaumes Atelier malträtieren. Und trotzdem ist er hier.

Tock-tock-tock.

Der Kopf des Spechts verschwimmt beim erneuten, rasend schnellen Angriff auf den Fensterrahmen, dann wieder verharrt er bewegungslos. Was geht ihm in solchen Momenten nachdenklicher Stille durch den Kopf?, wundert sich Guillaume. Fragt sich der Specht: Wer bin ich eigentlich, wenn ich nicht auf Holz einhacke? Bin ich dann – Gott bewahre – nur ein *Vogel*?

Drei Tage.

Guillaume stöhnt leise. Blitze explodieren hinter seinen Augen. Seine Gedanken wandern zurück zur vergangenen Nacht. Er marschierte durch Montmartre und versuchte verzweifelt, seinen Problemen zu entfliehen, als er Emile Brataille allein in der Bar am Ende der Straße sitzen sah. Brataille ist ein Kunsthändler, der einen Großteil seiner Zeit am Tresen des Cafés *Closerie des Lilas* verbringt, den Sammlern und Künstlern Honig ums Maul schmiert, Geschäfte macht und bei jedem verkauften Gemälde eine fette Provision einstreicht. In Montmartre gibt es für ihn nichts mehr zu tun: Die Maler, deren Werke an den Wänden seiner prunkvollen Galerie am Boulevard Raspail hängen, haben Guillaumes *quartier* gegen die belaubten Boulevards von Montparnasse eingetauscht, wo der Wein besser ist, die Austern fetter, die Frauen schöner. Guillaume schob die Tür auf und setzte sich auf den Stuhl neben Brataille.

Der Alkohol schwappt noch immer träge durch seine Adern. Wie viel haben sie in dieser Nacht eigentlich getrunken?

Nachdem sie drei oder vier Karaffen geleert hatten, machte Emile Brataille sein trauriges Geständnis: Er war nach Montmartre gekommen, um Thérèse seine Liebe zu gestehen, doch sie wollte nichts von ihm wissen. Und jetzt saß er hier und ertränkte seine Trauer.

Thérèse ist eine Prostituierte, die an der Ecke Rue des Abbesses und Rue Ravignan arbeitet, neben dem *Le Chat Blanc*. Guillaume kennt sie, wenn auch nicht durch ihren Beruf: Er hat sie schon oft gemalt. Befeuert vom Wein schmückte er diese Bekanntschaft zu einer ergebenen Freundschaft aus und bot Brataille an, er könne vielleicht ein gutes Wort für ihn einlegen. Da weinte der Kunsthändler betrunkene Tränen der Dankbarkeit. Wie kann ich mich dafür je erkenntlich zeigen?, fragte er. Guillaume kratzte sich am Kinn. Du kennst nicht zufällig ein paar reiche, Kunst liebende Amerikaner, oder?

Brataille begann zu lachen.

Und so waren sie im Geschäft. Guillaume würde mit Thérèse reden, und im Gegenzug würde Brataille ein paar reiche Ausländer zu ihm schicken. Und wer wusste schon, was sich daraus ergab? Wunder geschahen: Der versoffene Bock Soutine hatte einen amerikanischen Arzt überzeugt, jedes verdammte Gemälde zu kaufen, das er je produziert hatte. Guillaume prostete dem Kunsthändler zu, den er nicht besonders mochte, und mit jedem Schluck Wein wurde der Weg zum Erfolg immer deutlicher. Seine betrunkene Fantasie jagte geradewegs auf eine Zukunft voller Ruhm und unermesslicher Reichtümer zu.

An den Heimweg kann er sich nicht erinnern.

Die Euphorie hat die Nacht nicht überlebt.

Die flüsternde Stimme vor der Tür. *Drei Tage.*

Heute ist der dritte Tag.

KAPITEL 3

RHAPSODIE

Jean-Paul Maillard schließt die Augen und träumt von Amerika.

Mit einem hauchfeinen statischen Seufzen setzt die Nadel auf der rotierenden Schallplatte auf.

Verzaubert lauscht er der Musik.

Diese Klarinette! Der erste leise Triller voller Verhei-ßung – dann das Solo, das sich in den Himmel hinauf-schraubt und geschmeidig durch die Register schwebt. Als diese ekstatische hohe Note, die so klar und wun-derschön ist, seine Ohren erreicht, ist Jean-Paul bereits weit weg.

Er fliegt durch das offene Fenster auf die Rue Barbette und über die Kopfsteinpflasterstraßen des Marais, im-mer weiter nach Westen. Im nächsten Moment ist er über den dunklen Weiten des Atlantiks.

Die Musik lockt ihn, nimmt ihn mit sich.

Er schwebt hoch über der Stadt mit ihren Wolken-kratzern, die von ihm erobert werden will. Im vorwärts-treibenden Zusammenspiel des Orchesters hört er das tiefe, einschmeichelnde Rattern eines Zugs der Linie A nach Harlem. In den glühenden Arpeggio-Attacken des Klaviers ahnt er neue Welten. Bilder streichen an ihm vorbei wie der Verkehr, der die pfeilgeraden Straßen entlangströmt. Perfekte Reihen von hüft- und beinschwingenden Revuetänzerinnen, deren kirschrote Lippen im Scheinwerferlicht glänzen. Ein livrierter Türsteher eilt auf die belebte Straße und hält ein Taxi an. Elegante Damen treten durch die Türen des Kaufhauses Bergdorf Goodman. Nach der neuesten Mode gekleidete Männer mit Two-Tone-Schuhen, die Hüte tief ins Gesicht gezogen, stecken an einer Straßenecke die Köpfe zusammen.

Wenn Jean-Paul Maillard von Amerika träumt, dann von New York City.

Doch die überwältigenden Synkopen enden irgendwann. Die Musik verstummt, der Zauber ist gebrochen. Zögernd öffnet Jean-Paul die Augen. Amerika hat sich wieder aus seiner schäbigen französischen Wohnung zurückgezogen. Er sieht sich um. Früher einmal war es hier so hell und ordentlich, so sauber. Jetzt ist jede Oberfläche mit einer dicken Staubschicht bedeckt. Die Tapete schält sich langsam von den Wänden. Ein dunkelbrauner Fleck hat eine Ecke der Zimmerdecke erobert. Die Schallplatte dreht sich immer noch auf dem Grammophon. Die Stille wird sanft von dem weichen, rhythmischen Sprung der Nadel auf dem Vinyl unterbrochen, so regelmäßig wie ein Herzschlag. Jean-Paul steht nicht auf, um das Grammophon auszuschalten. Ihm gefällt das Geräusch.

Das dämmrige Morgenlicht fällt durch das Fenster. Es

ist Jahre her, dass Jean-Paul eine Nacht durchgeschlafen hat. Jeden Tag reißt ihn sein kaputtes Bein in den frühen Morgenstunden aus dem Schlaf. Dann sitzt er in seinem Lehnsessel, hört George Gershwin und denkt an die Lichter von Manhattan.

Soldaten waren die ersten Amerikaner, denen er begegnete. Seine Aufgabe war es, über ausländische Truppen zu berichten, die in Frankreich kämpfen sollten. Dafür besuchte er ein Militärkrankenhaus, in dem sich Soldaten von ihren Kriegsverletzungen erholten. Trotz ihrer schwerbeschädigten Körper waren sie überraschend fröhlich. Diese jungen Männer kamen aus Gegenden, von denen Jean-Paul noch nie gehört hatte – Maine, Missouri, Montana –, und befanden sich auf dem ersten großen Abenteuer ihres Lebens. Auf fremdem Boden für den Frieden zu kämpfen – was konnte aufregender sein? Sie waren so groß, so gut aussehend, so völlig frei von Zweifeln. Nicht einmal die Verletzungen konnten dem Glauben dieser Männer an ihr großartiges persönliches Schicksal etwas anhaben. Jean-Paul war gefangen in seinen Erinnerungen an das Gemetzel auf den Schlachtfeldern im Norden des Landes, doch die Amerikaner ließen das alles mühelos hinter sich, abgelenkt von den Verheißungen der Zukunft.

Amerika: Das war für Jean-Paul ein Synonym der Hoffnung.

Diese jungen Soldaten erschufen ganze Welten in ihren Köpfen, während sie sich in ihren Krankenhausbetten erholten. Sie träumten von Geld, Autos und Liebe – aber vor allem von Geld. *Le rêve américain* – der ameri-

21

kanische Traum beherrschte ihre fieberhaften Fantasien. Sie malten sich ihre Zukunft in den prächtigsten Farben aus, stärkten ihre aufwendigen Traumgebilde mit der Kraft ihres jungen Willens gegen die unnachgiebige Realität. Es kümmerte sie nicht, wie unwahrscheinlich das alles war. Optimismus in diesem geradezu überirdischen Ausmaß war eine Kunst, und die verwundeten Kadetten bildeten keine Ausnahme. Das ganze Land scheint ein verblüffendes, ein geradezu überwältigendes Talent dafür zu haben. Nichts von dem Zynismus, vom Überdruss an der Welt ist da zu spüren, der den Einwohnern des müden, alten Frankreichs die Kraft raubt; Amerika ist zu unerfahren, um es besser zu wissen. Natürlich muss Jean-Paul dieses Land lieben. Seit dem Ostersonntag 1918 weiß er nur zu gut, was es heißt, eigentlich keine Chance zu haben.

Mit einer Grimasse hievt er sich auf die Füße. Sein Knie knackt in grellem Schmerz. Mittlerweile hätte er in der brutalen Vertrautheit der Qualen eine Art morbiden Trost finden müssen, doch immer noch stöhnt er jeden Morgen in frischem Entsetzen. Er hinkt zum Badezimmer.

Zeit, sich einem neuen Tag zu stellen.

KAPITEL 4

RITUAL UND GEDENKEN

Die Frau und ihre Tochter verlassen die Metro-Station und bleiben einen Moment am Kopf der Treppe stehen. Die Frau blickt in den wolkenlosen blauen Himmel. Als sie von ihrem Hotel aufgebrochen sind, hat das erste Licht des Tages die Straßen von Saint-Germain noch kaum erhellt. Jetzt scheint die Sonne. Es wird ein warmer Tag.

Auf der anderen Seite des Boulevard de Ménilmontant befindet sich ein Café, das zu dieser Stunde bis auf ein, zwei Frühaufsteher leer ist, die sich über dampfende Tassen mit Kaffee beugen, und einen Kellner, der hinter dem Tresen Gläser poliert. Die Morgenbrise weht den buttrigen Geruch nach frisch gebackenen Croissants herüber. Das Mädchen umklammert einen kleinen Kamelienstrauß. Im Gegensatz zur Schönheit des Morgens ist sein Gesicht eine einzige Gewitterwolke. Die Frau blickt auf ihre wütende Tochter hinunter und bedauert – nicht zum ersten Mal –, darauf bestanden zu haben, dass sie sie heute begleitet. Kurz überlegt sie, ihren Plan aufzugeben, sie kann später immer noch allein wiederkommen.

Das Mädchen deutet über die Straße. »Kann ich ein Croissant haben?«, fragt es.

Es ist unglaublich, denkt die Frau, wie Kinder so viel übellaunige Ablehnung in fünf einfache Wörter legen können. Frische Entschlossenheit lässt sie den Rücken straffen. »Nein, Marie«, antwortet sie scharf. »Kein Croissant. Komm weiter.«

Das darauffolgende Seufzen drückt zu gleichen Teilen Wut und triumphale Bestätigung aus. *Natürlich* bekommt sie kein Croissant.

Zu dieser Uhrzeit ist die Avenue Gambetta verlassen, bis auf einen Taubenschwarm, der müßig auf dem Gehsteig herumpickt. Schweigend gehen die beiden die Anhöhe hinauf. Die hohen Mauern des Friedhofs werfen Schatten auf die Straße. Er wird erst in ein paar Stunden geöffnet, doch in der nordwestlichen Ecke befindet sich, halb verborgen hinter einer bröckelnden Mauer, ein kleines Tor, das unbewacht und unverschlossen ist.

»Ich verstehe immer noch nicht, warum du Blumen auf das Grab legen willst«, sagt das Mädchen, bestimmt zum zehnten Mal heute Morgen.

»Weil wir, *ma chérie,* so die Toten ehren.«

»Aber er weiß doch gar nicht, dass die Blumen da liegen.«

»Vielleicht nicht. Aber alle anderen, die sein Grab besuchen, werden sie sehen.«

Noch ein ungläubiges Seufzen. »Wer besucht denn das Grab außer dir?«

»Ich glaube, du wärst überrascht.«

Marie schweigt. Sie ist nie überrascht. Sie ist zehn Jahre alt. Sie weiß alles.

Endlich, das Tor. Die Frau sieht sich um, ob man sie beobachtet, und scheucht erst ihre Tochter hindurch, dann folgt sie selbst.

Um diese Uhrzeit ist der Friedhof der friedlichste Ort von Paris. Keine Trauernden wandern mit gebeugtem Rücken zwischen den Grabsteinen umher. Nirgends sind Gärtner bei der Arbeit zu sehen. Die Vögel schweigen, sie haben ihr Tagwerk noch nicht begonnen. Selbst die Blätter hängen reglos an den Bäumen.

Ein Meer aus Krypten und Mausoleen erstreckt sich auf der Anhöhe vor ihnen. Die Frau betrachtet den polierten Marmor, der in der Morgensonne glänzt. Der Friedhof ist eine eigene Stadt, mit Vierteln und Straßen, dauerhaften Bewohnern und Besuchern. Sie geht einen Schotterweg entlang, Marie hinter ihr her, ihre Seufzer ein leises Crescendo der Empörung.

Nur ein Mal, denkt die Frau traurig. Nur ein Mal sollte sie mitkommen, damit sie es versteht.

Sie hält nicht inne, um die Grabsprüche von Fremden zu lesen oder die imposanten Familiengrabstätten der Pariser Aristokratie zu bewundern. Sie geht an den Reihen weinender Steinengel vorbei, ohne sie eines weiteren Blickes zu würdigen.

»*Maman!*«, keucht Marie und eilt ihr außer Atem hinterher. »Warte auf mich!«

Doch sie wartet nicht.

Endlich erreicht sie ihr Ziel, einen eleganten, liegen-

den Block aus schwarzem Marmor mit einfacher Gold-
inschrift:

MARCEL PROUST
1871–1922

Das ist alles. Inmitten all diesen kunstvollen Flehens um
Unsterblichkeit ziert den Stein nicht einmal ein bescheidenes »*écrivain*« – »Schriftsteller«.

Neunzehnhundertzweiundzwanzig. Seit fünf Jahren
kommt sie schon her.

Atemlos holt ihre Tochter sie ein. Sie ist gerannt, will
nicht allein auf dem Friedhof sein.

»Schau, Marie, es war noch jemand hier. Siehst du?«
Eine Handvoll Iris liegt auf dem Grab verstreut, doch die
Blumen sind verwelkt und tot, die Blütenblätter ein trauriges Mosaik aus verblichenem Lavendelblau. Die Frau
wischt sie beiseite, nimmt ihrer Tochter den Strauß aus
der Hand und arrangiert die Kamelien auf dem Marmor.

Dann kniet sich Camille Clermont vor den Grabstein
ihres toten Arbeitgebers und beginnt zu weinen. Sie versucht, die Tränen vor ihrer Tochter zu verbergen, doch
sie ist zu langsam.

»*Maman*«, flüstert Marie. »Was ist los?« Beim Anblick
der weinenden Mutter vergisst das Kind seine Feindse-
ligkeit. Jetzt ist das Mädchen besorgt und bekümmert,
voller Angst, was Camille nur noch stärker weinen lässt.

»Ich vermisse ihn, Marie«, sagt sie und erhebt sich.
»Ich vermisse ihn jeden Tag.«

»War er ein netter Mann?«

»O ja. Er war sehr nett. Sehr freundlich. Ich wünschte, du hättest ihn besser kennengelernt.« Sie lächelt ihrer Tochter zu. »Aber er fand, an Kindern sollte man sich am besten aus der Entfernung erfreuen.«

»Hatte er denn keine?«

»Lieber Himmel, nein.« Camille lacht und schüttelt den Kopf. »Er hatte die Figuren in seinen Büchern. Das waren seine Kinder, vermute ich.«

»Hast du ihn geliebt?«, flüstert Marie.

»Sehr.«

»Mehr als *papa*?«

»O nein. Auf keinen Fall mehr als *papa*. Und auf ganz andere Weise.«

»Wie anders?«

»Eher so, wie du und Irène einander mögt.«

Maries Augen werden groß. »War er dein bester Freund?«

»In gewisser Weise. Wir haben uns Geheimnisse anvertraut, so wie du und Irène. Wir haben einander Dinge erzählt, die niemand sonst wusste.« Sie verstummt. »Deshalb komme ich her und lege Blumen auf sein Grab. Ich sage Hallo und dass ich ihn vermisse, und ich danke ihm für seine Freundschaft.«

Und, denkt sie, spricht es aber nicht laut aus, ich sage ihm, dass mir mein Verrat leidtut. Und ich vergebe ihm den seinen.

Marie nickt. »Ich würde auf Irènes Grab auch Blumen legen.«

Camille nimmt die Hand ihrer Tochter. »Na komm«, sagt sie. »Zeit für ein Croissant.«

KAPITEL 5

PASSACAILLE I

Jeden Morgen rettet das Klavier Souren Balakian aus seinen Träumen.

Die immer gleichen leisen Töne holen ihn langsam weg von all dem, was er hinter sich gelassen hat. Die Geister, die seinen Schlaf heimsuchen, werden von der Musik vertrieben, die durch den Boden aus der Wohnung unter ihm aufsteigt. Er öffnet die Augen.

Die Werkbank auf der anderen Seite des Raums. Die leeren Blicke der Puppen an der Wand. Erleichtert schnappt er nach Luft.

Sein Kopf fällt zurück auf das Kissen, während die Musik über ihn hinwegstreicht.

Die erste Melodie erhebt sich aus den Tiefen des Klaviers, kaum mehr als ein Flüstern. In der würdevollen Prozession einzelner zarter Noten schwingt schwere Melancholie mit. Jeden Morgen fragt sich Souren, was der Komponist wohl durchlebt hat, um solche Traurigkeit aus sich herauszuholen.

Und dann dringt ein leuchtender Sonnenstrahl durch

die dunklen Wolken. Eine neue Melodie setzt ein, hoch und klar und herzzerreißend. Auf sie wartet Souren. Sie durchbricht die dichter werdenden Schatten und hüllt sein Herz in Helligkeit.

Die grüblerischen Töne vom Anfang ziehen sich in den Hintergrund zurück. Die Musik besteht aus zwei ineinander verwobenen Melodielinien, die eine tief, die andere hoch, die eine traurig, die andere voller Hoffnung. Sie treffen aufeinander und trennen sich, Gegensätze aus Dunkelheit und Licht. Mal kommen sie in süßer Einigkeit zusammen, dann wieder nicht.

Schließlich kehrt die Musik zu ihren Ursprüngen zurück, diesem einfachen, verzweifelten Klagelied. Die linke Hand des Klavierspielers streckt sich zu den immer tieferen Tasten, bis er keine mehr anschlagen, keine Noten mehr spielen kann.

Stille breitet sich aus.

Souren liegt da und blickt zur Zimmerdecke. Das Scharren des Klavierschemels ertönt unter ihm. Einen Moment später dringen dieselben leisen Töne wieder durch den Boden. Er lauscht ein zweites und dann ein drittes Mal.

Der unsichtbare Pianist spielt nur dieses Stück. Keine Tonleitern, keine anspruchsvollen Etüden. Jeden Morgen kommt er in die Wohnung und spielt immer dasselbe.

Wenn Souren den Nachbarn von unten im Flur trifft, tauschen die beiden Männer ein höfliches Nicken aus, doch sie haben noch nie ein Wort miteinander gewechselt. Der Musiker ist ein kleiner Mann mittleren Alters, immer tadellos gekleidet. Von seinem akkurat gekämmten Haar bis zu den Spitzen seiner polierten Schuhe strahlt er unerschütterliche Eleganz aus, doch Souren weiß es besser. Sein überschaubares Repertoire verrät den inneren Vulkan.

Souren kennt die Sicherheit vertrauter Abläufe nur zu gut: Wie der Pianist absolviert er einen identischen Auftritt nach dem anderen. Tag für Tag erzählt er dieselben Geschichten. So überlebt er. Deshalb wird er später seine Puppen einpacken und die Stadt durchqueren bis zu seinem üblichen Platz im Jardin du Luxembourg unter den Kastanienbäumen. Dann wird er auf die Kinder warten.

Die Klaviertöne schweben weiter zu ihm empor. Die Melodie überwindet seine Mauern und nistet sich tief in ihm ein. Er fühlt den kummervollen Puls der leisen Noten tief in seinen Knochen. Die Musik belebt sein Blut, und er denkt an Thérèse – ihr weicher Körper unter seinem, ihr roter Mund auf seinen Lippen. Seit Monaten hat er sie nicht gesehen. Wenn das Publikum sich als großzügig erweist, wird er ihr heute Abend vielleicht einen Besuch abstatten.

Ein leises Geräusch, als der Pianist den Klavierdeckel schließt.

Souren geht zum Fenster und sieht hinunter auf die Straße. Vor dem Haus steht ein kleiner Brunnen. Das Wasser plätschert ungleichmäßig aus der Spitze der Steinsäule in der Mitte. Der Boden ist mit Münzen bedeckt, die abergläubische Passanten hineingeworfen haben. Von Sourens Fenster aus spiegelt sich in ihnen die Morgensonne, und sie schicken zwinkernd das Licht zu ihm nach oben.

Kurz darauf tritt der Pianist aus dem Haus, geht an dem Brunnen vorbei und über die Straße auf den gegenüberliegenden Gehsteig. Er trägt einen perfekt geschnittenen grauen Mantel und einen eleganten Hut. An seinem Hals blitzt etwas Dunkles auf, ein Seidenschal. Er geht gebeugt, als müsse er sich gegen starken Wind stemmen.

Die Musik dieses Mannes ist zu einem Teil von Sourens Morgen geworden, so essenziell wie die Sonne, die sich über die Dächer der Stadt erhebt. Die vertraute Melodie schenkt ihm einen Moment ruhiger Gnade, der ihm die Kraft für den vor ihm liegenden Tag gibt. Der Pianist weiß davon natürlich nichts. Er spielt nur für sich selbst. Souren fragt sich, wie sich die Erschaffung solcher Schönheit jeden Morgen auf den Tag des Mannes auswirkt. Der Pianist geht einsam die Straße entlang. Er wirkt müde, besiegt. Er spielt nicht aus Freude, denkt Souren, sondern um zu überleben.

Die darauffolgende Stille ist fast so süß wie die Musik. Noch ganz im Bann der verzaubernden Melodie setzt Souren sich an den Tisch.

Dann ertönt ein reizendes Echo: die tiefe, volltönende Stimme einer Frau, gefolgt von einer zweiten, die höher und lieblicher ist. Die Sängerinnen meistern die Klaviertonfolgen in perfektem Einklang. Ein Lied ohne Worte. Verschwunden ist die Melancholie. Jetzt ist die Musik wiedergeboren, voller Leben und berstend vor Hoffnung.

Souren räumt ein Ende des Tisches frei und deckt zwei Teller auf. Er wickelt dickes Wachspapier von einem Stück blassem Käse mit staubig grauer Rinde, beugt sich darüber und schnuppert. Ich habe einen neuen für dich gefunden, hat Augustin gestern Abend gesagt, als er in der *fromagerie* in der Rue des Martyrs vorbeigeschaut hatte. Einen Saint-Nectaire, aus der Auvergne. Ich denke, der wird dir schmecken. Souren legt den Saint-Nectaire zwischen die zwei Teller und wartet.

Ein paar Minuten später klopft es an der Tür.

Ein junges Mädchen steht im Flur. Sie trägt einen blauen Kittel und hat langes, dunkles Haar. Aus großen grauen Augen sieht sie zu ihm auf.

»Das errätst du nie!«, sagt sie aufgeregt.

»*Bonjour*, Arielle. Was?« Nach all den Jahren ist Sourens Französisch immer noch unbeholfen und vorsichtig. Diese Sprache ist voller grammatikalischer und redensartlicher Besonderheiten, selbst der einfachste Satz hält Fallen für die Unachtsamen bereit. Zumindest weiß er, dass seine junge Besucherin ihm seine Fehler nicht vorhalten wird.

»*Maman* hat zugestimmt, mich heute in den Jardin du Luxembourg mitzunehmen. *Enfin!*«

Souren lächelt. »Das sind sehr schöne Neuigkeiten.«

»Ich werde endlich dein Puppentheater sehen!«

»Ich mag unsere kleinen Vorführungen hier«, sagt Souren. »Sie erinnern mich an ein Mädchen, das ich früher mal kannte. Sie hieß Amandine.«

»Das ist aber nicht dasselbe«, erwidert Arielle. »Ich kann dich sehen. Und so soll das nicht sein.«

Souren neigt den Kopf und denkt darüber nach: Ihn zu sehen ist nicht richtig. Er bedeutet ihr, einzutreten. »Heute probieren wir etwas Neues.«

Arielle setzt sich an den Tisch und mustert den Käse. »*Qu'est-ce que c'est?*«

»Er heißt Saint-Nectaire«, sagt Souren, schneidet zwei Stücke ab und legt sie auf die Teller. »Sag mir, wie du ihn findest.«

Schweigend essen sie den Käse.

»Er riecht nicht so stark wie die anderen«, verkündet Arielle. »Kann ich noch ein Stück haben?«

Souren schneidet ihnen noch zwei Scheiben ab und wendet sich dann zu seiner Puppenwand. »*Alors,* wer darf es heute sein?«

Arielle überlegt einen Moment. »Die beiden.« Sie deutet auf einen Jungen und einen stattlichen Ritter. Souren nimmt die Puppen von ihren Haken und setzt sich wieder hin. Arielle isst ihren Käse und wartet.

Plötzlich kommen die Puppen unter der Tischplatte hervor und erwachen zum Leben. Der Ritter ist edel und gefasst, der Junge dagegen springt am Tischrand hin und her. Er möchte der Knappe des Ritters werden. Er bittet, er fleht. Arielle sieht hingerissen zu. Wenn du mein Page sein möchtest, sagt der Ritter, musst du deine Loyalität und deine Tapferkeit beweisen. Natürlich, natürlich, stimmt der Junge sofort zu. Und wie mache ich das?

Da klopft es an der Tür. Souren atmet erleichtert aus. Manchmal weiß er schon, wie eine Geschichte enden wird, und manchmal nicht.

»Herein!«, ruft er.

Die Tür wird geöffnet, und eine Frau tritt ein. Sie lächelt den beiden zu. »Wie ist der Käse heute?«, fragt sie.

»*Maman*, du unterbrichst schon wieder die Geschichte«, beschwert sich Arielle.

Ihre Mutter wirkt ungerührt. »Oh, Saint-Nectaire! Wie köstlich!« Sie steckt sich einen Käsekrümel vom Teller ihrer Tochter in den Mund. »Wir müssen heute sowieso Lebensmittel holen, Arielle. Vielleicht kaufen wir auch welchen für uns.«

»Ich habe euch beide heute Morgen singen gehört«, sagt Souren.

»Oh, ich hoffe, wir haben dich nicht gestört!«

»Überhaupt nicht. Ich höre euch sehr gern singen.«

Die Frau lächelt. »Eine wunderschöne Melodie, *n'est-ce pas?*«

»Ich hoffe, er wird sie für immer spielen«, stimmt Souren zu.

»Das wird er sicher, bis er etwas Neues schreibt.«

Souren runzelt die Stirn, unsicher, ob er sie richtig verstanden hat. »Bis er schreibt …?«

»Wusstest du das nicht? Er ist eigentlich kein Pianist. Er wäre der Erste, der das von sich weist. Er sagt, seine Hände sind zu klein.«

Souren denkt an den elegant gekleideten Mann und seine manikürten Finger. »Für mich klingt er wie ein Pianist.«

Sie schüttelt den Kopf. »Er ist *Komponist*. Sein Name ist Maurice Ravel.«

Souren hat noch nie von ihm gehört.

»*En tout cas,* man sagt, dass er seit Monaten keine einzige Note geschrieben hat. Stattdessen kommt er hier in seine Wohnung und spielt jeden Tag dasselbe Stück.« Die Frau verstummt. »Kannst du dir vorstellen, wie man sich fühlen muss, wenn man zu etwas bestimmt ist, und dann bringt man es nicht fertig?«

Souren denkt an die gebeugten Schultern des Mannes, als er die Straße entlangging, weg von seinem Klavier. »Vielleicht ist die Musik deshalb so traurig.«

Die Frau küsst ihre Tochter auf den Kopf. »Hat Arielle dir erzählt, dass wir am Nachmittag in den Jardin du Luxembourg kommen?«

»Sie könnte es erwähnt haben«, meint Souren grinsend. Am Tischrand verbeugt sich der Ritter tief. »Arielle kennt die Puppen so gut, aber heute Nachmittag wird sie etwas völlig anderes sehen.« Er nickt in Richtung des Ritters und des Jungen, die beide aufmerksam seinen Worten zu lauschen scheinen. »Niemand sonst hat die Geschichten gehört, die ich dir hier erzähle«, sagt er zu Arielle. »Sie sind nur für dich.«

»Was für Geschichten erzählst du dann im Park?«, fragt das Mädchen.

Er zuckt mit den Schultern. »Manche wirst du kennen, andere nicht.«

»Geschichten aus deiner Heimat?«, vermutet ihre Mutter.

Souren denkt an das neue Gewand für Hectors Puppe, das er heute in den frühen Morgenstunden genäht hat, und nickt.

»Nun, wir können es kaum erwarten!« Sie lächelt.

»Und wenn das nicht schon genug Aufregung für heute wäre, werde ich am Abend einen der größten Jazzmusiker der Welt spielen hören.« Souren verzieht das Gesicht. »Magst du keinen Jazz?« Sie lacht.

»Spielen da die Musiker nicht einfach die Noten, die ihnen gerade einfallen?«

»Nun, sie improvisieren, ja, deshalb klingt es jedes Mal anders. Aber das macht es gerade so spannend.«

Souren deutet auf den Boden, zu dem unsichtbaren Klavier unter ihm. »Ich mag es, wenn es immer gleich klingt.«

»Ach, Souren, wo ist denn dein Sinn für Abenteuer?«

Er antwortet nicht. Seinen Sinn für Abenteuer hat er an einem weit entfernten Ort zurückgelassen.

KAPITEL 6

EIN VERSPRECHEN GEBROCHEN, EINS GEHALTEN

Man wird Ihnen sagen, dass Alphonse Lecroq der best-aussehendste Mann von Paris ist. In der Stadt erzählt man sich Geschichten von seiner außergewöhnlichen Schönheit. Jede Frau, der er begegnet, verliebt sich in ihn; auch viele Männer, zumindest erzählt man sich das. Flüsternd spricht man von seinem Gesicht, als wäre es ein Kunstwerk, überwältigender als *La Joconde* – und so, wie das Gemälde unter seinem Spitznamen *Mona Lisa* bekannt ist, kennt man ihn nur als *Le Miroir*, weil er den Gerüchten nach an keiner spiegelnden Oberfläche vorbeigehen kann, ohne sich darin zu bewundern.

Guillaume Blanc steht in der Rue Nicolet und beobachtet die Eingangstür des Wohnhauses auf der anderen Straßenseite. Ein kleiner Brunnen befindet sich auf dem Gehsteig. In einem dünnen Rinnsal plätschert das Wasser in die flache Steinschale. Trotz der Wärme der frühen Morgensonne erschaudert Guillaume. Seit drei Tagen denkt er an Alphonse Lecroq. Niemals will er das Gesicht des Mannes sehen, egal, wie hübsch es auch sein mag.

Le Miroir betreibt ein Verbrechernetzwerk, das sich über die gesamte Hauptstadt erstreckt, von den rattenverseuchten Behausungen in Belleville bis zur verschwenderischen Opulenz der Stadthäuser im achten Arrondissement. Hauptsächlich handelt er mit Huren, Pistolen und schmutzigem Heroin, doch er ist auch Erpressung und Wucher bei den Wohlhabenden und Einflussreichen nicht abgeneigt, sollte sich die Gelegenheit ergeben. Eine Armee gefährlicher Schläger und Ganoven erledigt die Dreckarbeit für ihn.

Wie so oft in Paris haftet der Schönheit ihr eigener widerwärtiger Gestank an.

Guillaume wusste nicht, mit wem er es zu tun hatte, als er, nachdem er ein paar Erkundungen eingeholt hatte, in einem Café saß und ein Mann mit einem schmalen, rattenhaften Gesicht ihm über den Tisch einen schmierigen Umschlag mit Geld zuschob. Ein kleines Darlehen, nur ein paar Hundert Francs, genug für die Zeit, bis sein Glück sich wandte. Sobald er das Geld in Händen hielt, hörte er kaum noch auf die Bedingungen, die der Mann stellte. Seit Tagen hatte er nichts mehr gegessen, und er konnte nur an das Cassoulet denken, das er bald in seinem Lieblingsrestaurant bestellen würde, und dazu eine halbe Flasche irgendeines frischen, kalten Getränks. Die absurd hohen Zinsen, die jeden Tag anfielen, interessierten ihn nicht. Er machte sich keine Gedanken über die drohende Strafe, sollte er das Geld nicht fristgerecht zurückzahlen. So weit würde es nicht kommen, nicht für ihn. Bald schon würde er weitere Gemälde verkaufen.

Das war vor zwei Monaten gewesen. Guillaume hatte

nichts verkauft, und jetzt war das Geld aufgebraucht. Der Zahltag, den der Mann mit dem Rattengesicht festgelegt hat, war gekommen und verstrichen. Schon bald darauf wurden ihm wütende Nachrichten unter der Tür durchgeschoben, in denen auf Rückzahlung der stetig anwachsenden Summe bestanden wurde – seine ursprünglichen Schulden waren mittlerweile nur noch ein Bruchteil der exorbitanten Zinsen. Nach einer Weile verbrannte er die Briefe im Kamin, ohne sie zu öffnen. Dann begann das Hämmern an seiner Tür, zu jeder Tages- und Nachtzeit. Guillaume lag im Bett und wagte vor Angst nicht, sich zu bewegen oder ein Geräusch von sich zu geben. Im Stockdunklen lauschte er auf die bedrohlichen Stiefelschritte auf der Treppe.

Vor drei Nächten, nach dem üblichen Hämmern an die Tür, hatte er eine krächzende Männerstimme gehört.

»Ich weiß, dass du da drin bist, *mon gars*.« Guillaume schoss die Panik eisig durch die Adern. »Aber du kannst nicht für immer davonlaufen. Das weißt du doch, nicht wahr? Le Miroir duldet es nicht, wenn man ihn zum Narren hält.«

Erst da erkannte Guillaume, in was für einem Schlamassel er steckte.

»Mit Zinsen, Strafzahlungen und Säumnisgebühren bist du zwölfhundert Francs schuldig«, flüsterte die Stimme. »Du hast drei Tage Zeit. Bis dahin lassen wir dich in Ruhe. Aber hab das Geld bereit, wenn wir kommen. Bis zum letzten Centime. *Au sérieux.*« Eine Pause. »Drei Tage.«

Kurz darauf entfernten sich die Schritte. Die Stimme

hatte nicht gesagt, was passieren würde, sollte er das Geld nicht haben. Das war auch nicht nötig gewesen.

Heute ist seine Zeit abgelaufen, und er hat noch sechs Francs in der Tasche. Genug für eine Henkersmahlzeit, denkt Guillaume niedergeschlagen.

Sein Kater hat sich verschlimmert, Gift pulsiert in seinen Adern. Er behält die Tür auf der anderen Straßenseite im Blick. Wenn das heute tatsächlich sein letzter Tag sein sollte, wird er einen stummen Abschiedsgruß sprechen.

Guillaume kennt alle Bewohner des Gebäudes. Das ältere Ehepaar, das mühsam und steif einen Fuß vor den anderen setzt. Die hübsche Frau, die jeden Tag zur selben Zeit zur Arbeit geht und deren Absätze auf dem Asphalt klappern, wenn sie zur Metro eilt. Der junge Mann mit dem schwarzen Bart, der jeden Morgen mit einem großen Koffer in jeder Hand und entschlossenem Blick auftaucht. Der kleine, tadellos gekleidete Mann, der regelmäßig kommt und geht und niemals lange bleibt. Guillaume sieht sie alle, doch er wartet auf jemand anderen.

Als sich die Tür das nächste Mal öffnet, erscheint eine Frau mit langem kupferrotem Haar, die mit einem Mädchen an der Seite ins Freie tritt. Guillaume atmet scharf ein. Die Frau trägt einen Weidenkorb in der Armbeuge: Sie sind auf dem Weg zum Markt. Das Mädchen spricht aufgeregt auf seine Mutter ein. Es trägt einen neuen Mantel, den Guillaume noch nicht kennt. Sie biegen in die Rue Nicolet ein. Wie gern wäre Guillaume ihnen nachgelaufen, doch er sieht ihnen nur nach, wie immer, und sein Herz tanzt den vertrauten Tango aus Sehnsucht und Bedauern.

Fünf Minuten später geht Guillaume zurück zu seinem Atelier. Er lässt den Blick über sein vertrautes Viertel schweifen und fragt sich, ob er es vielleicht nie wiedersehen wird. Wie er diese Gegend liebt! Er späht durch die Schaufenster seiner Lieblingsläden und bewundert zum letzten Mal die ausgestellten Waren.

Guillaume Blanc ist kein Dummkopf. Er weiß, wenn er in Paris bleibt, werden Le Miroirs Schläger ihn finden und umbringen. Weshalb er an diesem Morgen zum Gare Montparnasse gehen und sein letztes Geld für ein Zugticket zurück in Heimat ausgeben wird. La Rochelle ist eine alte Hafenstadt am Atlantik. Seine Eltern, denkt er bitter, werden nicht überrascht sein, ihn zu sehen. Seit dem Tag, an dem er sie verlassen hat, rechneten sie mit seiner Rückkehr. Sein Vater ging in seiner bürgerlichen Juristenkarriere auf und entwarf Testamente für die alternde Bevölkerung der Stadt, die Ambitionen seiner Mutter waren nie über ein ordentlich geführtes Zuhause und ein gut gewürztes Pot-au-feu hinausgegangen. Als Guillaume verkündete, er wolle Maler werden, hatten sie ihr einziges Kind angesehen, als wäre ihm ein zweiter Kopf gewachsen. Solche bohemehaften Zukunftsvorstellungen waren ein persönlicher Affront gegen ihr eigenes starres Provinzleben, und sie gaben sich keine Mühe, ihre Gefühle vor ihm zu verbergen. Guillaume seufzt bei der Vorstellung, wie sie angesichts seiner Rückkehr, verarmt und ohne Perspektiven, ihre säuerliche Befriedigung zeigen würden. Kurz überlegt er, stattdessen einen Zug nach Nizza zu nehmen. Das Wetter dort wäre auf jeden Fall sehr viel angenehmer – doch dann denkt er an die sechs Francs in seiner Tasche. Ja, er würde ihr triumphierendes »Wir haben es dir ja gesagt« ertragen müssen, aber dafür bekam er etwas zu essen und sein altes Bett. Er hat keine Wahl, diesen Preis muss er zahlen.

Langsam geht er durch die Straßen, will nicht zu schnell in sein Zimmer zurückkehren. Als er die Haustür aufschiebt, steht Madame Cuillasse im Flur, die Holzfällerarme vor der Brust verschränkt.

»Da sind Sie ja«, verkündet die Concierge scharf. »Ich habe nach Ihnen gesucht.«

Sind Le Miroirs Männer schon hier? »Worum geht es denn?«, fragt Guillaume. »Was ist los?«

»Nichts ist *los,* abgesehen von der Tatsache, dass ich gerade sechs Stockwerke nach oben gegangen bin, um Ihnen das zu geben, und Sie nicht da waren.« Sie wedelt mit einem Briefumschlag. »Offenbar ist es etwas Dringendes.«

Guillaume blickt auf das Kuvert in ihrer Hand. Das Papier ist schwer, teuer und elfenbeinfarben. Sein Name ist mit violetter Tinte geschrieben. Er erkennt die Handschrift nicht, schließt aber aus der Farbe, dass es keine weitere Zahlungsaufforderung sein dürfte.

»Danke«, sagt er und schiebt das Kuvert in die Tasche.

Madame Cuillasse starrt ihn aus kleinen, misstrauischen Augen an. Sie rümpft die Nase, als sie den Alkohol riecht, den er ausdünstet. »Sie wissen nicht zufällig etwas über eine Flasche Wein, die letzte Nacht aus meiner Küche verschwunden ist?«

»Ich? Nein, wieso?« Guillaume gibt sich schockiert. Die Concierge mustert ihn noch einen Moment, dann dreht sie sich um und stapft mit einem betont lauten Schnauben zurück in ihre Nische. Guillaume geht die Stufen hinauf bis unters Dach. Er schließt die Tür seines Zimmers hinter sich und öffnet den Brief.

Blanc, du Hund!
Lieber Gott, ich fühle mich heute Morgen wie ein dampfender Haufen Pferdemist. Wenn es Gerechtigkeit auf der Welt gibt, dann ist dein Kater mindestens so schlimm wie meiner.
Aber hör mal, ich habe Neuigkeiten. Ich habe deine wohlhabenden, Kunst liebenden Amerikaner gefunden, ganz wie du es dir gewünscht hast. Sie ist ein seltsamer Vogel, hält sich für einen Connaisseur. An den Wänden ihrer Wohnung in der Rue de Fleurus hängen ein paar richtig hübsche Sachen. Ein paar Matisses, ein paar Cézannes. Sie heißt Gertrude Stein, vielleicht hast du schon von ihr gehört. Ich habe sie gestern Abend angerufen, als ich wieder zu Hause war, und ihr von dir erzählt. Sie wird dich heute Morgen aufsuchen, etwa um zehn Uhr. Zeig ihr deine besten Arbeiten und drück die Daumen.
Ich habe mein Versprechen erfüllt, alter Junge. Du musst mir nicht danken – sorg nur dafür, dass du deinen Teil unseres Abkommens mit der reizenden Thérèse erfüllst.
E. B.

Guillaume liest den Brief zweimal und blinzelt verwundert. Im nüchternen Licht des Morgens hatte er angenommen, dass Emile Brataille ihre Vereinbarung von letzter Nacht vergessen hatte, doch der Kunsthändler hat sein Versprechen gehalten.

Er liest den Brief ein drittes Mal, Freude und Unglauben wachsen mit jedem Wort. Gertrude Stein! Man erzählt sich, sie besäße einen unstillbaren Appetit auf neue Kunst und auch die Mittel, diese Leidenschaft zu finanzieren. Guillaumes Herz beginnt wieder zu rasen. Die Euphorie der Nacht kehrt nicht zurück, doch vorsichtige Hoffnung flackert in ihm auf. Plötzlich sieht er einen möglichen Ausweg aus seiner misslichen Lage. Guillaume schmiedet Pläne für diese reiche, gutgläubige Amerikanerin: Er wird sie bezirzen, verzücken und dann um jeden Franc erleichtern. Um die Mittagszeit wird er genug Geld haben, um seine Schulden zu bezahlen, und sogar noch mehr. Die Aussicht auf eine erniedrigende Rückkehr nach La Rochelle verblasst.

Vielleicht kann er weiterhin die Frau und ihre Tochter beobachten, wie sie die Straße entlanggehen.

Guillaume schließt die Augen und stellt sich vor, wie Gertrude Stein einen Cézanne von der Wand nimmt, um Platz für eines *seiner* Gemälde zu schaffen. Ihre Gäste werden danach fragen. Sie wird es ihnen hinter vorgehaltener Hand verraten, wird ihnen das Versprechen abnehmen, niemandem von diesem großartigen Künstler zu erzählen, den sie entdeckt hat.

Doch ein Genie lässt sich nicht verstecken. Bald wird die Welt vor seiner Tür stehen.

Dann denkt er: heute Morgen!

Er sieht sich um. Das Zimmer ist ein einziges Chaos. Er durchwühlt seine Sachen und flucht, als er keine Nägel findet. Er wird die Leinwände gegen die Wand lehnen und das Beste hoffen müssen. Vielleicht hat seine Armut eine verzaubernde Wirkung auf die Amerikanerin, und sie bewundert, wie er kämpft, um seine Kunst in die Welt zu bringen. Kein exotischer Firlefanz wie bei diesen faulen Tunichtguten in Montparnasse! Er zieht seine Leinwände in die Mitte des Raums und arrangiert sie erst auf die eine, dann die andere Weise. Manche auf dem Bett, andere auf dem Boden. Die besten stellt er in die Nähe des Fensters, ins Morgenlicht.

Es klopft an der Tür.

Tock-tock-tock.

Guillaume sieht auf die Uhr. Es ist zehn.

KAPITEL 7

DAS RITUAL

Jean-Paul Maillard hinkt durch das Tor des kleinen Stadtparks und ist dabei so unsichtbar wie die Luft um ihn herum.

Zwei alte Männer sitzen auf einer Bank, ein Schachbrett zwischen ihnen. Sie beugen sich über die Figuren, zwei kleine Rodins, jeder mit einer Zigarette im Mundwinkel. Beim Geräusch von Jean-Pauls unregelmäßigen Schritten auf dem Schotter sehen sie nicht auf. Ein Taubenschwarm trippelt hoffnungsvoll pickend vor ihm über den Weg, die Köpfe der Vögel ein auf und ab wippendes Meer. Sie ignorieren ihn, er will ihre hektische Futtersuche nicht stören und geht um sie herum. Mütter stehen am Rand der gepflegten Wiese Wache und sind zu beschäftigt, ihre spielenden Kinder im Auge zu behalten, um Jean-Pauls schwerfälliges Vorankommen entlang der blühenden Bougainvilleas zu bemerken.

So mag er sein Leben: Er sieht lieber, als dass er gesehen wird.

In der Mitte des Parks steht ein Musikpavillon, auch

wenn Jean-Paul dort nie jemanden spielen hört. Das ist sein Lieblingsplatz. Er sucht sich einen der leeren Metallstühle und rückt ihn zurecht. Dann zündet er sich eine Zigarette an und zieht den Rauch dankbar in die Lungen. Von seinem erhöhten Sitzplatz aus kann er fast alles sehen, was er sehen möchte – die Bänke, den Rasen und den Zierteich dahinter, dessen Oberfläche wie ein dunkler Spiegel wirkt.

Es ist früh. Er schmeckt immer noch den Kaffee, den er an der Bar des kleinen Cafés in der Rue de Bretagne hinuntergekippt hat. Dort geht er schon so lange hin, dass er nicht einmal mehr bestellen muss; sein Espresso kocht schon, wenn er sich an die Theke setzt. Er ist stark und bitter auf der Zunge.

Jean-Paul kennt sein *quartier* gut. Das Militärsanatorium liegt zwei Straßen entfernt. Vor dem Krieg war es eine Grundschule. Sechs Tage lang hatte er dasselbe Stück Wand angestarrt und war den Kugeln und Granaten ausgewichen, die in seinem Kopf immer noch explodierten. Eiserne Betten waren dicht nebeneinander aufgereiht, wo früher die Pulte der Kinder gestanden hatten. Die Luft war erfüllt von den Schreien der Verwundeten. Mit Kreide hatte ein Lehrer die Worte »TROIS CHEVRES« in die linke obere Ecke der Tafel geschrieben, das Vermächtnis einer letzten, längst vergangenen Unterrichtsstunde. Diese drei Ziegen retteten Jean-Paul während der Genesung das Leben. Jeden Tag stellte er sich stundenlang vor, wie sie friedlich auf einer grünen Anhöhe herumsprangen, irgendwo weit weg von den blutgetränkten Feldern von Verdun.

Heute sind überall Kinder, die sich an diesem neuen Sommermorgen erfreuen. Jean-Paul lehnt sich zurück und betrachtet das Geschehen vor sich. Nach Elodies Geburt kamen er und Anaïs jeden Sonntag her. Er saß gern auf den Holzbänken und sah die Welt an sich vorüberziehen, geblendet von dem schlafenden Baby in seinen Armen. Jetzt zuckt sein Blick über die Wege, beobachtend, suchend, voller Hoffnung.

Da drüben spielen ein paar junge Mädchen Seilspringen. Sie lachen und singen und klatschen in die Hände, während sie abwechselnd in das rotierende Seil hinein- und wieder herausspringen. Ihr Spiel wird schneller, lauter, fröhlicher. Er raucht seine Zigarette zu Ende und zündet sich eine neue an.

Nach einer Weile löst er den Blick von den Kindern und greift in seine Manteltasche. Er zieht ein schwarzes Notizbuch heraus, öffnet es auf einer beliebigen Seite und beginnt zu lesen. Er kennt jedes Wort auswendig. Das Buch erzählt die Geschichte eines ungelebten Lebens, auferstanden aus der Asche der Verzweiflung. Das Schreiben war ein Akt der Liebe, der Hoffnungslosigkeit und des Überlebens.

Jean-Pauls eigene Erinnerungen hatten nicht ausgereicht, weshalb er neue erschaffen musste.

Seufzend schließt er das Buch und denkt über den vor ihm liegenden Tag nach. Vor einem Monat hatte Frankreich im Bann von Charles Lindberghs Alleinüberquerung des Atlantiks gestanden. Über hunderttausend Pariser schwärmten hinaus zum Flugplatz Le Bourget, um die *Spirit of St. Louis* bei ihrer Landung in Empfang zu nehmen. Die Straßen um das Gelände waren stundenlang verstopft. Am Morgen danach stand Jean-Paul inmitten der aufgeregten Menge jubelnder Franzosen, als Lindbergh kurz auf dem Balkon der amerikanischen Botschaft erschien. Noch Stunden, nachdem der berühmte Pilot schon wieder verschwunden war, riefen die Leute seinen Namen und schwenkten die Hüte. Jean-Paul merkte, dass er in seinem Land nicht als Einziger von den Vereinigten Staaten besessen war. Da kam ihm die Idee: eine Porträtserie von Amerikanern in Paris. Er schrieb eine Liste potenzieller Interviewpartner und erzählte seinem Redakteur davon, der sofort zustimmte. Heute hat er zwei Interviews. Hoffentlich ist sein Englisch dafür gut genug.

Er wirft einen Blick auf seine Armbanduhr. Es wird Zeit, zum ersten Termin aufzubrechen, doch er will seinen Beobachtungsposten noch nicht aufgeben – man kann nicht wissen, wann seine hoffnungsvolle Wachsamkeit vielleicht belohnt wird. Er lehnt sich zurück und sieht den spielenden Kindern noch ein wenig länger zu.

Jean-Paul weiß nicht einmal, wie das Gesicht aussieht, nach dem er sucht. Doch er weiß, dass er es sofort erkennen wird.

KAPITEL 8

EIFERSUCHT AUF EINEN TOTEN

Das Hotel in der Rue des Canettes ist eine bescheidene Bleibe für Parisbesucher, die nicht viel Geld zur Verfügung haben. Die Zimmer sind klein und sauber, mit niedrigen Decken und viel dunklem Holz. Die Gäste teilen sich ein Badezimmer am Ende jeden Flurs. Camille Clermont putzt und schrubbt von morgens bis abends, doch nichts kommt an gegen den leichten Geruch nach besseren Zeiten, der in jeder Ecke hängt. Trotzdem ist sie unendlich stolz auf das Hotel.

Als Camille und Marie vom Friedhof zurückkehren, sind die meisten Gäste noch nicht zum Frühstück erschienen. Während der Sommermonate wohnen hauptsächlich Touristen im Hotel, die den Tag meist geruhsam beginnen.

Camilles Mann steht in der Tür zu dem kleinen Speiseraum und sieht zu der Handvoll Gäste, die bereits ihr Frühstück zu sich nehmen. Manche unterhalten sich leise, andere lesen in Reiseführern und machen sich eine Liste mit den Zielen des Tages.

»Da seid ihr ja«, sagt Olivier Clermont.

»Da sind wir«, bestätigt Camille. Sie küsst ihre Tochter auf den Kopf. »Du darfst jetzt spielen gehen, Marie. Später polieren wir zusammen das Silber. Das macht dir doch immer Spaß.«

Das Mädchen nickt und rennt die Treppe hinauf.

Olivier sieht ihr nach. »Wie hat es ihr auf dem Friedhof gefallen?«, fragt er.

Camille zuckt mit den Schultern. »Sie ist zehn Jahre alt.«

»Ich hatte mich schon gewundert.«

»Ich wollte, dass sie das Grab sieht«, sagt Camille. »So schlimm ist das doch nicht, oder?«

»Er ist vor fünf Jahren gestorben«, erwidert Olivier. »Das ist Maries halbes Leben. Sie weiß von all dem nichts.«

»Nun, jetzt sind wir ja zurück«, antwortet Camille knapp, sie möchte diese Diskussion nicht schon wieder führen. Sie löst das Tuch von ihrem Kopf und schüttelt die Haare aus. »Ich fange mit den Zimmern an.«

Olivier dreht sich zurück zum Speiseraum. Berthe nimmt die Bestellungen auf und bringt Gebäck und Kaffee. Sie ist jung und hübsch, und ihr schwarzer Rock vielleicht einen Hauch zu eng. Camille bemerkt eine kleine Laufmasche in Berthes Strumpfhose, gleich über dem linken Knie. Sie wendet sich ab und geht die Treppe hinauf ins oberste Geschoss, wo sie Marie in ihrem winzigen Zimmer unter der Dachschräge leise singen hört. Camille betritt das Badezimmer der Familie und schließt die Tür hinter sich. Neben dem Waschbecken steht eine kleine Kommode. Sie zieht die unterste Schublade auf und holt einen Stapel sauberer weißer Bettwäsche heraus, den sie sorgfältig auf einen Holzstuhl legt. Wieder greift sie in die Schublade, schiebt die Hand unter die restliche Bettwäsche, Zentimeter für Zentimeter über das glatte Holz. Sie wartet auf das Gefühl von altem Leder unter ihren Fingern.

Doch da ist nichts.

Als sie die hintere Wand berührt, holt sie die restliche Wäsche heraus und starrt in die leere Schublade.

»*Eh oui.*«

Ihr Mann steht in der Tür und beobachtet sie.

»Wo ist es?«, verlangt sie zu wissen.

»Weg.«

Sie strafft die Schultern und sieht ihn an. »Wo ist es, Olivier?«

Er schiebt die Hände in die Taschen. »Ich habe es gestern verkauft.«

Ihr wird übel. Mit aller Kraft hält sie sich aufrecht.

»Du hast keine Ahnung, was du da getan hast«, sagt sie.

»*Au contraire.*« Er frohlockt. »Ich weiß genau, was ich getan habe, und ich bereue es nicht, kein bisschen. Ich habe zweihundertfünfzig Francs dafür bekommen! Was hältst du davon?«

Sie starrt ihn an. »Wem hast du es verkauft?«

»*Tiens,* glaubst du etwa, das erzähle ich dir? Für wie dumm hältst du mich eigentlich?«

»Wir müssen es sofort zurückholen, Olivier. Es ist sehr wichtig, dass niemand jemals …«

»Es ist weg, Camille. Du wirst es nie wiedersehen, das verspreche ich dir.«

»Wie konntest du nur so grausam sein?«

»Ich bin nicht grausam. Ich will nur, dass du Marie und mich beachtest.«

Sie schaut ihn benommen an. »Was meinst du?«

»Siehst du uns überhaupt, Camille? Weißt du überhaupt, dass wir hier sind?«

»Natürlich!«

»Ach ja?« Olivier schüttelt den Kopf. »Es ist schlimm genug, dass du jede Woche mit frischen Blumen zu seinem Grab gehst. Schlimmer jedoch ist, dass du dich zu jeder Tages- und Nachtzeit hier oben verkriechst.« Er sieht, dass sie sich ertappt fühlt. »Was? Hast du gedacht, ich weiß nicht, wohin du all die Jahre immer verschwunden bist?« Er verstummt. »Hör auf, um ihn zu trauern, Camille. Es ist Zeit, wieder eine Mutter und eine Ehefrau zu werden.«

Ihr Mann ist eifersüchtig. Unter anderen Umständen hätte sie diese Erkenntnis amüsiert, doch jetzt tobt die Angst in ihrem Bauch. Sie zwingt sich zur Ruhe, schließlich muss sie an die Hotelgäste denken.

»Olivier, hör mir zu«, sagt sie. »Du musst mir erzählen, was du damit gemacht hast. Wir müssen es unbedingt zurückholen.«

Er schüttelt den Kopf. »Ich sage dir gar nichts.«

»Aber du hast keine Ahnung, was du getan hast!«

»Dann sag es mir, Camille. Sag mir, was ich getan habe.«

Sie werden alles verlieren, was ihnen teuer ist. Ihr Leben wird zerstört werden, doch das kann sie ihm nicht beichten, weil sie selbst dafür verantwortlich ist.

Sie ist diejenige, die ihr gemeinsames Geheimnis verraten hat.

»Hast du es dir angesehen?«, fragt sie.

»Natürlich nicht. Ich habe das verdammte Ding nicht aufgemacht. Ich wollte es nur aus dem Haus haben.«

Er weiß es nicht. Er weiß es nicht.

Sie geht aus dem Badezimmer.

»Warte.« Er packt ihren Arm. »Wohin gehst du?«

»Ich werde es suchen.«

Panik huscht über Oliviers Gesicht, doch er fasst sich schnell wieder. »Paris ist eine große Stadt, Camille.«

»Wenn du glaubst, dass mich das aufhält, dann kennst du mich nicht sehr gut.«

»Das ist doch Irrsinn! Er ist seit fünf Jahren tot!«

Sie starren einander an.

»Ich muss gehen«, sagt sie.

»Aber die Zimmer müssen geputzt werden!«

»Das soll Berthe nach dem Frühstück machen.« Camille eilt die Treppe hinunter. Ist es schon zu spät?

Oliviers Büro ist im Keller. Hinter seinem Schreibtisch steht ein eiserner Safe. Camille holt den Schlüssel aus seinem Versteck unter dem Teppich und schließt auf. Ein brauner Umschlag mit einem Stapel Banknoten liegt darin. Sie zählt zweihundertfünfzig Francs ab und legt den Rest zurück.

In der Lobby zieht sie den Mantel an und bindet sich das Kopftuch neu. Dann tritt sie hinaus auf die Straße. Als die Tür hinter ihr ins Schloss fällt, wird ihr klar, dass sie keine Ahnung hat, wohin sie gehen soll.

KAPITEL 9

OSTANATOLIEN 1916: DAS KLEID EINER MUTTER

Sie marschierten am Fluss entlang und kamen dem Tod mit jedem Schritt näher.

Seit Wochen waren sie schon unterwegs, die Bajonette der osmanischen Soldaten im Rücken. Die weiten Ebenen Ostanatoliens waren unerbittlich. Nirgendwo gab es Schutz und kaum etwas zu essen. Jeden Abend brachen die Marschierenden vor Erschöpfung zusammen, und jeden Morgen standen einige von ihnen nicht mehr auf. Die Kleidung der Toten war rasch geplündert. Nackt wurden die Leichen am Straßenrand gestapelt und den über ihnen kreisenden Krähen überlassen. Die Alten und Kranken traf es zuerst, dann starben die Kinder. Souren Balakian hatte mit angesehen, wie eine junge Mutter mit bloßen Händen ein Grab für ihr kleines Baby aushob. Außer sich vor Trauer kratzte sie die Erde weg wie ein Hund, der einen Knochen vergräbt. Als das Loch halb fertig war, wurde sie von einer Gruppe lachender Soldaten in einen nahe gelegenen Wald geschleift. Souren sah sie nie wieder.

So wurde sein Dorf ausgelöscht.

In der ganzen Region wurden Armenier aus ihren Häusern geholt und nach Osten getrieben, in die syrische Wüste, um dort zu sterben.

Der Fluss Euphrat war rot von ihrem Blut.

Souren wich seiner Mutter nicht von der Seite. Elend und Erschöpfung hatten nichts mehr von der Frau übrig gelassen, die er gekannt hatte. Sie marschierte neben ihm, den Blick fest auf den Boden gerichtet, und sprach leise über das Zuhause, das sie zurückgelassen hatten. Von ihrem größeren Verlust sprach sie nicht, dabei tat sich jedes Mal ein Abgrund in Sourens Bauch auf, wenn er daran dachte. Die Trauer hatte etwas tief in ihr abgetötet.

Die Dorfbewohner mussten unter den Sternen schlafen, ohne Schutz gegen die nächtliche Kälte. Jeden Abend fiel Sourens Mutter in tiefen Schlaf, zu müde für Albträume. Er lag neben ihr und sah, wie ihr Atem in kleinen weißen Wölkchen von den Lippen wehte. Auf der anderen Seite des Lagers wurden für Kamil Ömer und seine Schurkentruppen Zelte errichtet, in denen Öllampen ein warmes Licht verbreiteten. Der Lärm der sich amüsierenden Soldaten hing in der kalten Luft. Spätabends stolperten die Männer betrunken durch die Reihen der schlafenden Dorfbewohner und suchten nach jungen Mädchen, die sie mit in ihre Zelte nehmen konnten.

Wenigstens hatte er keine Schwester, dachte Souren.

An den meisten Abenden brieten die Soldaten ein Tier

über dem Kohlenfeuer. Souren verfolgte hungrig, wie sie das Fleisch auf dem Spieß drehten, und träumte davon, jeden einzelnen Mann in den Zelten umzubringen.

Er war siebzehn Jahre alt.

Tage wurden zu Wochen, und sie marschierten immer noch. Mit jedem Tag wurde seine Mutter schwächer. Er drängte sie, ihre Rationen zu essen, doch sie schüttelte den Kopf und wandte sich ab, überließ ihm die Nahrung. Schließlich verschlang er ihren Anteil vor lauter Angst, jemand könnte sie ihnen stehlen.

Eines Nachts schreckte er aus dem Schlaf auf. Bis auf die glühenden Kohlen der kleinen Feuer, an denen sich die Wachen wärmten, lag das Lager im Dunkeln.

»Souren! Wach auf!«, flüsterte seine Mutter.

»Was ist los?«

»Hier«, sagte sie. »Nimm das.« Sie drückte ihm etwas gegen die Brust, es war das Kleid, das sie seit ihrer Vertreibung aus dem Dorf getragen hatte.

Er sah sie an und bemerkte erschrocken, dass sie beinahe nackt war. »Was machst du da?«

»Zieh das Kleid an«, befahl sie ihm.

»Was? Warum?«

»Weil du fliehen wirst.«

Er schüttelte den Kopf. »Ich will bei dir bleiben.«

Sie packte sein Kinn und sah ihn eindringlich an. »Ich lasse nicht zu, dass ich dich auch noch an diese Monster verliere.«

»Aber ...«

»Ich will, dass du das Kleid anziehst, Souren. Und

dann musst du fliehen. Bis Sonnenaufgang sind es noch einige Stunden. Das sollte genug Zeit sein, um genügend Abstand zwischen dich und das Lager zu bringen.«

»Wohin soll ich gehen?«

»Zurück in die Richtung, aus der wir gekommen sind. Immer am Fluss entlang. Wenn du das nächste Mal eine Brücke siehst, überquere sie und geh nach Westen. Sei nur nachts unterwegs und schlaf am Tag in einem Versteck.« Sie verstummte. »Du musst dieses Land verlassen, hast du verstanden? Du musst es nach Europa schaffen.«

»Aber in Europa herrscht Krieg. Ist das nicht gefährlich?«

»Nichts ist so gefährlich wie hierzubleiben. Geh so lange, bis du dich sicher fühlst. Du wirst es dann wissen.«

»Aber bei dir fühle ich mich sicher.«

Sie lächelte traurig. »Zieh das Kleid an, mein Schatz.«

Er rappelte sich auf und gehorchte. An seinem schmalen Jungenkörper sah das Gewand geradezu zeltartig aus. Seine Mutter gab ihm einen Schal und zeigte ihm, wie er ihn um den Kopf winden musste.

»Warum muss ich das tragen?«, fragte er.

»Das ist eine Tarnung.«

»Warum brauche ich eine Tarnung? Niemand weiß doch, wer ich bin!«

»Es geht nicht darum, *wer* du bist«, erwiderte seine Mutter, »sondern *was* du bist.«

Er runzelte die Stirn. »Was bin ich?«

Sie tätschelte ihm die Wange. »Du bist fast ein Mann,

Souren. Ich habe die Soldaten beobachtet. Du bist ihnen aufgefallen. Sie wollen nur Frauen und Kinder auf diesem Marsch. Du wirst zu groß, zu stark. Sie warten nur auf einen Vorwand, um dir eine Kugel in den Kopf zu jagen.«

Unglücklich zupfte er an dem Kleid. »Ich will dich nicht zurücklassen.«

»Souren, du musst tun, was ich dir sage. Nutz deinen Verstand und sei vorsichtig. Geh keine Risiken ein, und alles wird gut werden.«

»Aber ich will bei dir bleiben.« Er begann zu weinen.

»Souren, mein Liebling, keine Tränen. Hör mir zu.« Sie packte seinen Arm. »Du musst es tun, hast du mich verstanden?«

Er nickte, unfähig zu sprechen.

»Gut. Jetzt nimm das.« Sie schob ihm ein paar schmutzige Geldscheine in die Hand.

»Woher hast du das?«, fragte er verwundert.

»Mach dir darüber keine Gedanken. Gib das Geld weise aus. Kauf dir davon etwas zu essen, wenn du nichts stehlen kannst. Zeig dich nur, wenn es absolut notwendig ist.« Sie deutete in die Nacht. »Jetzt geh. Vergiss nicht – wenn du den Fluss überquert hast, marschierst du nach Westen. Bei Sonnenaufgang versteckst du dich und schläfst. Vor dir liegt eine lange Reise.« Sie küsste ihn auf die Wange. »Du bist ein guter Junge, ein tapferer Junge. Und, Souren?« Sie nahm seine Hand und drückte sie fest. »Vergiss niemals, wer du bist. Vergiss niemals, dass du Armenier bist.« Sie gab ihn frei. »Jetzt geh.«

Souren stolperte hinaus in die Nacht.

Er war ein guter Junge, ein tapferer Junge und tat, was seine Mutter ihm aufgetragen hatte. In der Nacht wanderte er entlang der Route des Todesmarschs zurück und schlief bei Tag. Von still im Mondlicht daliegenden Bauernhöfen stahl er etwas zu essen. Den Schal wand er sich fest um den Kopf. In den ersten Tagen konnte er noch seine Mutter darin riechen. Beim Gehen atmete er ihren Duft ein und fühlte sich ein wenig sicherer.

Es dauerte drei Tage, bis er eine Brücke über den Fluss fand. Die Nacht war fast wolkenlos, und der Mond stand tief am Himmel. Mit wild klopfendem Herzen versteckte er sich in einem nahen Wäldchen und beobachtete die Brücke. Sie war ein einfacher, funktionaler Bau aus grob gehauenem Holz und ohne jede Verzierung. Eine Stunde wartete er voller Angst. Hätte er erst einmal seine Deckung verlassen, könnte er sich nirgendwo mehr verstecken. Als er gerade all seinen Mut zusammenraffte, um loszulaufen, hörte er Pferdegetrappel. Er erstarrte. Im nächsten Moment erspähte er einen einsamen Reiter, der sich von Süden her näherte – aus der Richtung des Todesmarsches. Sourens Herz begann wieder zu hämmern. Vielleicht war seine Flucht doch noch entdeckt worden. Vielleicht sollte ihn dieser Mann aufspüren und umbringen.

Doch der Reiter galoppierte nicht entschlossen heran. Er hing träge im Sattel und erlaubte seinem Pferd, das Tempo zu bestimmen. Was auch immer er so spätnachts noch vorhatte, der Mann suchte nicht nach einem entkommenen Gefangenen.

Dennoch wollte Souren nicht in dieselbe Richtung

laufen wie der Fremde und sein Pferd. Er hielt den Atem an, als sie sich der Brücke näherten. Zu seiner Erleichterung bogen sie nicht ab, um den Fluss zu überqueren, sondern zockelten weiter nach Norden. Sobald die beiden außer Sicht waren, zählte Souren bis hundert, dann bis zweihundert und schließlich bis dreihundert. Dann trat er aus seinem Versteck, raffte das Kleid und begann zu rennen. Dabei sah er sich nach allen Richtungen um, auch wenn es schon zu spät gewesen wäre, um sich noch zu verstecken.

Er wurde auch nicht langsamer, als er die hölzerne Brücke erreichte. Seine lauten Schritte hallten wie Gewehrschüsse durch die stille Nacht und waren sicherlich kilometerweit zu hören. Sein Blick war auf das weit entfernte andere Flussufer gerichtet, auf die unbefestigte Straße, die an der Brücke begann und zu beiden Seiten von dicht stehenden Kiefern gesäumt wurde. Ein dunkler, einladender Wald. Er rannte schneller.

Die Brücke war länger, als sie aussah. Ruhig und stark floss der Euphrat unter ihr hindurch. Am anderen Ufer angekommen, lief Souren weiter in den Wald, preschte durch das Unterholz tief hinein in den Schutz der Dunkelheit. Schließlich blieb er stehen und rang angestrengt nach Atem.

Er war in Sicherheit.

Danach wurde das Vorankommen beschwerlich. Der Wald war voller Hindernisse – unnachgiebige Dornendickichte, die seine Beine zerkratzten und sich in dem Kleid verfingen, unsichtbare Baumwurzeln, die ihn zum

Stolpern brachten. Wenn der Mond hinter Wolken verborgen war, drang kein Licht mehr durch die Baumkronen, und er konnte kaum die Hand vor Augen erkennen.

Ohne den Fluss als Anhaltspunkt wusste Souren nicht mehr, in welche Richtung er sich fortbewegte. Er ging einfach weiter. Manchmal sah er tagelang keine Behausung, und ohne die Lebensmittel, die er dort hätte stehlen können, war er schon bald völlig ausgehungert.

Das überwältigende Bedürfnis nach Nahrung brachte ihn schließlich auch in Gefahr. Er marschierte näher an der Straße und hielt Ausschau nach Essbarem, das andere Reisende zurückgelassen hatten. Wenn er etwas sah, eilte er aus dem Wald, raffte so viel wie möglich an sich und zog sich sofort wieder in den Schutz der Bäume zurück. Seine Beute war armselig – hauptsächlich harte Brotkanten und Apfelgehäuse –, doch es reichte gerade zum Überleben.

Eines Abends verfolgte er hungrig aus seinem Versteck, wie zwei Männer am Straßenrand ein Festmahl verschlangen. Schier endlos schienen die Vorräte, die sie aus den Ledertaschen auf dem Rücken der Pferde holten. Gekochte Eier, dicke Scheiben Braten, Tomaten so groß wie eine Männerfaust, ein ganzer Laib Brot. Die Männer entkorkten eine Flasche Wein und tranken abwechselnd daraus. Souren hatte sich noch nie so allein gefühlt, war noch nie so hungrig gewesen. Nach einer Stunde stiegen die Männer mit vollen Bäuchen wieder auf ihre Pferde. Souren zwang sich, noch einige Minuten zu warten, bevor er sich zwischen den Bäumen hervorwagte. Er wandte den Blick nicht ab von der Stelle, wo die Männer gegessen hatten. Ein großes Stück knuspriges Brot lag auf dem Boden, und Souren stopfte es sich in den Mund. Er packte die weggeworfene Flasche und setzte sie an die Lippen. Ein paar Tropfen Rotwein rannen auf seine ausgedörrte Zunge.

»He, du da!«

Souren erstarrte. Ein Reiter auf seinem Pferd, keine zwanzig Meter von ihm entfernt. Er trug einen geschwungenen Säbel über dem Rücken und einen Fez auf dem Kopf, dessen ursprüngliche Farbe vor lauter Dreck nicht mehr zu erkennen war. Ein Türke. Langsam wandte ihm Souren das Gesicht zu.

Der Mann verzog die Lippen zu einem widerlichen Grinsen, das seine verfaulten braunen Zähne sichtbar werden ließ.

»Was macht ein hübsches Mädchen wie du denn so allein hier draußen?«, fragte der Reiter.

Souren hatte das Kleid vergessen. Rasch zog er sich den Schal seiner Mutter vor das Gesicht.

»Oh, du musst doch nicht so schüchtern sein«, sagte der Türke beim Absteigen. Er war klein, sein Bauch wölbte sich über dem Gürtel. »Ich werde dir nicht wehtun. Zumindest nicht, wenn du ein braves Mädchen bist und mir gibst, was ich will.«

Souren erkannte den Ausdruck in den Augen des Mannes. Es war derselbe gierige Blick, mit dem die Soldaten das Lager durchstreift hatten, auf der Suche nach Mädchen, die sie mit in ihre Zelte nehmen konnten.

»Was ist los?«, fragte der Türke, während er sich näherte. »Hat es dir die Sprache verschlagen?«

Souren machte einen Schritt von ihm weg.

»Bleib stehen!« Der Mann zog den Säbel aus der Scheide und richtete ihn auf Souren. Die Klinge war nur dreißig Zentimeter von seiner Brust entfernt. »Du und ich, wir werden jetzt in den Wald gehen«, sagte er. »Nicht zu tief hinein, nur so, dass man uns von der Straße aus nicht mehr sehen kann. Wenn du versuchst wegzurennen, töte ich dich, bevor du um Hilfe rufen kannst. Verstanden?«

Souren nickte.

»Braves Mädchen. Jetzt beweg dich.«

Souren stolperte zwischen den Bäumen hindurch, den Säbel im Rücken. Er wusste, was passierte, wenn der Türke entdeckte, dass er ein Junge war. Er überlegte, ob er einen Fluchtversuch wagen sollte. Er war jünger und schneller als sein Angreifer, doch auf dem Pferd würde ihn der Mann leicht einholen.

»Das reicht.« Der Türke hielt den Säbel in einer Hand und löste mit der anderen seinen Gürtel. Die Hose fiel zu Boden. »Schnell, mach schon«, grunzte er. »Zieh das Kleid aus.«

Doch Souren drehte sich stattdessen um und fiel auf die Knie. Der Penis des Türken ragte steif unter dem Saum seines Obergewands hervor; er war lang, dick und lila. Souren schloss seine linke Hand um den Schaft.

»Auch gut«, murmelte der Mann.

Mit aller Kraft hieb Souren dem Türken die rechte Faust zwischen die Beine und verpasste dem Mann noch einen weiteren Schlag in den weichen Unterbauch. Sein Angreifer krümmte sich und stolperte über die Hose, die sich um seine Knöchel bauschte. Als er zu Boden stürzte, fiel ihm der Säbel aus der Hand, und Souren griff hastig danach. Die Waffe war schwerer, als er erwartet hatte, und er musste sie mit beiden Händen aufheben. Der Türke wand sich vor Schmerzen und bemerkte nichts davon. Souren hieb ihm die Klinge in den Hals, und sofort sprudelte dunkles Blut aus der Wunde. Er schloss die Augen und stellte sich den finster dreinblickenden Kamil Ömer vor. Unerbittlich schob er die Klinge durch das Fleisch und die Sehnen im Hals des Türken und hielt den Säbel fest, bis der Mann still dalag, den Mund in einem stummen Schrei aufgerissen.

Souren stellte den Fuß auf die Brust des Mannes und zog den Säbel heraus. Dann schleifte er die Leiche weiter in den Wald hinein und entkleidete sie. Er streifte sich Hosen, Tunika und Mantel über, sogar den schmutzigen Fez. Die Sachen waren ihm zu groß, doch das war egal. Er wischte die Schwertklinge am Kleid seiner Mutter ab, ließ das blutige Stoffstück neben die Leiche fallen und ging zur Straße zurück.

Das Pferd war noch da.

Aleppo, Sis, Kayseri. Diese Städte markierten den Beginn von Sourens wahrer Reise. Er kam schneller und sicherer voran als bisher. Das Pferd war ein gutes Tier, es war jung und stark. Souren konnte jeden abhängen, dessen Misstrauen er weckte – auch wenn ihn das Reisen auf dem Pferderücken unsichtbar zu machen schien. Niemand warf ihm einen zweiten Blick zu, wenn er vorüberritt.

Jetzt war er tagsüber unterwegs.

Er gab dem Pferd einen Namen: Hector, was sonst. Während sie übers Land auf Konstantinopel zugaloppierten, beugte er sich tief über den gestreckten Hals des Tieres und sprach ihm ins Ohr. Die Worte strömten unaufhörlich aus ihm heraus, als ob das Pferd stehen bleiben würde, sobald er Atem holte. Er war unendlich dankbar für die Gesellschaft eines anderen lebenden Wesens.

In den Satteltaschen des Türken waren Vorräte für ihn und das Pferd, doch sie reichten nicht lang. Wieder musste er stehlen und dabei jetzt auch noch Hector versorgen. Manchmal gab er ein wenig von dem Geld aus, das seine Mutter ihm in die Hand gedrückt hatte – doch nur, um Futter für das Pferd zu kaufen. Seine einzige andere Ausgabe war eine Landkarte. Stundenlang studierte er sie im Licht des kleinen Lagerfeuers, das er jeden Abend entzündete, um sich zu wärmen.

Er träumte davon, durch die Länder unter seinen Fingern zu reiten. Bulgarien. Serbien. Albanien. Montenegro. Bosnien-Herzegowina. Er flüsterte die Namen in der kalten Nachtluft, eine hoffnungsvolle Anrufung. Sein Finger bewegte sich über die Karte nach Norden.

Da war Italien.

Und da war Frankreich.

KAPITEL 10

DER HANDEL

Guillaume öffnet die Tür.

Vor ihm steht ein Mann mittleren Alters in einem braunen Cordanzug. Er ist klein und hat einen ausladenden Brustkorb sowie ein ansprechendes Gesicht, das sicher schon das eine oder andere gesehen hat. Unter der Krempe des makellosen Fedora-Huts funkeln die Augen des Mannes vor amüsierter Intelligenz.

»Monsieur Blanc?«, sagt der Besucher. »Ich hoffe, Sie erwarten uns. Wir haben einen Termin.« Sein Französisch ist ausgezeichnet, mit einem kaum hörbaren amerikanischen Akzent. Er deutet hinter sich in den Flur, und da steht sie: Gertrude Stein. Sie trägt ein grellbuntes Kleid mit Blumenmuster und einen blauen Hut. Vor sich hält sie eine große Handtasche wie einen Schild. Im Vergleich zu ihrem Begleiter ist sie auffallend unattraktiv. Ihre Haut ist fahl, die Augen trüb und ihre Nase gebogen wie ein riesiger Krähenschnabel.

»Natürlich«, erwidert Guillaume. »Möchten Sie nicht hereinkommen?« Er tritt einen Schritt zurück und bittet das Paar in sein Zimmer. Der Mann nimmt den Hut ab und fährt sich mit der Hand durch das kurz geschnittene stahlgraue Haar. Sein Blick fällt auf ein Gemälde, das gegen Guillaumes immer noch zerwühltes Bett gelehnt ist, eine düsterschöne Szenerie aus den Straßen des Marais. Er dreht sich um und sagt etwas auf Englisch zu Gertrude Stein, die nur schweigend mit den Schultern zuckt. Das Paar betrachtet das Gemälde, dann schüttelt der Mann den Kopf.

»Es gefällt mir überhaupt nicht«, sagt er.

Wer ist dieser wichtigtuerische, ignorante Kerl? Das dämonische Hämmern von Guillaumes Kater kehrt zurück. »Miss Stein?«, fragt er und wendet sich an die Frau. »Was halten *Sie* davon?«

Die großen, hässlichen Augen starren Guillaume in stummem Entsetzen an. Sein Magen verkrampft sich nervös, ein diffuses Gefühl einer nahenden Eskalation macht sich breit, doch er weiß nicht, warum.

»Verzeihen Sie«, sagt der Mann. »Aber *ich* bin Gertrude Stein.«

Guillaume blinzelt. »Entschuldigung?«

»Ich bin Gertrude Stein«, wiederholt der Mann und deutet auf die Frau. »Das ist meine Gefährtin, Alice Toklas. Sie dürfen sie gern nach ihrer Meinung fragen, Monsieur, aber ich kann Ihnen versichern, dass es die gleiche wie meine ist.« Er holt eine kleine geprägte Visitenkarte aus der Innentasche seines Cordjacketts und überreicht sie Guillaume. Darauf steht:

GERTRUDE STEIN
27, RUE DE FLEURUS, PARIS

Schriftstellerin

Guillaume spürt, wie ihm das Blut in die Wangen schießt,
und er hofft, dass er nicht so verwirrt aussieht, wie er sich
fühlt. Wieder betrachtet er Gertrude Stein, aufmerksa-
mer dieses Mal, bewertet neu, was er sieht.

Und ist immer noch verwirrt.

»Emile Brataille hat gesagt, Sie hätten einige heraus-
ragende Porträts«, erklärt Gertrude Stein. »Vielleicht
könnten Sie uns diese zeigen?«

Die Porträts lehnen an der Wand beim Fenster. Guillaume führt das Paar hinüber, damit die beiden seine
Werke begutachten können. Die Modelle sind wild ge-
mischt; wann immer er es sich leisten kann, holt er Menschen von der Straße und verspricht ihnen einen oder
zwei Francs für ihre Zeit. Ein Straßenreiniger, ein Toten-
gräber, der Trompetenspieler aus der Hausband im *Le
Chat Blanc*. Zwei oder drei Bilder zeigen Thérèse in verschiedenen Stadien der Entkleidung. Die zwei Amerika-
nerinnen studieren jedes Gemälde genau und beraten
sich flüsternd, bevor sie zum nächsten gehen. Gertrude
Stein ist die Wortführerin. Guillaume hat genug Englisch gelernt, während er Kohleporträts an der Place du
Tertre skizziert hat, um dem Gespräch einigermaßen
folgen zu können, doch er gibt vor, nichts zu verstehen.

Schließlich wendet sich Gertrude Stein an ihn. »Was
können Sie uns noch zeigen?«, fragt sie.

Guillaume fühlt, wie seine Welt gefährlich ins Schwanken gerät. »Nichts hat bisher Ihr Interesse wecken können?«, krächzt er.

Sie schüttelt den Kopf. »Leider wirkt alles sehr uninspiriert und zweitklassig.« Bevor Guillaume antworten kann, stapft die Amerikanerin durch den Raum und bleibt vor dem Gemälde stehen, das an der Wand gegenüber seinem Bett hängt.

»Ah, na also«, murmelt sie. »Das hingegen ist etwas anderes. Alice, komm und sieh es dir an!«

Alice trippelt durch den Raum. Die beiden betrachten das Kunstwerk.

»Dieses hier ist in Ordnung«, sagt Gertrude Stein und dreht sich zu ihm. »Wie viel wollen Sie dafür?«

Von allen Gemälden im Raum will sie ausgerechnet dieses.

Guillaume schließt die Augen. Denkt an Le Miroir und seine Schläger.

»Zwölfhundert Francs«, antwortet er, die Worte wie Asche in seinem Mund.

Gertrude Stein überlegt mit nachdenklich geneigtem Kopf. »Ich gebe Ihnen neunhundert Francs dafür«, entgegnet sie.

Neunhundert Francs werden ihm nicht helfen. Neunhundert Francs werden ihm nicht das Leben retten. Guillaume flucht innerlich. Natürlich wollte die Amerikanerin feilschen. Er hätte zweitausend sagen sollen und sich dann herunterhandeln lassen. Er schüttelt den Kopf. »Der Preis ist zwölfhundert Francs.« Er hofft, dass sie die Angst in seiner Stimme nicht hört.

Gertrude Stein mustert ihn interessiert und antwortet schließlich: »Nun, in diesem Fall können Sie uns genauso gern zeigen, was Sie sonst noch anzubieten haben.«

Guillaume weiß nicht, ob er verzweifelt oder erleichtert sein soll.

Während der nächsten halben Stunde begutachten die beiden Frauen, was Guillaumes unrühmliche Laufbahn noch hervorgebracht hat. Seine Landschaftsmotive berühren sie nicht. Seine Stillleben mögen sie auch nicht. Sein kurzes Liebäugeln mit Collagen lässt sie kalt.

Sie gehen zur letzten Leinwand und stecken die Köpfe davor zusammen. Gertrude Stein schüttelt ein letztes Mal den Kopf, und es ist vorbei.

Guillaume fasst einen Beschluss.

»Einen Moment, bitte.«

Gertrude Stein dreht sich zu ihm. »Ja?«

»Ich nehme Ihr Angebot an«, sagt er elend.

»Mein Angebot?«

Er deutet auf das Gemälde an der Wand. »Für neunhundert gehört es Ihnen.«

»Nein, danke.«

Guillaume starrt sie an. »Wie bitte?«

»Ich habe meine Meinung geändert«, erwidert sie. »Ich will es nicht mehr.«

»Aber Sie haben doch gesagt, es gefällt Ihnen!«

»Ach ja?« Gertrude Stein setzt den Fedora wieder auf. »Komm, Alice.«

Alice geht mit abgewandtem Blick an Guillaume vorbei in den Flur. Wie betäubt sieht er den beiden nach. Bevor sich die Tür hinter ihnen schließt, kommt Gertrude

Stein noch einmal zurück. In ihren Augen steht eine neue Härte. Sie deutet auf das Gemälde an der Wand.

»Ich gebe Ihnen sechshundert dafür«, sagt sie.

Guillaume starrt sie an. »Aber Sie haben mir gerade neunhundert angeboten!«

»Was Sie abgelehnt haben. Das ist mein neues Angebot.«

»Aber das ist Halsabschneiderei!«

Sie sieht ihn ungerührt an. »Nehmen Sie an oder nicht?«

Sechshundert Francs. Genau die Hälfte dessen, was er braucht. Er ist so gut wie tot.

Gertrude Stein steht in seinem Atelier und wartet ruhig darauf, dass er auf ihre Bedingungen eingeht.

Sie beobachtet ihn.

Wendet den Blick nicht ab.

KAPITEL II

EINE AMERIKANERIN IN PARIS

Die Amerikanerin öffnet selbst die Tür.

Sie trägt nur ein Nachthemd. Ihr Körper – dunkel und geschmeidig und unangefochtenes Stadtgespräch – ist in blassrosa Seide gehüllt. Jean-Paul bemüht sich nach Kräften, nicht auf die berühmten Brüste zu starren, die Männer von verbotenen Freuden träumen lassen, wenn sie neben ihren ahnungslosen Frauen liegen. Sie steht im Türrahmen und ist sich des Spektakels, das sie auslöst, nur allzu bewusst.

»Ja?«, sagt sie.

Jean-Paul hustet. »Mademoiselle Baker?«

Sie neigt den Kopf, auch wenn diese Frage eigentlich keine Antwort erfordert. Jeder in Paris weiß, wer Josephine Baker ist. »Und Sie sind?«

»Jean-Paul Maillard. Von der Zeitung.« Er reicht ihr seine Visitenkarte.

Sie wirft nicht einmal einen Blick darauf. »Sprechen Sie Englisch?«, fragt sie. »Ich möchte jemanden, der Englisch spricht. Mein *français* ist nicht so *bien*.«

»Ja.«

»Na dann. Kommen Sie doch bitte rein.« Sie dreht sich auf dem Absatz um und gleitet mit sinnlichem Hüftschwung den Flur entlang. Jean-Paul hinkt ihr hinterher bis in ein Wohnzimmer, das größer ist als sein ganzes Apartment. Sie lässt sich auf einer grünen Samtcouch nieder und wirft ihm ein blendendes Lächeln zu. Es ist noch früh am Morgen, doch ihr Haar ist bereits zu dem berühmten glänzenden Helm aus dichten schwarzen Wellen gelegt, und ihre Fingernägel sind perfekt silberfarben lackiert. Sie ist einundzwanzig Jahre alt. »Ich *versuche* aber, Französisch zu lernen«, sagt sie. »Ich habe Märchenbücher gelesen.« Sie verdreht die Augen. »Diese französischen Geschichten sind *beaucoup* viel seltsamer als die Märchen, die meine Mutter mir als Kind immer erzählt hat.«

Jean-Paul setzt sich und sieht sich um. Über jedes Möbelstück sind beiläufig Kleidungsstücke geworfen, überall liegen Stapel ungeöffneter Briefe. Eine große Büste von Louis XIV. steht auf dem marmornen Kaminsims, daneben ein Käfig mit zwei bunt gefiederten Sittichen, die auf ihrer Stange auf und ab trippeln und einander ankreischen.

»Worüber sollen wir heute sprechen?«, fragt Josephine Baker.

Jean-Paul holt sein Notizbuch hervor. »Ich möchte etwas über Ihr Leben in Frankreich erfahren«, erläutert er. »Wie Sie hierhergekommen sind, warum Sie beschlossen haben zu bleiben.«

»J'adore la France.« Sie lächelt. »Und Frankreich liebt mich auch.«

»Und warum ist das Ihrer Meinung nach so?«

Sie zuckt mit den Schultern. »Weil ich anders bin. *Exotique.*«

Jean-Paul nickt. »Die afrikanische Prinzessin von Paris.«

Sie sieht ihn an. »Sie wissen, dass ich noch nie in Afrika war, nicht wahr?«

»Aber die Stadt liebt Sie trotzdem. *Un Vent de Folie* ist jeden Abend ausverkauft. Das *Les Folies Bergère* war noch nie so beliebt. Alles wegen Ihnen.«

»Die Show ist großartig, nicht wahr? Ich liebe die Kostüme.«

»Die Kostüme sind spektakulär«, stimmt Jean-Paul höflich zu, auch wenn er anderer Meinung ist. Kennt man einen Rock aus Bananen, kennt man alle. »Wo haben Sie Tanzen gelernt?«

»In St. Louis, Missouri. Dort gab es große Flussschiffe, die mit Passagieren den Mississippi auf und ab fuhren – Sie wissen schon, Tagesausflüge als Freizeitvergnügen –, und jedes Schiff hatte eine Band. Viele der Musiker kamen von New Orleans den Fluss herauf und suchten Arbeit auf diesen Schiffen. Ich habe dort Johnny Dodds spielen hören und Pops Foster.« Sie lächelt. »Damals wurde so viel getanzt! Dauernd hat jemand neue Schritte erfunden, und ich habe sie alle gelernt.« Ein Telefon klingelt in einem Nebenraum. Sie springt auf und verlässt unter leisem Seidenrascheln das Zimmer. Jean-Paul sieht zu den Sittichen und fragt sich, was sie ihm wohl für Geschichten erzählen könnten. Und ob sie Englisch oder Französisch sprechen.

»Hallo? Hallo?« Ihre Stimme dringt aus dem Nebenraum herüber. »Was? Ich kann nicht... Wie bitte? Ich verstehe Sie nicht. Ich... *parlez-vous anglais?* Hallo?« Eine kurze Pause, dann wird der Telefonhörer zurück auf die Gabel geknallt. Die Besitzerin des bekanntesten Gesichts von Paris kehrt lächelnd zurück.

»Der alberne Mann sprach kein Wort Englisch«, sagt sie. »Ich hasse das Telefon, Sie nicht auch? Es ist furchtbar, die Stimme eines Menschen zu hören, ihn aber nicht zu sehen! Auch wenn Sie das Telefon wahrscheinlich ständig nutzen, oder?« Bevor Jean-Paul antworten kann, spricht sie schon weiter. »Ich kenne einen Journalisten, einen Amerikaner. Er arbeitet für eine Zeitung in Kanada. Er schreibt auch Geschichten. Sein Name ist Ernest Hemingway. Vielleicht kennen Sie ihn?«

»Natürlich. Das heißt, ich weiß von ihm. *Fiesta* ist ein sehr gutes Buch.«

»Das findet Ernest auch. Ich habe es allerdings nicht gelesen.« Sie zwinkert. »Das macht ihn wahnsinnig.«

»Ich habe auch ein Buch geschrieben«, sagt Jean-Paul zu seiner eigenen Überraschung. Bisher hat er noch keinem Menschen davon erzählt.

»Wie *magnifique!* Wovon handelt es?«

Er zögert. »Es ist die Geschichte eines Mädchens namens Elodie.«

»Das ist ein hübscher Name.«

»Ja«, stimmt Jean-Paul traurig zu.

»Wie lautet der Titel? Ich gehe am Nachmittag gleich los und kaufe es.«

»Oh, man kann es nicht kaufen.« Er sieht auf seine Schuhe. »Ich habe es nur für mich geschrieben.«

»Nun, wenn Sie es je veröffentlichen wollen, dann kann Ernest Ihnen vielleicht helfen. Ich bin mir sicher, er kennt jeden in der Buchwelt. Er ist ungeheuer wichtig, oder zumindest erzählt er mir das.« Sie grinst. »Ein oder zwei Worte ins richtige Ohr können entscheidend sein, finden Sie nicht auch?«

»Hat er nicht gerade erst geheiratet?«, sagt Jean-Paul, der unbedingt das Thema wechseln möchte.

»Ah, ja, die reizende Pauline.« Josephine Baker beugt sich vor. »Sie mag mich nicht«, flüstert sie.

»Oh? Warum?«

»Ernest tanzt immer noch gern mit mir, wenn er die Möglichkeit dazu hat. Für Paulines Geschmack hält er mich dabei ein wenig zu fest.«

»Ich verstehe.«

»So schlimm ist das nicht.« Ihre Augen funkeln. »Er ist ein sehr gut aussehender Mann.« Sie lehnt sich zurück und mustert ihn träge. »Woher können Sie so gut Englisch?«

»Bei Kriegsende habe ich einige amerikanische Soldaten kennengelernt. Sie bekamen Zigaretten von mir im Austausch für Englischunterricht. Und ich liebe amerikanische Musik.«

»Ach ja?«

»Natürlich. Vor allem George Gershwin. Und Bessie Smith und Louis Armstrong. Bei den beiden habe ich viel Englisch durch Zuhören gelernt.« Er singt so kehlig und rau wie Satchmo:

Mama I'm so sad and lonely
Just for you only
I'm blue

Josephine Baker jubelt entzückt. »Also, das ist definitiv besser als das Lesen von Märchenbüchern! Den Blues zu lernen wird Ihnen auf jeden Fall mehr helfen als mir die Lektüre von edlen Prinzen und bösen Stiefmüttern.«

»Aber man weiß doch nie, wann einem ein edler Prinz begegnet. Und es wäre eine Schande, dann nicht zu wissen, was man sagen soll.«

Sie lächelt. »Sie verstehen es, eine Frau aufzumuntern.«

»Vielleicht sollte ich meine Louis-Armstrong-Platten wegwerfen und mir stattdessen die Gebrüder Grimm vornehmen. Gibt es viele böse Stiefmütter in Amerika?«

»O Baby, Sie haben ja keine Ahnung!« Sie schlägt sich vor Vergnügen aufs Knie. »Sie waren noch nie in den Staaten?«

»Nein. Aber ich würde sehr gern hinfahren.«

»Die Frauen wären ganz wild nach Ihrem Akzent.«

Er wechselt wieder das Thema. »Vermissen Sie Amerika?«

Sie schüttelt den Kopf. »Man nennt mein Land ›Das Land der Freien‹, aber ich bin schwarz und in Armut geboren, und das ist nicht gerade ein freies Leben.«

»Erzählen Sie mir davon«, bittet Jean-Paul.

»Als ich sechs war, standen wir jeden Tag vor Sonnenaufgang auf und liefen drei Kilometer zum Soulard Market. Dort verkauften die Bauern jeden Morgen ihre

Waren. Die Verkaufsstände quollen geradezu über vor
Obst und Gemüse, doch wir konnten uns nichts leisten.
Stattdessen krabbelte ich unter die Tische und sammelte
das Obst auf, das in den Dreck gefallen war. Die Stand-
besitzer sahen mich, beachteten mich aber nicht weiter.
Manche hatten Mitleid mit mir und gaben mir einen frischen Apfel oder eine Aprikose. Manchmal gingen mein
Bruder und ich zum Güterbahnhof in der Nähe unseres
Hauses. Wir sammelten Kohlen auf und verkauften sie
für einen Penny das Stück.« Sie verzieht den Mund zu
ihrem berühmten Lächeln. »In Frankreich dagegen! Hier
habe ich funkelnde Ringe bekommen, die so groß wie
Eier sind, hundertfünfzig Jahre alte Ohrringe, die einmal
einer Herzogin gehört haben, sechs Stühle aus China
und ein Paar Schuhe aus Gold.« Sie lacht. »Jemand hat
mir ein Auto geschenkt, bei dem die Sitze mit Schlan-
genleder bezogen sind. Ich kann aber nicht fahren, deshalb habe ich jetzt einen Chauffeur mit großen goldenen
Knöpfen auf der Uniform.«

»Frankreich war sehr gut zu Ihnen«, sagt Jean-Paul.

»Sehr viel besser als mein Herkunftsland, auf jeden
Fall.« Sie beugt sich vor. »Ich kam auf einem Schiff
namens *Berengaria* hierher, als Mitglied des ursprünglichen Ensembles, das *La Revue nègre* auf die Bühne
gebracht hat, wissen Sie. Zu uns gehörten Schauspieler,
Musiker, Tänzer, alle möglichen Leute. Wir waren eine
ganz schön große Nummer, aber das Schiff fuhr unter
amerikanischer Flagge, weshalb wir im Zwischendeck
reisen mussten. Man wollte nicht, dass sich Schwarze
unter die Passagiere der Ersten Klasse mischen. Erst in

Paris wurden wir so behandelt wie jeder andere auch.«
Sie sieht zu, wie sich Jean-Paul Notizen macht. »Haben
Sie schon mal von Lloyd Waters gehört?«

»Nein.«

»Er ist ein Freund von mir. Als der Krieg ausbrach,
wollte er kämpfen, noch bevor Amerika eingetreten
war, darum hat er sich der französischen Fremdenlegion
angeschlossen. Er wurde verletzt, und dann hat er eine
Ausbildung zum Kampfpiloten gemacht. Er war sehr
mutig. Die Franzosen nannten ihn ›Die schwarze
Schwalbe des Todes‹. Doch als Amerika in den Krieg ein-
trat, wurde er in eine US-Militäreinheit versetzt und ist
nie mehr geflogen.«

»Warum nicht?«

»Weil Amerika seinen *Negroes* nicht zutraut, Piloten zu
sein. Nach Kriegsende haben ihn die Franzosen mit fünfzehn Medaillen ausgezeichnet. Fünfzehn! Kein Wunder, dass er nie wieder zurück nach Amerika gegangen
ist.«

»Er ist noch hier?«

»Natürlich! Warum sollte er auch zurückgehen? In
Frankreich behandelt man ihn mit Liebe und Respekt. Er
betreibt einen Club in Montmartre, *Le Chat Blanc*. Kennen Sie ihn?«

»Ich habe davon gehört.«

»Ich gehe gern nach der Show im *Les Folies* dorthin,
weil man dort angenehm entspannen kann. Und die
Musik ist gut.«

»Jazz?«, vermutet Jean-Paul.

Sie nickt. »Diese Woche spielt Sidney Bechet.«

»Bechet? Wirklich?«

»O ja. Er ist gerade erst wieder nach Paris gekommen, nachdem er überall in Europa gespielt hat. Wir sind gute Freunde, Sidney und ich. Er schreibt mir aus jeder Stadt, die er besucht.« Sie steht auf und geht zu einem kleinen Sekretär. »Sehen Sie.« Sie gibt Jean-Paul ein Bündel Postkarten. Er blättert es durch. Griechenland, Türkei, Schweden. »Bei meinem ersten Aufenthalt in Frankreich sind wir zusammen aufgetreten.«

Jean-Paul nickt. »Ich habe die Show gesehen. Er hat einen Erdnussverkäufer gespielt. Er hat einen Wagen auf die Bühne geschoben und dann den Blues gespielt, während ein Paar dazu getanzt hat.«

Sie lächelt, genießt die Erinnerung. »Sie sollten heute Abend ins *Le Chat Blanc* kommen, als mein Gast. Ich werde Sie Lloyd Waters und Sidney vorstellen. Ernest werde ich auch einladen. Er geht gern in die *boîtes,* um zu trinken und den Tänzerinnen zuzusehen. Dort sind viele Amerikaner, die Sie interviewen können.«

»Das wäre großartig.«

»Sie werden sich wunderbar mit allen verstehen, das weiß ich. Sie könnten Ernest wegen Ihres Buches fragen, wenn Sie möchten. Und Sie können natürlich Sidney spielen hören.« Sie verstummt einen Moment. »Noch einer, der lieber in Frankreich leben würde. Schon komisch, nicht wahr? Sehen Sie uns nur an – mich, Sidney, Lloyd, Ernest. Wir alle sind Amerika entkommen. *Sie* aber wollen unbedingt dorthin.«

»Jeder strebt irgendwohin«, sagt Jean-Paul leichthin.

»Doch nicht Sie, oder? Sie sind immer noch hier.«

Jean-Paul neigt den Kopf zur Seite. »Das stimmt.«

»Was hindert Sie daran? Warum nehmen Sie nicht das nächste Schiff in die Staaten?«

»Ich muss hierbleiben.«

»Warum? Was hält Sie in Paris?«

»Das ist eine lange Geschichte.«

Josephine Baker verschränkt die Arme. »Dann erzählen Sie sie mir.«

Zu seiner eigenen Überraschung tut er das auch.

KAPITEL 12

AUXILLAC 1913: EIN MÄDCHEN VOM LAND

Camille Gineste wuchs in einem winzigen Dorf in der Lozère auf. Die große Mühle ihrer Familie mit der niedrigen Decke im Zentrum von Auxillac war ihre ganze Welt. Selten kamen Menschen ins Dorf, und genauso selten ging jemand von hier weg. Fremde erregten daher große Aufmerksamkeit.

Ein Mann kam zu Besuch zur Familie ihrer Cousine, sein Name war Olivier Clermont. Er lebte in Paris und war zehn Jahre älter als sie. Ihr gefiel sein offenes, ehrliches Gesicht. Er hatte einen dichten Schnurrbart, der ihm, wie sie fand, etwas Verwegenes, aber zugleich Kultiviertes verlieh.

Sie erkundigte sich nach ihm.

Das brachte sie in Erfahrung: Er war in La Canorgue aufgewachsen, einem etwa acht Kilometer entfernten Dorf, zu dem man über eine kurvenreiche Landstraße gelangte. Nachdem seine Mutter gestorben war, zog er mit seinen Brüdern nach Paris zu ihrer älteren Schwester. Er besaß ein Auto, ein elegantes Fahrzeug, das Unic

genannt wurde, und arbeitete als Chauffeur in Paris –
oder in der Normandie oder in Monaco, je nach Jahres-
zeit. Den Sommer über wohnte er in Lozère, solange
seine Auftraggeber ihren Urlaub weit weg von der
Hauptstadt verbrachten.

Große Familienfeiern wurden veranstaltet und auch
ein oder zwei festliche Picknicks. Olivier Clermont hatte
eine angenehme Tenorstimme und ließ sich manchmal
überreden, etwas vorzusingen. Camille mochte die Art,
wie er sang, das amüsierte Funkeln in seinen Augen. Ihr
gefiel, dass er sich selbst nicht zu ernst nahm. Sie trug
ihr hübschestes Kleid und hoffte, dass er sich ihr vorstellen würde. Manchmal spürte sie, wie sein Blick auf
ihr ruhte, doch er kam nicht zu ihr. Eines Nachmittags
jedoch stand er vor der Tür der Mühle, die zusammen-
gerollte Kappe in der Hand.

Sie unternahmen lange Spaziergänge über die angren-
zenden Wiesen und erzählten einander von sich. Sie
hörte gern seine Schilderungen des Lebens in Paris und
wünschte, sie hätte selbst etwas Interessantes zu berichten. Sie kannte nur Auxillac.

Manchmal kam er im Auto, und sie machten eine
Spritztour durch die Gegend. Die Geschwindigkeit,
mit der sie die engen Straßen entlangfuhren, raubte ihr
buchstäblich den Atem.

Am Ende des Sommers kehrte Olivier nach Paris
zurück, und sie schrieben einander. Camille freute sich
über die Neuigkeiten aus der großen Stadt, dachte aber
in den Wochen zwischen den Briefen kaum an ihn und
machte sich keine großen Hoffnungen. Sie wusste, dass

die Frauen in Paris wunderschön waren und sie nur ein einfaches Mädchen vom Land. Sie würde nie die Aufmerksamkeit eines Mannes wie ihm erregen.

Im nächsten Sommer kehrte Olivier Clermont nach Auxillac zurück und kam fast jeden Tag zur Mühle.

Ende Juli heiratete eine Cousine von Camille einen Viehbauern aus Mende, was am Abend mit einem großen Fest im Dorf gefeiert wurde. Lange Tische standen aufgereiht unter dem Sternenhimmel und bogen sich unter den Speisen und Weinkaraffen. Nach dem Essen wurde aufgespielt, und das ganze Dorf tanzte bis spät in die Nacht.

Einmal saß Camille allein da und sah den Feiernden zu, als er auf sie zukam. Sie lächelte.

»Ich habe dich beobachtet!«, sagte er. »Du hast noch gar nicht getanzt.«

»Es macht mehr Spaß, den Leuten zuzusehen.« Sie deutete in die Mitte des Trubels, wo ihr Vater ihre Mutter herumwirbelte, die lachend den Kopf in den Nacken geworfen hatte.

»Wie willst du das wissen, wenn du es nie selbst versuchst?«, fragte er.

Belustigt sah sie zu ihm auf. »Monsieur Clermont, bittest du mich gerade um einen Tanz?«

Er schüttelte den Kopf. »Nein, Camille.« Seine Stimme klang erstickt. »Ich bitte dich, meine Frau zu werden.«

Vor Überraschung fehlten ihr die Worte.

»Camille?«, fragte Olivier. »Hast du mich gehört?«

Sie nickte.

»Und was sagst du?«

Sie war noch nie weiter als dreißig Kilometer von ihrem Geburtsort weg gewesen. Ihr Leben war hier, bei ihren Eltern. Sie hatte nie daran gedacht, dass ihr eine andere Zukunft offenstehen könnte.

»Ja«, flüsterte sie.

Er nahm ihre Hand und führte sie in die Mitte der tanzenden Hochzeitsgäste.

Camille war zwanzig Jahre alt. Während sie zu den Klängen der Musik über den Dorfplatz tanzten und Oliviers starke Hände in ihrem Rücken lagen, fragte sie sich, was um Himmels willen sie da gerade getan hatte.

Im Frühling 1913 heirateten sie in der kleinen Kirche des Dorfes. Ihre Eltern versuchten, ihre Missbilligung zu verbergen, doch Camille sah ihre roten Augen und hörte sie flüstern. Sie waren überzeugt, dass ihre Tochter nie wieder nach Auxillac zurückkehren würde. Egal, wie inbrünstig sie es ihnen versprach, sie ließen sich nicht beruhigen.

Am Tag nach der Feier bestieg das frischgebackene Ehepaar den Zug nach Paris. Camille saß neben ihrem Mann und sah durch das Fenster, wie draußen die Landschaft vorbeizog. So viele Kilometer lagen zwischen ihrer Vergangenheit und ihrer Zukunft.

Frühmorgens am nächsten Tag fuhr der Zug in den Gare de Lyon ein. Camille hatte unruhig geschlafen, und Oliviers seliges Schnarchen aus dem Bett über ihr hatte auch nicht geholfen. Ihre Mutter hatte ihr für die Reise einen neuen Hut angefertigt, den sie jetzt beim Aussteigen krampfhaft festhielt. Die Gerüche auf dem Bahnsteig waren so scharf und bitter, dass sie sie in der Kehle schmecken konnte. Eine weiße Dampfwolke entwich zischend aus der Lok am Nebengleis. Ein unsichtbarer Schaffner blies schrill in seine Pfeife, jemand rief etwas. Panisch drehte sie sich nach Olivier um. Er stand hinter ihr, einen Koffer in jeder Hand.

»Willkommen in Paris, Madame Clermont«, sagte er lächelnd.

Sie sah hinauf zum Dach des Bahnhofs, dessen riesige Eisen- und Glaskonstruktion sich über ihnen wölbte. Sie streckte die Hand nach ihrem Mann aus. Er stellte die Koffer ab und legte ihr den Arm fest um die Schulter. Seine Berührung verlieh ihr Mut. Reisende drängten sich um sie herum.

»Alle haben es hier so eilig«, bemerkte sie.

Olivier lachte. »Ah, ja. Egal, wohin man unterwegs ist, man darf keine Zeit verlieren.«

»Und wohin gehen *wir*? Wie weit von hier ist es eigentlich bis nach Levallois?«

»Es liegt im Nordwesten. Auf dem Weg dorthin siehst du schon etwas von der Stadt. Komm.« Sie traten hinaus in den kalten Pariser Morgen. Dunkle Wolken hingen tief am Himmel. Camille erschauderte und vermisste schon jetzt die Sonne des Südens.

Sie fanden ein Taxi, und auf der Fahrt über die breiten Boulevards der Stadt deutete Olivier auf die berühmten Sehenswürdigkeiten. Bei der Wohnung angekommen, trug Olivier die Koffer vor seiner Braut nach oben. Im Wohnzimmer nahm Camille ihren neuen Hut ab, schlug die Hände vors Gesicht und brach in Tränen aus.

Die ersten Wochen waren nicht leicht.

Camille konnte gar nichts. Ihre Mutter hatte sie verwöhnt und ihr nicht einmal die einfachsten Tätigkeiten im Haushalt beigebracht. Sie konnte nicht kochen, sie wusste nicht, wie man Feuer macht. Sie wusste nicht, wie man eine Ehefrau war. Ihre Schwägerin zeigte ihr alles. Sie lernte, die reifsten Melonen auf dem Markt auszuwählen und das *poulet rôti* zum richtigen Zeitpunkt aufzutischen. Ihr Mann war geduldig und freundlich. Er sah zu, wie sie versuchte, eine gewisse Ordnung in die Wohnung zu bringen, und machte ihr nie Vorwürfe. Wenn sie den Mut zu verlieren drohte, zog er sie in seine bärenhafte Umarmung und flüsterte ihr ins Ohr, dass sie sich hervorragend schlage und sich schon bald an alles gewöhnen würde. Wochenlang blieb er bei ihr in der Wohnung, weil sie zu nervös war, um allein zu sein. Doch dann musste er wieder arbeiten. Die Miete, sagte er sanft, zahle sich nicht von allein.

»Lass uns ein wenig nach draußen gehen«, schlug er vor.

»Wohin?«

»Zum Boulevard Haussmann. Einer meiner Auftraggeber wohnt dort. Ich will ihm Bescheid sagen, dass er mich ab jetzt wieder jederzeit beschäftigen kann.« Er verstummte. »Er ist Schriftsteller und wird sich freuen, dich kennenzulernen.«

»Glaubst du, ich freue mich auch, ihn kennenzulernen?«

»O ja.«

»Und warum?«

Er tätschelte ihre Wange. »Weil er einer meiner besten Auftraggeber ist.«

An der Hausnummer 102 des Boulevard Haussmann ging das junge Paar die Dienstbotentreppe in den zweiten Stock hinauf. Ein tadellos gekleideter Mann öffnete die Tür.

»Clermont!«, bellte er überrascht. »Du bist wieder da!« Er schüttelte erfreut Oliviers Hand und wandte sich dann an Camille. »Und das ist die wunderhübsche Braut, die du aus Lozère mitgebracht hast?« Er musterte sie anerkennend von oben bis unten. »Wie reizend.«

Sie errötete und knickste, wie sie es zu Hause geübt hatte. Die Männer lachten laut. »Was für ausgezeichnete Manieren ihr da unten im Süden habt!«, rief der Mann.

»Camille, das ist Nicolas Cottin«, sagte Olivier. »Er ist der Kammerdiener.«

Verwirrt sah sie zwischen den beiden Männern hin und her. Ihre Wangen brannten vor Verlegenheit. »Der Kammerdiener?«, stotterte sie.

Cottin sah sie freundlich an. »Ja, ich bin leider nur hier angestellt«, meinte er grinsend. »Meine Frau auch. Sie ist das Zimmermädchen.« Er klopfte Olivier auf die Schulter. »Schön, dich zu sehen! Ich sage ihm, dass du hier bist. Kommt mit.« Er führte sie einen Flur entlang in die Küche. »Bin gleich wieder da«, sagte er und verschwand.

Camille sah sich in der Küche um. Der Kamin war sorgfältig gefegt, es lag ein frischer Stapel Anmachholz darin. Jede Oberfläche war makellos sauber und aufgeräumt. Kupferne Pfannen waren der Größe nach und im exakt selben Winkel auf Regalen angeordnet. Die

Herdplatte glänzte wie gerade neu eingebaut. Camille wandte sich an ihren Mann. »Kocht hier eigentlich jemals jemand?«, fragte sie.

Bevor Olivier antworten konnte, schwang die Tür auf.

Der Mann, der in die Küche kam, trug ein vornehmes Smokingjackett mit Samtaufschlägen und ein so frisches weißes Hemd, dass die Bügelfalten noch zu sehen waren, allerdings weder Kragen noch Krawatte. Eine Haarlocke fiel ihm in die Stirn, und in seinem runden Gesicht prangte ein üppiger dunkler Schnurrbart. Die Augen blickten ruhig und klar. Er wirkte reserviert, jede Geste verriet zögernde Zurückhaltung, als ob er nicht völlig an der Welt, die ihn umgab, teilhaben wollte. Ein Mann halber Schritte.

Er begrüßte Olivier und streckte dann Camille die Hand hin. »Madame«, sagte er. »Darf ich Ihnen Marcel Proust vorstellen, nachlässig gekleidet, ungekämmt und bartlos!«

Jetzt, da der richtige Zeitpunkt für einen Knicks gekommen war, gelang Camille nur eine befangene halbe Verbeugung. Marcel Proust musterte sie mit entwaffnender Offenheit. Sein Lächeln war ein merkwürdiges Verziehen der Lippen, und es reichte nicht bis zu den Augen. »Sie wissen, wie unschätzbar wertvoll Ihr Mann für mich ist, nicht wahr, Madame Clermont?«, sagte er. »Er ist der einzige Chauffeur, dem ich vertraue. Kein anderer kann ihn ersetzen, keiner.« Er wandte sich an Olivier. »Ich hoffe, Sie kommen, um mir zu sagen, dass Sie wieder arbeiten wollen.«

»Wann immer Sie mich brauchen, Monsieur.« Olivier

holte ein Blatt Papier aus seiner Tasche. »Das ist die Nummer des Restaurants meiner Schwester«, erklärte er. »Dort können Sie mich immer erreichen, sollten Sie mich benötigen.«

»Ausgezeichnet«, erwiderte Proust, nahm das Blatt und faltete es säuberlich in der Mitte. »Ich werde Sie ganz bestimmt bald anrufen.«

Olivier neigte den Kopf. »Stets zu Diensten, Monsieur.«

»Danke, Olivier. Ohne Sie war ich ziemlich verloren.« Der Schriftsteller wandte sich wieder an Camille. »Dazu muss ich Ihnen etwas von äußerster Wichtigkeit mitteilen, Madame Clermont.«

Sie nickte besorgt.

»Es ist unabdingbar«, fuhr Marcel Proust fort, »dass sich Ihr Ehemann zu Hause nicht zu sehr wohlfühlt.«

Langes Schweigen.

»Nicht zu sehr wohlfühlt?«, wiederholte Camille.

Proust nickte. »Er muss mir zur Verfügung stehen, wann immer ich ihn brauche, verstehen Sie. Ich will nicht, dass er zu Hause bei seiner hübschen jungen Frau herumlungert! Wenn Sie sich zu gut um ihn kümmern, wird er mich nie mehr fahren wollen, verstehen Sie? Ich will, dass er neben dem Telefon bereitsteht und auf meinen Anruf wartet!«

Ein Scherz. Sie lächelte schwach.

»Vielleicht sollte ich auch *Ihnen* hier Arbeit geben«, überlegte er. »Dann wäre Olivier noch williger, zum Boulevard Haussmann zu kommen!«

»Was für eine ausgezeichnete Idee!«, rief Olivier. »Es

gibt keinen besseren Arbeitgeber als Monsieur Proust, Camille.«

Sie schüttelte den Kopf. »Monsieur, Sie würden nicht wollen, dass ich hier arbeite. Ich kann nicht einmal ein Ei kochen.«

Marcel Proust betrachtete sie aufmerksam aus seinen reptilienartigen Augen mit den schweren Lidern.

»Ich mag keine Eier«, antwortete er.

KAPITEL 13

SÖHNE UND BRÜDER

Nachdem Arielle und ihre Mutter gegangen sind, nicht ohne ihm für den Käse zu danken und ihm fest zu versprechen, am Nachmittag in den Jardin du Luxembourg zu kommen, sieht Souren Balakian aus dem Fenster. Er lebt für Arielles Besuche jeden Morgen. Sie ist eine kleine Sonne, die ihn mit Wärme und Licht erfüllt.

Souren lächelt über Arielles Vorfreude auf die Puppenvorführung. Dann streckt er die Arme über den Kopf und denkt an den Klavierspieler von unten. Nicht nur ein Pianist, korrigiert er sich. Ein *Komponist* – wenn auch einer, der nichts Neues mehr schreibt. Die Melancholie hat ihn fest im Griff, die Schönheit seiner eigenen Musik hat ihn verstummen lassen. Vielleicht hat er Angst, dass er nie wieder etwas so Perfektes zu Papier bringt. Morgen, denkt Souren, wird er an die Tür der Wohnung im Erdgeschoss klopfen. Er wird Maurice Ravel sagen, dass er ein ergebenes Publikum hat, das jeden Tag auf sein Spiel wartet. Vielleicht hilft das, die Musik in ihm freizusetzen.

Summend macht sich Souren daran, seinen Koffer zu packen.

Jeden Abend hängt er die Puppen an ihre Haken, und jeden Morgen nimmt er sie wieder ab. Er lässt sich Zeit bei seinem täglichen Ritual, erfreut sich am Zwiegespräch mit den Puppen vor dem öffentlichen Spektakel, das sie erwartet. Das Publikum sieht aus der Ferne zu, doch seine Beziehung zu den Puppen ist in ihm verwurzelt, tiefgreifend und unmittelbar. Das ist es, was er kennt, was er liebt: die weichen, winzigen Gewänder, das Gewicht der polierten hölzernen Köpfe, der leichte Geruch nach Lack und alter Farbe. Seine Hände beleben die Figuren. Seine Finger zucken unter ihrer Haut und erwecken sie. Noch nie hat er sie über Nacht im Koffer gelassen. Er könnte nicht schlafen, wenn er auf eine Wand voll leerer Haken blicken müsste. Die Puppen leisten ihm Gesellschaft, wenn die Träume kommen.

Nachdem er seine ungewöhnlichen Arbeitskameraden in engen, straff organisierten Reihen eingepackt hat, schließt Souren den Deckel und lässt die Messingschnallen zuschnappen. Der zweite Koffer, der das Theater enthält, steht an der Tür. Er nimmt beide auf und verlässt das Haus.

Es ist ein wunderschöner Morgen. Souren geht durch die Straßen von Montmartre und genießt die wärmende Sonne. In der Rue des Martyrs sind die Geschäfte voll. Hausfrauen stehen bei ihrem favorisierten Fischhändler, Schlachter und Lebensmittelhändler an. Wie immer schaut Souren in der *fromagerie* vorbei, um die wohlriechende Fülle an Käse in den Auslagen zu bewundern.

Hinter dem Tresen begrüßt Augustin ihn mit einem fröhlichen Winken.

»Wie hat Mademoiselle der Saint-Nectaire geschmeckt?«, fragt er.

»Sehr gut«, antwortet Souren. »Uns beiden.«

»Ausgezeichnet!« Augustin grinst. »Heute Abend habe ich etwas Besonderes für dich. Einen reizvollen Chaumes.« Er hält sich mit seinen fetten Fingern die Nase zu. »Er ist gut und stinkt. Wir werden sehen, was deine kleine Freundin *dazu* sagt.«

Souren grinst. »Ich freue mich darauf.«

»*Alors, à ce soir*«, sagt der Käsehändler.

Souren winkt und tritt wieder hinaus auf die Straße. An der Bäckerei nebenan drücken sich Kinder die Nasen am Fenster platt und starren hungrig auf die Kuchen, die *tartes aux pommes* und die sorgfältig geschichteten Pyramiden aus schokoladenüberzogenen Eclairs. Ein Junge bückt sich und füttert einem Straßenhund ein paar Stücke seines Croissants.

Souren spaziert nach Süden, die Anhöhe hinunter. Vor Younis' Lebensmittelladen bleibt er stehen und geht schließlich hinein. Er stellt die Koffer ab und atmet tief ein. Die meisten Läden in der Rue des Martyrs riechen nach frischem Obst und Gemüse, doch hier liegt der schwere, köstliche Geruch nach fremdartigen Gewürzen in der Luft. Das Angebot des Tages ist nicht wie anderswo in üppigen Auslagen für die Kunden sortiert, sondern lagert in zerknickten Kartons auf dem Boden. Eine alte Frau mit einem bunten Tuch um den Kopf bückt sich steif, um einen Haufen knotiger Süßkartof-

feln zu inspizieren. Hier stehen keine Schlangen gut situ-
ierter französischer Damen, die geduldig warten, bis sie
bedient werden. Der Laden ist ein einziges Chaos aus
herumspringenden, lachenden Kindern. Mindestens
zwanzig Erwachsene sind ebenfalls hier, auch wenn niemand die Absicht zu haben scheint, etwas zu kaufen.
Alle sind viel zu sehr damit beschäftigt, sich zu unterhalten. Souren kann verschiedene Gespräche ausmachen,
die alle in erheblicher Lautstärke geführt werden. Dennoch versteht er kein Wort.

Neben der Kasse am hinteren Ende des Raums steht
ein großer Mann, er hat die Hände in die Hüften ge-
stemmt und ist mit zwei anderen Männern ins Gespräch
vertieft. Er hat ein hübsches braunes Gesicht. Als die Tür
geöffnet wird, sieht er auf und entschuldigt sich. Mit
einem strahlenden Lächeln voll echter Freude kommt er
Souren entgegen, als hätte er den ganzen Morgen nur
auf ihn gewartet. Die beiden Männer schütteln einander fest die Hände. Abgesehen von der kleinen Arielle
ist Younis der einzige Freund, den Souren in zehn Jahren
in Paris gefunden hat. (Sein Verhältnis zu Augustin und
Thérèse ist zwar sehr warmherzig, aber dennoch nicht
mehr als ein Tausch von Geld gegen Ware.)

»Younis«, sagt Souren. »*Tout va bien?*«

»Natürlich, natürlich«, antwortet der Mann. Sein
Französisch ist so unbeholfen wie das von Souren, auch
er spricht mit schwerem Akzent. Ihre Freundschaft grün-
det sich, zumindest zum Teil, auf das gefährliche Wag-
nis, das beide jedes Mal eingehen, wenn sie den Mund
öffnen, um sich in der Sprache ihrer Wahlheimat zu ver-

ständigen. Beide wissen, dass sie einander nie für ihre Art zu sprechen verurteilen werden. Und das ist sehr viel wert, wenn einen alle anderen nur allzu schnell als Fremden behandeln.

Younis deutet lächelnd auf das Chaos. »Alles wie immer heute, was heißt, dass alle zu sehr mit Klatsch beschäftigt sind, um etwas zu kaufen. Aber es macht meinen Vater glücklich, wie könnte ich also etwas sagen?« Er zeigt zum hinteren Ende des Ladens, wo ein alter Mann auf einem Holzstuhl sitzt, die Hände auf die Knie gestützt, und schweigend den Trubel beobachtet. Younis' Vater Bechir trägt eine Tunika, die bis zu seinem faltigen Hals zugeknöpft ist. Die kleinen dunklen Augen liegen tief in den Höhlen, doch wahrscheinlich entgeht ihnen nicht viel. Ein dichtes Büschel weißer Haare sprießt am Kinn des alten Mannes, es erinnert Souren immer an die Ziegen, die er auf den grasbewachsenen Hängen Anatoliens gehütet hat. Souren hebt eine Hand und grüßt den alten Mann. Bechir lächelt als Antwort und zeigt dabei drei, vier Zähne, die in unmöglichen Winkeln aus seinem Gaumen ragen.

Da rennt ein kleiner Junge in einen von Sourens Koffern, stößt ihn um und schlägt selbst der Länge nach auf dem Boden hin. Younis bückt sich und zieht das Kind auf die Füße, während er leise auf Arabisch mit ihm spricht. Mit einem sanften Klaps auf den Hintern wird der Junge weggeschickt.

»Tut mir leid«, sagt Younis.

»Das muss es nicht«, erwidert Souren.

»Er ist ein guter Junge. Nur ein wenig achtlos.«

»Du bist sehr nett zu ihm.«

Younis zuckt mit den Schultern. »Er ist mein kleiner Bruder.« Als würde das alles erklären.

Bei Sourens erstem Besuch hat er die Kinder, die hier spielten (und manchmal auch widerwillig arbeiteten), für Younis' Söhne und Töchter gehalten, doch tatsächlich sind sie seine Geschwister. Bechir mag zwar uralt sein, doch laut Younis ist er immer noch ein geiler alter Bock und ungewöhnlich fruchtbar. Im Moment ist er mit seiner vierten Frau verheiratet, die selbst außergewöhnlich fruchtbar und gerade mit seinem siebzehnten Kind schwanger ist. Younis – der Älteste der Schar – beschwert sich, dass er selbst zu beschäftigt damit ist, den Laden zu führen und auf seine Brüder und Schwestern aufzupassen, um eine Frau zu finden, geschweige denn vier. Unterdessen sieht sein greiser Vater tagein, tagaus den Früchten seiner erstaunlichen Lenden dabei zu, wie sie sein Geschäft auf den Kopf stellen, und verbringt die Nächte damit, mit seiner armen, erschöpften Frau zu kopulieren. Deshalb ist Bechir immer so still, denkt Souren, wenn er seine ausschwärmende Brut beobachtet: Er spart sich seine Energie für später auf.

Younis hat Souren die Geschichte seiner Familie schon oft erzählt. Vor der Jahrhundertwende war sein Vater ein erfolgreicher Tuchhändler in Tunis gewesen. In einem der größten Souks der Stadt führte er ein lukratives Geschäft, bis er eines Tages ein Foto des Eiffelturms sah, der gerade für die Weltausstellung im Jahr 1889 gebaut worden war. Stundenlang betrachtete Bechir die hinreißend gebogenen Parabeln des Turms, der hoch über die

Dächer der Stadt hinausragte, und der harte Geschäftsmann entdeckte eine bis dahin unbekannte romantische Seite an sich. Instinktiv wusste er, dass er in einem Land leben musste, das so ein wunderschönes, nutzloses und schamlos priapisches Monument von enormen Ausmaßen bauen konnte. Er blickte auf die mächtige gusseiserne Erektion und dachte: Das ist der richtige Ort für mich. Ein paar Monate später hatte er sein Geschäft verkauft und war mit seinen vier ältesten Kindern und einer verwirrten Ehefrau auf dem Weg nach Paris und auf der Suche nach einem anderen Leben.

Das natürlich in Frankreich letztendlich gar nicht so anders war. Bechir lag der Handel im Blut, Verkaufen war für ihn gleichbedeutend mit Atmen. Er erwarb den Laden in der Rue des Martyrs, wo er mit gleichermaßen großem Erfolg arbeitete und sich vermehrte – auch wenn jetzt Younis das Geschäft leitet, wodurch sein Vater sich ausschließlich auf Letzteres konzentrieren kann. Das Foto des Eiffelturms hängt immer noch an der Wand hinter der Kasse. Souren hatte Younis einmal gefragt, ob sein Vater das berühmte Monument eigentlich besichtigt hat. Sein Freund hatte den Kopf geschüttelt. Das muss er nicht, hatte er erklärt. Es reicht ihm zu wissen, dass es da ist.

Younis nimmt die Koffer und stellt sie näher an die Tür, außer Gefahr. Er lächelt Souren zu. »Zwei Äpfel?«

Souren neigt den Kopf. Jeden Tag kauft er dasselbe. Einen Apfel zum Mittagessen, einen für später.

»Such sie dir aus«, sagt Younis und deutet auf die Kartons auf dem Boden. Souren sieht in jeden hinein. Jeden Tag bietet Younis eine andere Auswahl an, je nachdem,

was er auf dem Markt findet. Manchmal ist eine Obst-
oder eine Gemüsesorte dabei, die Souren noch nie gesehen hat. Er freut sich über diese exotischen Neuentde-
ckungen, ihre Andersartigkeit wärmt ihn. Wie er sind
Bechir und Younis Flüchtlinge aus einem fremden Land,
weshalb er sich den Männern verbunden fühlt. Der einzige Unterschied ist, denkt Souren, als er das Angebot
des Tages näher betrachtet, dass sie von ihrer Familie
umgeben sind und er nicht.

Younis folgt Souren, während dieser die Kartons inspi-
ziert, und erzählt in seinem holprigen Französisch von
seinem jüngeren Bruder, einem großen, gut aussehenden Mann, der ab und zu im Laden mithilft. Souren sieht
ihn gelegentlich, wie er mürrisch an der Kasse lehnt.

»Er gerät immer in Prügeleien«, beschwert sich Younis.
»Er kann einem Streit einfach nicht aus dem Weg gehen,
das ist sein Problem. Er braucht gar nicht nach Ärger zu
suchen, der Ärger findet ihn schon von ganz allein, weißt
du?«

Souren weiß es.

»Er ist vierundzwanzig Jahre alt und hat immer noch
nicht gelernt, dass man ihn überall sieht. Oder besser
gesagt, die Leute sehen nicht *ihn,* sondern seine Hautfarbe.« Younis verstummt. »Ich sage ihm immer wieder,
dass er lernen muss, unsichtbar zu sein.«

Souren nickt. Er selbst tritt zwar jeden Tag in der
Öffentlichkeit auf, versteckt sich dabei aber hinter der
gestreiften Markise des Puppentheaters. Nur im Verbor-
genen, außer Sicht fühlt er sich wohl.

»Er will natürlich nicht auf mich hören«, fährt Younis bedrückt fort. »Im Gegensatz zu mir ist er in Frankreich geboren und glaubt, dass er das gleiche Recht hat, hier zu sein, wie jeder andere auch.«

»Findest du das nicht?«

»Zwischen dir und mir besteht ein großer Unterschied, Souren. Du kannst die Straße entlanglaufen, und niemand wirft dir einen zweiten Blick zu. Doch ich oder mein Bruder?« Younis deutet vor den Laden. »Die meisten Leute in Paris sehen nur unsere dunkle Haut.« Er seufzt. »Natürlich hat mein Bruder recht. Er *hat* das gleiche Recht, hier zu sein, wie jeder andere auch. Aber recht zu haben und sicher zu sein ist nicht dasselbe. Und ich weiß, was wichtiger ist.« Younis holt Luft. »Er ist mein Bruder. Ich will ihn nur beschützen.«

Souren bückt sich und wählt zwei Äpfel aus. »Er ist ein erwachsener Mann, Younis. So viel kannst du da nicht machen.«

Younis sieht ihn an. »Hast du Brüder?«

»Nein«, antwortet Souren. Er bringt das Wort kaum über die Lippen.

»Nun, ich habe elf«, entgegnet Younis. »Und ich sage dir: Brüder, vor allem *jüngere* Brüder, wissen immer alles besser. Man versucht natürlich, ihnen die bestmöglichen Ratschläge zu erteilen. Sie hören auch höflich zu, oder manchmal auch nicht so höflich, und dann tun sie trotzdem, was sie wollen. Aber ich würde für meine Brüder mein Leben geben.«

Souren sieht auf seine Schuhe.

Younis klopft ihm auf die Schulter. »Du und ich, wir

werden uns hier nie richtig wohlfühlen, mein Freund. Wir werden immer Fremde bleiben, nicht wahr?«

»Das stimmt.«

»Ich werde nie die Ankunft in Marseille vergessen. Es war mein erstes Mal auf einem Schiff, und ich war die ganze Fahrt von Tunis über seekrank. Als ich in Frankreich festen Boden unter den Füßen hatte, erbrach ich mich über meine Schuhe – so habe ich meine Ankunft hier gefeiert. Der Hafen war der reinste Irrsinn. Was für ein Zirkus! Wir stellten uns an, um unsere Papiere begutachten zu lassen, und waren umgeben von Beamten, Händlern, Dieben und Huren. Nach dem ersten Blick auf sie flehte meine arme Mutter meinen Vater an, wieder zurück aufs Schiff zu gehen. Er weigerte sich natürlich.« Younis schüttelt den Kopf bei der Erinnerung. »Die ersten drei Tage in Frankreich haben sie kein Wort miteinander gesprochen.« Er sieht zu Souren. »Und du? Erinnerst du dich noch an deine Ankunft?«

»O ja«, antwortet Souren.

KAPITEL 14

PARIS 1915: DER CIRQUE MEDRANO

Guillaume Blanc kam nach Paris mit nicht mehr als einem Notizbuch, ein paar Pinseln und eimerweise Hoffnung. Er ging direkt nach Montmartre mit seinen Kopfsteinpflasterstraßen und mietete dort ein kleines Zimmer in der billigsten Unterkunft, die er finden konnte. Nur mit einem Ziel war er in die Stadt gekommen: um zu malen.

Die ersten Tage spazierte er die Boulevards auf und ab und saugte alles in sich auf. Nach jedem Ausflug kehrte er in sein Zimmer zurück und zeichnete, was er gesehen hatte. Kleine Kinder, die an einem Brunnen spielen. Eine Frau mit vom Alter gebeugtem Rücken, die ihre Einkäufe nach Hause schleppt. Die hohen, dunklen Fenster der Kirche Saint-Sulpice. Ein hungriger Hund, der in der Passage Jouffroy nach Resten bettelt. Seite über Seite füllte er mit Straßenszenen. Während er Paris erst in seine Erinnerung aufnahm und dann auf Papier bannte, spürte er, wie die Stadt durch seine Adern floss. La Rochelle rückte mit jedem Tag weiter in die Ferne.

Abends streifte Guillaume durch das *quartier*. Die Straßen von Montmartre wimmelten nur so vor Künstlern, die Atmosphäre war geradezu fiebrig vor so viel versammeltem Genie. André Derain hielt Hof im Café in der Avenue Junot, wie ein Pfau sah er aus mit seiner vornehmen Weste und dem bunten Halstuch. Manchmal kamen Guillaume Juan Gris oder Francis Picabia auf dem Gehsteig entgegen, und er musste sich vor lauter Ehrfurcht zwingen, weiterhin einen Fuß vor den anderen zu setzen. Er lernte, unauffällig bei einer Tasse Kaffee am Tresen zu sitzen und zuzuhören, wie die Künstler an den benachbarten Tischen mit ihren Freunden und Kollegen diskutierten und Klatsch austauschten. Bei einem solchen belauschten Gespräch erfuhr er, dass Pablo Picasso seine Abende gern an der Bar des Cirque Medrano verbrachte.

Pablo Picasso!

Guillaume kehrte in sein Zimmer zurück und zählte sein Geld. Er konnte sich kaum das Essen leisten, geschweige denn eine Karte für den Zirkus. Doch er war nach Paris gekommen, um zu malen, und der Zirkus war schon immer ein beliebter Treffpunkt für Künstler gewesen. Toulouse-Lautrec und Degas hatten sich dort Inspirationen für ihre Meisterwerke geholt, Seurat ebenfalls. Und wenn er Picasso an der Bar begegnete, nun, umso besser.

Am nächsten Abend ging Guillaume mit seinem besten Hut die Rue Dancourt entlang. Als er auf den Boulevard Rochechouart einbog, sah er die Menge, die sich vor den eindrucksvollen Bögen des Zirkusgebäudes drängte, und ihm ging das Herz auf. Aber sein Magen knurrte neben einem Karren, an dem Tüten mit gerösteten Esskastanien verkauft wurden. Er hatte an diesem Abend nichts gegessen, aus Sparsamkeit, um die Extravaganz dieses Abenteuers auszugleichen. Doch die Aufregung ließ ihn den Hunger vergessen.

Nachdem er seine Eintrittskarte erworben hatte, machte er sich auf die Suche nach dem berühmten Spanier. Der Boden der Zirkusbar war aus poliertem Marmor, die Wände golden gestrichen. Spiegel erstreckten sich bis zur Decke. Die Menschen drängelten gutmütig und redeten laut, um sich Gehör zu verschaffen. Guillaume kreuzte hin und her durch das Meer der Trinker, auf der Suche nach Pablo Picasso, doch der war an diesem Abend nicht hier.

Guillaume bemühte sich, seine Enttäuschung zu verdrängen, und setzte sich ein paar Minuten vor Vorstellungsbeginn auf seinen Platz in der Arena. Die Decke wölbte sich hoch über den Köpfen der Zuschauer. In der Mitte des riesigen Raums war eine runde Bühne aufgebaut. Das Publikum um ihn herum lachte und redete.

Sobald die Vorführung begann, vergaß Guillaume Pablo Picasso.

Ein tollkühner Mexikaner mit schwarzen Haaren, die ihm bis auf den Rücken fielen, stand mit verbundenen Augen auf dem Rücken eines schnaubenden Hengstes, der durch die Manege galoppierte. Jongleure warfen pausenlos brennende Stäbe durch die Luft. Eine lärmende Truppe Clowns ließ die Menge vor Lachen kreischen. Ein starker Mann in einer roten Tunika marschierte durch die Arena und balancierte auf jeder seiner ausgestreckten Handflächen eine Frau. Ein Magier sägte eine der Frauen entzwei und verwandelte die andere in einen Hahn, der im Kreis herumrannte, bevor er in ein Kaninchen verzaubert wurde. Es gab Messerwerfer, Feuerschlucker und Akrobaten, die einander durch die Luft warfen, auf den Schultern der anderen landeten und dann wieder Saltos schlagend davonsprangen. Der Höhepunkt ihrer Darbietung war ein menschlicher Eiffelturm. Guillaume jubelte genau wie alle anderen.

Doch erst die Trapezvorführung änderte alles.

Zwei Frauen, die eine weiß, die andere schwarz, gingen zur Mitte der Manege. Im Gegensatz zu den anderen Artisten lächelten sie nicht und winkten dem Publikum auch nicht zu. Die weiße Frau trug ein schwarzes Kostüm, auf dessen Rücken aus silbernen Pailletten der schnaubende Kopf eines Drachen eingestickt war. Ihre mit schwarzem Kajal umrandeten Augen und der dunkel geschminkte Mund machten aus ihrem Gesicht ein perfektes Dreieck. Das schwarze Haar fiel ihr lang über den Rücken. Ihre Partnerin war das perfekte monochromatische Gegenteil – sie trug ein weißes Kostüm mit einem schwarzen Drachen. Sie waren beide wunderschön.

Die Frauen kletterten über zwei Strickleitern hinauf bis zu kleinen Holzplattformen unter dem Dach, die an gegenüberliegenden Seiten der Arena errichtet waren. Guillaume sah mit gerecktem Hals zu, wie eine der Akrobatinnen ein Seilende ergriff und daran in langen, anmutigen Bögen über die Köpfe des Publikums hinwegschwang. Die zweite Frau stand bewegungslos auf der anderen Plattform, bis sie sich einem silbernen

Blitz gleich kopfüber ins Nichts warf. Guillaume hielt den Atem an, als ihre ausgestreckten Hände im leeren Raum nach den Knöcheln ihrer Partnerin griffen. Dann schwangen beide über seinem Kopf, ein menschliches Seil aus verschlungenen Gliedmaßen.

Es gab kein Sicherheitsnetz.

Die Frauen flogen hoch über der Manege. Ihre Kunststücke wurden immer ausgefeilter und gefährlicher. Sie schwangen in perfektem Gleichklang, jede Bewegung, jede Drehung perfekt abgemessen, jeder Griff, jedes Loslassen auf die Millisekunde abgestimmt. Der kleinste Fehler wäre tödlich gewesen.

Als die Akrobatinnen zurück in die Manege kletterten, um sich zu verbeugen, sprang das Publikum von den Sitzen und spendete tosenden Beifall. Kurz darauf eilte Guillaume zurück in sein Zimmer und zog eine frische Leinwand auf die Staffelei, noch bevor er Hut und Mantel abgenommen hatte. Er musste die Trapezkünstlerinnen malen, solange sein Herz immer noch raste. Er wollte ihren Mut einfangen, ihre Kraft, ihre anmutige Geschmeidigkeit. Er arbeitete bis spät in die Nacht.

Als er am nächsten Morgen aufwachte, erkannte er zu seinem Unmut, dass nichts, was er am Abend zuvor zu Papier gebracht hatte, auch nur annähernd dem überwältigenden Spektakel nahekam, das er mit angesehen hatte. Die biegsamen Körper und straffen Muskeln der Akrobatinnen waren ihm gelungen, doch die mitreißende Poesie ihrer todesmutigen Kunststücke hatte sein Pinsel nicht einfangen können.

An diesem Abend kehrte er zum Boulevard Rochechouart zurück. Eine weitere Eintrittskarte konnte er sich nicht leisten, doch er musste die Akrobatinnen unbedingt noch einmal sehen. Nachdem die Vorstellung begonnen hatte, schlich er sich in die dunkle Gasse hinter dem Zirkusgebäude, wo er hoffte, einen unbewachten Hintereingang zu finden. Von drinnen hörte er den Jubel und den Applaus des Publikums.

Die erste Tür gab nicht nach, doch bei der zweiten hatte er Glück. Der Bereich hinter der Arena war düster und unmöbliert. Der Geruch nach frisch ausgestreutem Stroh und saurem Pferdeurin brannte in seiner Nase. Exotisch gekleidete Artisten warteten auf ihren Auftritt. Niemand bemerkte ihn – alle waren zu sehr auf die Vorführung konzentriert. Guillaume hielt sich im Hintergrund und suchte sich einen Platz, von dem aus er in die Manege sehen konnte. Die wartenden Artisten versperrten ihm den Blick auf das Zirkusrund, doch das war ihm egal. Was auf dem Boden passierte, interessierte ihn nicht. Ihm ging es nur um die Trapezkünstlerinnen. Wenn ihr Auftritt begann, musste er nur nach oben sehen.

Als die Frauen dann hoch über das Publikum flogen, war er erneut gefesselt von ihrem Streben nach ständiger Perfektion. Er kehrte in sein Zimmer zurück und malte, bis ihm die Augen zufielen.

Von da an verbrachte Guillaume drei oder vier Abende in der Woche im Cirque Medrano. Nach Vorführungsbeginn schlich er sich durch die Hintertür ins Gebäude. Jedes Mal kehrte er nach Hause zurück und versuchte, die Stärke und Schönheit der Akrobatinnen auf die Leinwand zu bannen, doch jeder Morgen brachte dieselbe Enttäuschung.

Die anderen Herrlichkeiten, die Paris zu bieten hatte, interessierten ihn nicht mehr. Er wollte nur noch die Trapezkünstlerinnen malen. Manisch fertigte er Zeichnungen von ihnen an, ihre eleganten Körper erwachten auf jedem Stück Papier zum Leben, das er in die Finger bekam. Bald waren sie ihm so vertraut wie seine eigenen Hände. Abend für Abend kehrte er in den Zirkus zurück und dachte über die Frauen nach, während sie über das Publikum flogen. Waren sie Liebende? Er stellte sich die beiden zusammen vor. Seine Bilder bekamen einen lebhaften erotischen Unterton.

Und dann passierte es eines Abends: Die weiße Frau rutschte mit dem Fuß ab, als sie am Ende des Auftritts die Strickleiter nach unten kletterte, und stürzte zehn Meter in die Tiefe. Guillaume hörte ihren Schrei, als sie auf dem Boden aufkam. Das Publikum murmelte ängstlich, doch er konnte nicht sehen, was vor sich ging. Als sie auf einer Behelfstrage aus der Manege gebracht wurde, setzte Guillaume seinen Hut auf und ging.

Am nächsten Abend kehrte er zurück, doch die Trapezkünstlerinnen traten nicht auf.

Danach besuchte er den Zirkus nie wieder.

Niemand wollte Guillaumes Bilder der Trapezkünstlerinnen im anmutigen Flug kaufen. Zögernd wandte er seine Aufmerksamkeit anderen Motiven zu. Ohne die Akrobatinnen des Cirque Medrano als Inspiration malte er die chaotischen Anhäufungen leerer Flaschen in seinem Atelier und Straßenszenen, die sich täglich in Pigalle abspielten. Für einen Franc oder zwei verkaufte er schnell hingeworfene Karikaturen von Touristen, die durch die Straßen von Montmartre spazierten, um sich etwas zu essen kaufen zu können.

Ein Jahr verging. Eines Morgens saß Guillaume in einem Café in der Rue Lepic und zeichnete, während sein Kaffee abkühlte. Den gestrigen Nachmittag hatte er damit verbracht, über den Friedhof von Montmartre zu spazieren, und jetzt skizzierte er auf einer Seite des Notizbuchs eine Armee weinender Steinengel.

»Der hier ist wunderschön.« Eine elegante Fingerspitze tippte auf das Papier.

Guillaume sah auf. Eine Frau stand neben ihm. Ihr Haar umspielte ihre Schultern in rostbraunen Wellen. Sie hatte wunderschöne graue Augen.

»Danke«, sagte er und fügte hinzu: »Das ist nur eine Skizze.«

»Aber eine gute.« Die Frau beugte sich vor und betrachtete die Zeichnung näher. Guillaume nahm einen hauchfeinen Zitrusduft wahr. »Sie haben sie perfekt eingefangen.«

»Möchten Sie die Zeichnung haben?«, fragte er.

Die Frau lachte überrascht. »*Sehr* gern.«

Guillaume riss die Seite aus dem Notizbuch und gab sie ihr.

»Sind Sie ganz sicher?«, sagte sie.

»Natürlich.«

»Dann erlauben Sie, dass ich Ihnen etwas dafür gebe.«

Er schüttelte den Kopf. »Ich freue mich, wenn sie Ihnen gehört.«

»Na dann, vielen Dank.« Die Frau lächelte. »Ich werde die Zeichnung in Ehren halten.« Sie wandte sich zum Ausgang.

Guillaume wollte nicht, dass sie ging, aber er war zu schüchtern, um sie zu bitten, noch zu bleiben. »Es war mir eine Freude, Madame!«, rief er ihr nach.

Sie blieb stehen und sah sich zu ihm um. »Genau genommen heißt es Mademoiselle.« Dann drückte sie die Tür auf und trat ins Freie. Guillaume schaute ihr durchs Fenster wie gebannt nach, wie sie auf die Rue Véron zusteuerte. Sie hinkte leicht. Aha, dachte er, doch nicht total perfekt.

Nachdem sie außer Sicht war, lehnte Guillaume sich zurück und trank seinen Kaffee. Er dachte an ihr Hinken, und da wurde ihm klar, dass er sie schon einmal gesehen hatte.

Ab da hielt er Ausschau nach ihr.

Wochenlang strich er durch die Straßen von Montmartre und spähte voller Hoffnung in jede Bar und in jedes Café. Wie hatte er nicht sofort erkennen können, dass sie die Trapezartistin aus dem Zirkus war? So oft hatte er ihr Gesicht und ihren Körper gemalt! Auch mit der anderen Haarfarbe hätte er sie erkennen müssen. Einen Menschen zu malen ist vor allem eine Sache der Beobachtung. Zahllose Stunden hatte er sie angestarrt, sowohl in Fleisch und Blut als auch auf der Leinwand – doch als es am wichtigsten war, hatte er sie nicht gesehen.

Und dann entdeckte er sie eines Morgens, wie sie allein auf einer Bank vor Sacré-Cœur saß. Guillaume blieb in einiger Entfernung stehen. Sie hatte die Hände im Schoß verschränkt und den Kopf mit geschlossenen Augen zurückgelegt, sodass ihr Gesicht von der Sonne beschienen wurde. Guillaume beobachtete sie ein paar Minuten, dann ging er zu ihr.

»Entschuldigen Sie«, sagte er.

Die Frau öffnete die Augen und sah ihn an.

»Erinnern Sie sich an mich?«, fragte er.

Sie lächelte strahlend. »Natürlich erinnere ich mich an Sie«, antwortete sie. »Ich sehe mir Ihre Engel jeden Tag an, Monsieur. Sie sind wunderschön.«

Er errötete. »Guillaume Blanc.« Er streckte ihr die Hand hin.

»Suzanne Mauriac.« Ihre Hand war stark und warm. »Möchten Sie sich nicht zu mir setzen?«

Guillaume gesellte sich zu ihr auf die Bank. Paris erstreckte sich wunderschön und unendlich vor ihnen, die Dächer der Stadt glitzerten im Sonnenlicht. »Ich hatte gehofft, Sie wiederzusehen«, sagte er.

Sie lächelte. Um sie herum behielten Mütter ihre spielenden Kinder im Auge, wachsame Hirtinnen ihrer Herde. Männer spazierten zu zweit oder dritt vorbei, gestikulierend und in ernsthafte Gespräche vertieft. »Ich sitze gern hier und sehe zu, wie die Welt an mir vorbeizieht«, sagte sie. »Wenn man lange genug wartet, passiert so gut wie alles genau vor einem. Es ist sehr aufregend.«

»Jede Straße oder jeder Platz in Paris könnte mit

dem Theater *Les Folies Bergère* konkurrieren«, stimmte Guillaume zu.

»Vor allem in Montmartre. Hier ist wirklich immer etwas los!«

»Sie wohnen hier?«

Sie nickte. »Ich würde nirgendwo anders leben wollen.«

»Nach unserer Begegnung letztens im Café ist mir klar geworden, dass ich Sie davor schon mal gesehen hatte«, sagte Guillaume.

»Ach ja?«

»Im Cirque Medrano. Sie waren dort Akrobatin.«

Suzanne Mauriac legte eine Hand an die Kehle und lachte auf. »*Enfin!*«, rief sie. »Mein schreckliches Geheimnis ist gelüftet!«

»Ich habe gesehen, wie Sie gestürzt sind und sich das Bein verletzt haben.«

Sie sah ihn an. »Sie waren an dem Abend da?«

»Ich war fast jeden Abend da. Eine Hintertür zum Gebäude steht immer offen. Ich habe mich hineingeschlichen und Ihnen von der Seite aus zugesehen. Dann bin ich nach Hause gegangen und habe Sie gemalt.«

»Du meine Güte«, bemerkte Suzanne.

Sie schwiegen.

»Was ist aus der anderen Frau geworden?«, fragte Guillaume schließlich.

»Hélène? Sie hat den Zirkus verlassen. Ich hatte mir bei dem Sturz den Knöchel gebrochen und war ihr danach nicht mehr von Nutzen. Ich konnte monatelang nicht laufen, geschweige denn am Trapez arbeiten. Sie hat irgendwo anders Arbeit gefunden und ist bald nach dem Unfall gegangen. Seither habe ich sie nicht mehr gesehen.«

»Das ist sehr schade.«

Suzanne zuckte mit den Schultern. »Haben Sie die Bilder noch, die Sie von uns gemalt haben?«, fragte sie. »Ich würde sie gern sehen.«

Guillaume schüttelte den Kopf. »Kein einziges mehr.«

»Sie haben sie alle verkauft?«

»Ich habe sie übermalt.«

»*Ah non.* Warum?«

»Weil sie schrecklich waren.«

»Das bezweifle ich. Ich habe Ihre Arbeit gesehen, vergessen Sie das nicht.«

»Ich konnte nie den Nervenkitzel einfangen, die Aufregung.«

Sie drehte sich zu ihm. »Möchten Sie eine neue Gelegenheit?«, fragte sie.

»Wofür?«

Ihre grauen Augen funkelten. »Mich zu malen.«

Zum Glück hatte er eine unbenutzte Leinwand in seinem Zimmer. Er zog einen Stuhl in die Raummitte und bedeutete Suzanne, sich darauf niederzulassen.

»Ich habe eine Frage«, sagte sie.

»Natürlich.«

Ein kleines Lächeln umspielte ihre Mundwinkel. »Soll ich mich ausziehen, bevor ich mich setze?«

Guillaume schluckte. Unzählige Stunden hatte er an die Akrobatinnen gedacht, hatte wie besessen unzählige

Versionen von ihnen angefertigt. Nacht für Nacht hatte er von ihren geschmeidigen, biegsamen Körpern geträumt. Oft hatte er sich ausgemalt, was wohl unter den Kostümen steckte.

»Das wäre schön«, krächzte er.

Sorgfältig arrangierte er die Staffelei und begann, die Farben zu mischen, während Suzanne ihr Kleid abstreifte. Sie setzte sich auf den Stuhl und sah Guillaume direkt an. Seine Finger schwebten über den Pinseln, gelähmt von ihrem Anblick. Ihr Körper war immer noch durchtrainiert und muskulös, schlank und stark.

»Hier bin ich«, sagte sie. »Malen Sie, was Sie sehen.«

Er arbeitete stundenlang. Suzanne saß schweigend auf dem Stuhl und sah ihm zu. Als er das Bild beendet hatte, war es später Nachmittag. Er ging zum Fenster und blickte über die Dächer der Stadt. Suzanne stand auf, durchquerte den Raum und legte ihm eine Hand auf die Schulter. Er drehte sich nicht um.

»Bist du glücklich mit deiner Arbeit?«, fragte sie.

Er nickte. »Möchtest du es sehen?«

Er führte sie zur Staffelei. Suzanne betrachtete das Gemälde.

»Gefällt es dir?«, fragte Guillaume.

Endlich drehte sie sich zu ihm um. »Ich finde es großartig. Und du?«

»Es ist das Beste, was ich je gemalt habe.«

Suzannes Gesicht war ernst. »Ich habe dir gesagt, du sollst malen, was du siehst.«

»Ja.«

»Und das hast du gesehen?«

»Ja.«

Sie legte ihm eine Hand auf die Brust.

»Gefällt es dir?«, fragte er noch mal.

Sie zog ihn aus und führte ihn ins Bett.

Danach lagen sie ineinander verschlungen da und lausch-
ten den Geräuschen der Stadt, die durch das offene Fenster hereinströmten.

»Ich sollte gehen«, sagte sie.

Er wollte, dass sie für immer blieb. »Musst du wirklich?«

»O ja.« Sie rollte sich aus seinen Armen und stand auf.

Guillaume verfolgte, wie sie ihre Kleidung einsam-
melte. »Kann ich dich wiedersehen?«, fragte er.

Suzanne knöpfte ihr Kleid zu und lächelte. »Ich glaube
nicht.«

Er stützte sich auf einen Ellbogen. »Habe ich etwas
falsch gemacht?«

Sie schüttelte den Kopf. »Überhaupt nicht. Es war
wunderschön. Ich werde die Erinnerung in Ehren halten. Aber manche Dinge lässt man am besten so, wie sie
sind.«

Guillaume runzelte die Stirn. »Ich verstehe nicht.«

»Das hier war perfekt, findest du nicht auch?«

»Ja, aber ... «

»Und so möchte ich es auch lassen.« Sie setzte sich auf
den Bettrand und strich ihm mit dem Finger über die
Wange. »Ich will uns genau so in Erinnerung behalten.
Keine Streits, keine Enttäuschungen. Keine gebrochenen
Herzen. Nur eine vollkommene Erinnerung.«

Sie sagte das nicht zum ersten Mal.

»Eine vollkommene Erinnerung.« Er seufzte.

Suzanne küsste ihn leicht auf die Lippen und stand auf. Sie ging zu dem Gemälde, das noch nicht ganz trocken war, und fuhr mit dem Finger über den oberen Leinwandrand. »Das hier wird dich immer an uns erinnern.«

Und dann ging sie.

Guillaume schlug einen Nagel in die Wand und hängte das Bild so auf, dass er es vom Bett aus ansehen konnte.

Die nächste Woche schmachtete er in seinem Zimmer, vernichtet und verhext. Der Rest der Welt zog sich ins Dunkel zurück.

Stundenlang starrte er auf das Gemälde.

Als er das Haus endlich verließ, lief er wie besessen die Straßen ab, angetrieben von ängstlichem Hochgefühl. Mehr als alles in der Welt wollte er Suzanne sehen. Er sehnte sich danach, wieder in diese Augen zu blicken.

Etwa eine Woche später entdeckte er sie endlich auf dem Boulevard de Clichy. Er blieb stehen und sah über die belebte Straße.

Sie war nicht allein.

Ein Mann ging neben ihr und machte eine komische Geste, worauf Suzanne lachend den Kopf in den Nacken warf. Guillaume hätte direkt vor ihnen stehen können, sie hätte ihn nicht bemerkt. Er erinnerte sich nur zu gut an dieses Lachen, das so voll unbändiger Freude war.

Das Paar bog in die Rue Houdon ab und war nicht mehr zu sehen.

Guillaume blieb auf dem Gehsteig stehen.

Danach gab es kein Entkommen vor ihr. Suzanne war überall. Manchmal war sie allein, meistens jedoch in der Begleitung eines Mannes – auch wenn es nie derselbe war. Guillaume fragte sich, ob sie jedem ihren kleinen Vortrag gehalten hatte.

Allmählich wandelte sich Guillaumes Sehnsucht, und er begriff, dass seine Erinnerung an die gemeinsamen Stunden ausreichen musste.

Das Gemälde war eine große Hilfe. Wann immer ihm danach war, konnte er es ansehen, so lange er wollte. Er kannte jeden Pinselstrich auswendig. Zumindest das konnte ihm niemand wegnehmen.

Ah, aber die Streiche, die das Schicksal dem leidenden Herzen spielt!

Nach einigen Monaten bemerkte Guillaume die unmissverständliche Rundung von Suzannes Bauch. Im nächsten Frühling schob sie einen Kinderwagen.

Ein kleines Mädchen.

Er sah in den Kalender. Er rechnete die Monate nach. Und weil Männer Dummköpfe sind, schöpfte er angesichts des kleinen Mädchens neue Hoffnung.

Guillaume wartete auf ein Klopfen an der Tür. Er stellte sich vor, wie Suzanne dastand, das Baby in den Armen, und ihn um Hilfe bat. Er würde sie hereinbitten, und zusammen würden sie das Kind aufziehen und eine Familie werden.

Doch niemand klopfte. Suzanne suchte nicht nach ihm. Sie wollte seine Hilfe nicht.

Jetzt trippelten keine Männer mehr ergeben an ihrer Seite. Jetzt gab es nur noch Suzanne und das Kind.

Eines Nachmittags sah er die beiden in der Rue Custine. Er konnte sich nicht beherrschen und folgte ihnen, bis sie in einem Wohnhaus in der Rue Nicolet verschwanden. Guillaume sah zu den Fenstern hinauf und fragte sich, welche ihnen gehörten.

In den zehn Jahren, die seither vergangen sind, hat er unzählige Stunden in der Rue Nicolet verbracht und darauf gewartet, die beiden zu sehen. Er sammelt alle Informationen, die er aus diesen kurzen Sichtungen herauslesen kann – neue Schuhe für das kleine Mädchen, eine andere Frisur für Suzanne. Diese Einblicke machen ihm klar, wie wenig er über das Leben der beiden weiß.

Guillaume hat aus der Ferne zugesehen, wie seine Tochter von einem Säugling zu einer wunderschönen, langhaarigen Elfe heranwuchs. Bei ihrem Anblick bleibt sein Herz jedes Mal stehen, doch er hat die beiden noch nie angesprochen. Schließlich ist er nur ein mittelloser Künstler. Er beobachtet, wie seine Tochter fröhlich die Straße entlanghüpft. Wie gern würde er ihr folgen, doch seine Füße sind vor Scham wie gelähmt.

Wegbleiben kann er aber auch nicht.

Jedes Mal, wenn er die beiden gesehen hat, kehrt Guillaume in sein Zimmer zurück und starrt das Gemälde an der Wand an.

Und das hat Guillaume Blanc an dem lange zurückliegenden Nachmittag gemalt, während Suzanne Mauriac vor ihm saß:

Ein kleines Haus mitten im Wald.

Bäume ragen zu beiden Seiten des Gebäudes auf, strecken sich in verschlungenen Knoten aus Dunkelheit nach oben, schwarze Sterne voll ätzender Energie. Mit Flechten bewachsene Baumstämme neigen sich einander zu, ein düsteres Labyrinth aus Schatten. Ein Himmel ist nicht zu sehen: Der dunkle Wald überwuchert die Leinwand und besetzt jeden Quadratzentimeter.

Vor dem Haus steht ein einzelner Stuhl auf einer Wiese. Eine Eule mit silbernem und lilafarbenem Gefieder sitzt auf der Lehne und sieht in die Ferne.

Ein Weg führt zu dem Haus, das jedoch keine Tür hat.

Die Mauern sind weiß. Dort sammelt sich alles Licht und trotzt den drohenden Schatten. Doch wir wissen nicht, wie es in Guillaumes kleinem Haus im Wald aussieht, weil es keine Fenster hat.

Keine Fenster, keine Tür... Doch, da *ist* eine Tür. Sie ist tiefblau und befindet sich genau in der Mitte der Hausfassade, zwischen Erde und Dach.

Die Tür ist der einzige Zugang zum Haus.

Jede Nacht liegt Guillaume im Bett und betrachtet das Gemälde. Das Letzte, was er vor dem Einschlafen sieht, ist die blaue Tür, so wunderschön und unerreichbar.

Das ist das Gemälde, das ihm immer wieder das Leben gerettet hat.

Das ist das Gemälde, das Guillaume Blanc niemals verkaufen wollte.

Das ist das Gemälde, das Gertrude Stein gerade für sechshundert Francs erworben hat.

Das ist das Gemälde, das Guillaumes Leben ein letztes Mal retten muss.

KAPITEL 15

DIE SPRACHE DER BLUMEN

Jean-Paul Maillard steht im Flur, zieht den Mantel über und verabschiedet sich verlegen. Eigentlich sollte doch der Interviewpartner Geheimnisse preisgeben, nicht der Journalist.

Auf einem Tisch bei der Wohnungstür steht eine Kristallvase mit wunderschönen roten Rosen. Josephine Baker packt den Strauß und drückt ihn Jean-Paul in die Hände.

»Hier«, sagt sie. »Nehmen Sie.«

Er schüttelt den Kopf. »Wirklich, das ist nicht…«

»Ich brauche sie nicht. Irgendein Mann hat sie mir geschickt. Ich weiß nicht mal wer. Warten Sie.« Sie verschwindet den Flur entlang und kommt einem Moment später mit einer alten Zeitung zurück. Dann wickelt sie die tropfenden Stiele darin ein und gibt ihm das Bündel. »So.« Sie tätschelt ihm die Hand und öffnet die Tür.

Es muss nichts weiter gesagt werden. Jean-Paul weiß, was er damit tun soll. »Danke«, sagt er.

Josephine Baker lächelt. »Wir sehen uns heute Abend im *Le Chat Blanc?*«

Er nickt. »Ich freue mich darauf.«

»*Alors, à ce soir.*«

Jean-Paul hinkt mühsam nach unten auf die Straße. Die unfreundlich dreinblickende Concierge vom Gebäude gegenüber kehrt mit einem steifen Besen den Gehsteig. Eine Staubwolke tanzt um ihre dicken Knöchel. Jean-Paul hebt den Strauß roter Rosen an die Nase und atmet tief ein. Sie riechen nach Sonnenschein und Hoffnung. Sein Bein steht in Flammen, Verlegenheit streut Salz in die alte Wunde. Er betritt den Parc Monceau durch das verschnörkelte Eisentor. Die Begegnung mit Josephine Baker hat ihn aufgewühlt, er ist noch nicht bereit für die klaustrophobische Umarmung der Metro. Er braucht frische Luft und Zeit zum Nachdenken. Er geht über die sich windenden Kieswege, vorbei an den üppig blühenden Blumenbeeten und wird langsamer, bis er schließlich vor der Marmorbüste von Guy de Maupassant stehen bleibt, die streng in die Ferne schaut.

Josephine Baker war so jung, so hübsch, so freundlich. Als sie ihn mit diesen großen, dunklen Augen angesehen und gefragt hatte, was ihn in Paris hielt, waren die Worte nur so aus ihm herausgesprudelt. Still hatte sie seiner Geschichte gelauscht. Hinter ihrem berühmten Gesicht sah Jean-Paul das kleine Mädchen, das auf dem Markt unter den Verkaufstischen nach angeschlagenem Obst suchte. Sie kannte die Zerbrechlichkeit des Glücks, und aus diesem Grund vertraute er ihr.

Jetzt spürt er allerdings nur noch schreckliche Verlegenheit. Wie unprofessionell er sich verhalten hat! Er sieht zur Statue von Maupassant – das ist ein *anständi-*

ger Schriftsteller, denkt er reumütig – und schüttelt den Kopf. Er ist so entsetzt über seine Indiskretion, dass er erwägt, ihre Einladung ins *Le Chat Blanc* heute Abend zu ignorieren, doch er entscheidet sich dagegen. Er muss zu seinen Fehlern stehen. Am Abend ist die Gelegenheit, alles in Ordnung zu bringen, ihr zu zeigen, dass er doch professionell sein kann.

In der Morgenbrise liegt ein süßer Hauch von Geißblatt. Die feuchten Stiele der Rosen haben das Zeitungspapier durchweicht, und etwas Wasser ist auf seine Schuhe getropft. Jean-Paul sieht auf die Uhr. Er nickt Maupassant zu, dreht sich um und geht zurück zum Parkeingang und schließlich die Stufen zur Metro-Station hinunter.

Auf dem Bahnsteig hält Jean-Paul den Rosenstrauß vor sich, damit ihm nicht noch mehr Wasser auf die Füße tropft. Als der Zug einfährt, wird ihm bewusst, dass ihm einige andere Fahrgäste verstohlene Blicke zuwerfen. Er sieht starr geradeaus. An der Place de Clichy steigt eine kleine Gruppe Frauen ein. Sie stoßen einander an und deuten auf ihn, ein paar mustern ihn gutmütig. Sie erinnern sich an eine Zeit, als Männer noch durch die Stadt fuhren, um *ihnen* Blumen zu bringen.

Die Frauen würden ihn nicht ansehen, wenn er Lilien dabeihätte, denkt Jean-Paul. Blumen haben ihre eigene Sprache. Es gibt Blumen für die Liebe, die Freundschaft, die Freude. Er betrachtet seine Rosen. Langstielig und elegant sind sie, gezüchtet, ausgewählt, arrangiert und gekauft zu einem einzigen, unmissverständlichen Zweck: um zu verführen. Jean-Paul überlegt, ob er die

Zeitung abwickeln und jeder Frau, die solche falschen Schlüsse über ihn zieht, eine Blume überreichen soll. Er denkt an Josephine Bakers ergebenen Bewunderer, der so viel Hoffnung in diese zwölf Rosen gesetzt hat. Sie sind so identisch, so perfekt, sie müssen ein Vermögen gekostet haben. Und sie weiß noch nicht mal seinen Namen.

Pigalle, Stalingrad, Belleville. Jean-Paul sieht sein Spiegelbild im Waggonfenster, während sie durch die Dunkelheit rumpeln. Endlich ist er da. Er steigt aus und geht zum Ausgang. Seine ungleichmäßigen Schritte hallen in den gefliesten Tunneln wider. An der Oberfläche blinzelt er in die Sonne und setzt seinen Weg fort.

Die Blumen fest in der Hand geht Jean-Paul durch das Friedhofstor und hinein in das Labyrinth aus Gräbern. Er wird langsamer, als er sich seinem Ziel nähert. Die schreckliche, in Granit gemeißelte Wahrheit, die ihn dort erwartet, will er nicht lesen.

Auf dem Weg über die vertrauten Pfade bemerkt er, dass jemand frische Kamelien auf Marcel Prousts Grab gelegt hat.

KAPITEL 16

DIE SUCHE BEGINNT

Olivier hat recht. Paris ist eine große Stadt. Ein wunderschöner, glitzernder Heuhaufen.

Wo soll sie mit der Suche nach einer solch wertvollen Nadel anfangen?

Auf dem Boulevard Saint-Germain geht Camille am *Les Deux Magots* und dem *Café de Flore* vorbei. Kellner bewegen sich mit königlicher Anmut zwischen den Tischen und balancieren Tabletts voller Getränke auf den Handflächen. Sie hat gehört, dass berühmte Schriftsteller gern ganze Tage in diesen Etablissements verbringen, Kaffee trinken, mit Bekannten und Fremden diskutieren und manchmal sogar einen oder zwei Sätze niederschreiben. Sie rümpft die Nase. Monsieur Proust hätte niemals eine so unseriöse Existenz in Erwägung gezogen. Seine Arbeit war zu wichtig, um in der Öffentlichkeit betrieben zu werden.

Camille geht weiter, die Handtasche fest umklammert. Das Geld aus dem Hotelsafe scheint Tonnen zu wiegen. Männer sind solche Idioten, denkt sie. Ihr Ehemann ist eifersüchtig auf einen Mann, der schon seit fünf Jahren unter der Erde ist! Sie kann Oliviers trotzig triumphierenden Blick, als er in der Badezimmertür stand und sie beobachtete, nicht vergessen. Ein Blick, der alles Bisherige infrage stellt. Jeder ihrer Schritte bedeutet eine Neujustierung der letzten vierzehn Jahre. Die geballte Wirkung dieser mikroskopischen Angleichungen ist verheerend: Sie sieht zurück und erkennt ihre eigene Ehe nicht mehr.

Beim Palais Bourbon überquert sie den Fluss. Blind folgt sie ihrem Instinkt. Wo würde man etwas so Unbezahlbares verkaufen wollen? Wo das meiste Geld war, natürlich. Sie steuert auf die Rue du Faubourg Saint-Honoré zu.

Dieses *quartier* kennt sie sehr gut. Der Boulevard Haussmann ist nicht weit entfernt, vor dem Krieg spazierten sie und Olivier gern nach der Arbeit bei Monsieur Proust durch das Viertel. Sie hielten sich an den Händen, während sie durch die Straßen schlenderten, geblendet und verzaubert von den Wundern, die in den Schaufenstern auslagen. Hinter den Scheiben existierten andere Welten, mit knöchellangen Pelzen aus Zobel, Fuchs und Nerz, mit unglaublich schönen Kleidern, die nach Geld und Verheißung aussahen. Ketten aus makellosen Perlen, gemacht für den Hals einer Prinzessin. Olivier stupste sie an und neckte sie, drängte sie, in die Läden zu gehen, doch Camille blieb wie erstarrt auf dem Gehsteig stehen. Sie war ein Mädchen vom Land, aus Lozère! Sie konnte diese Schwellen genauso wenig überschreiten wie zum Mond fliegen.

Jetzt geht sie an denselben Ladenfenstern vorbei, bleibt aber nicht mehr fasziniert vor jedem Geschäft stehen. Heute wird sie etwas kaufen, um ihr Leben zu retten.

Eine Stunde lang streift Camille durch das Viertel. Sie verläuft sich und findet den Weg wieder. Sie verfolgt ihre Schritte zurück. Endlich sieht sie das Gesuchte. Sie drückt die schmale Tür auf und tritt ein.

Nur ein älterer Mann ist im Laden, am anderen Ende des Raums hinter einem Tresen. Mit Büchern vollgestopfte Regale bedecken die Wände. In jeden freien Winkel sind weitere Bände gequetscht, manche waagrecht, manche senkrecht, manche stehen auch vor. Das Gebäude an sich könnte verschwinden, denkt Camille, und trotzdem stünde hier noch ein Haus aus Papier. Sie atmet den tröstlichen Geruch nach Büchern ein und fragt sich, wie viele Geschichten hier wohl lagern.

»Kann ich Ihnen helfen, Madame?«, fragt der Mann hinter dem Tresen. »Suchen Sie nach etwas Bestimmtem?«

Camille geht durch den Laden. Der Besitzer strahlt eine schäbige Freundlichkeit aus. Sein weißes Haar ist etwas länger, als es sein sollte, die Krawatte sitzt ein klein wenig schief. Er trägt eine elegante gestreifte Weste, doch über der Brusttasche ist ein kleiner Rest seines Frühstücks zu sehen. Wie viele dieser Bücher er wohl gelesen hat?

»Kaufen Sie auch Bücher an?«, fragt sie.

»Wenn sie von guter Qualität sind, dann *bien sûr*. Vieles, was die Leute vorbeibringen, nehme ich aber nicht an, weil der Zustand nicht gut genug ist.« Der Mann schüttelt traurig den Kopf. »Sie würden nicht glauben, wie die Menschen heutzutage ihre Bücher behandeln.«

Camille nickt angespannt. »Haben Sie kürzlich etwas gekauft?«

»Natürlich, jeden Tag. Möchten Sie denn etwas verkaufen, Madame?«

»O nein. Im Gegenteil. Ich möchte ein Buch *kaufen*.«

»Wonach suchen Sie denn?«

Camille sieht sich um. »Kennen Sie jeden Band in Ihren Regalen?«

»Natürlich.« Der Buchhändler tippt sich an die Schläfe. »Alles hier drin.«

»Ich suche nach einem Buch von Marcel Proust.«

Die Augen des Mannes leuchten auf. »Ah! Da dürfen Sie sich auf etwas ganz Besonderes freuen, Madame! Oder vielleicht sind Sie mit seinem Werk ja schon vertraut?«

Camille zögert. »Nun, ich …«

»Oh, da werde ich neidisch! Was für eine Reise Sie noch vor sich haben! Sieben Bände voller Staunen! Sieben Bände vollendeter literarischer Kunstfertigkeit! Vergessen Sie Voltaire oder Dumas oder Flaubert oder sogar Victor Hugo. Nie wurde die französische Sprache von der Kunstfertigkeit eines solchen Genies gesegnet!« Der Besitzer strahlt sie an. »Natürlich werden Sie mit *Unterwegs zu Swann* anfangen wollen.« Er kommt hinter dem Tresen hervor und lässt den Blick über die Buchrücken schweifen. »Ich glaube, ich habe einige Exemplare hier, aus denen Sie auswählen können.« Er streicht mit der Hand über die Regale.

»Eigentlich«, sagt Camille, »suche ich ein anderes Buch.«

»Sie haben also schon angefangen! *Alors,* welchen Band brauchen Sie denn?«

»Tatsächlich suche ich nach einer völlig anderen Art von Buch.«

»Einer anderen *Art* von Buch, Madame? Was meinen Sie damit?«

»Ich suche nach einem Notizbuch.«

Der Buchhändler runzelt die Stirn. »Marcel Prousts Notizbücher wurden nie veröffentlicht.«

»Ja, ich weiß. Es geht auch nicht um ein veröffentlichtes Buch.«

»Ich fürchte, ich verstehe Sie nicht.«

»Ich suche nach einem normalen Notizbuch«, erklärt Camille. »Eines, in das er hineingeschrieben hat.«

Der Mann wirft ihr ein kleines, herablassendes Lächeln zu. »Sie können jeden Buchladen in Paris aufsuchen, Madame, aber Sie werden nie finden, wonach Sie suchen. Marcel Prousts Notizbücher werden in der Nationalbibliothek aufbewahrt. Die, die überlebt haben, zumindest.« Der Mann tippt nachdenklich gegen das Regalbrett neben ihm. »Ich habe das Gerücht gehört, dass es noch viel mehr gab, die er aber schon Jahre vor seinem Tod vernichtet hat. Was für eine Tragödie! Ich kann mir nur vorstellen, was für Schätze sich zwischen diesen Seiten fänden.« Er lächelt. »Aber ich will nicht gierig sein. Monsieur Proust hat uns genug Geschenke gemacht.«

»Vielen Dank, Monsieur«, sagt Camille und wendet sich zum Gehen. »Sie haben mir sehr geholfen.«

Der Mann wirkt enttäuscht. »Sind Sie ganz sicher, dass ich nicht noch etwas für Sie tun kann?«

»Nein, vielen Dank.«

Zurück auf der Straße denkt Camille an die Worte ihres Mannes. *Paris ist eine große Stadt, Camille.* Sie hatte sich nichts bei Oliviers Abwesenheit am gestrigen Nachmittag gedacht, doch jetzt erinnert sie sich, dass er einige Stunden unterwegs war. In dieser Zeit hätte er überallhin gehen und Hunderte Buchläden aufsuchen können.

Die Vorstellung lässt sie von Neuem verzweifeln. Sie überlegt, ob sie zum Hotel zurückkehren und ihrem Ehemann alles gestehen soll. Wenn Olivier weiß, was auf dem Spiel steht, wird er ihr sagen, an wen er das Notizbuch verkauft hat. Doch sie will nicht zugeben, in welche Gefahr sie ihre Familie gebracht hat, noch nicht.

Sie beschließt, sich diesen Tag zuzugestehen. Wenn sie das Buch bis zum Abend nicht findet, wird sie ihm alles erzählen und erklären, was die Seiten enthalten, die er so achtlos an einen Fremden verkauft hat.

Doch beim Gedanken, dass das Notizbuch da draußen irgendwo ist, gefriert ihr das Blut in den Adern. Camille sieht zum Himmel und denkt an das erste Mal, als sie ungläubig die schrecklichen Worte las, in der vertrauten Handschrift, was den Verrat nur noch verstärkte.

An diesem Tag hatte sie gelernt, dass Verrat in beide Richtungen möglich war.

KAPITEL 17

VAUCLUSE 1917: DIE GÜTE VON FREMDEN

Das Dorf sah aus wie hundert andere Orte, durch die er in den letzten Monaten gekommen war. Während Hector langsam die Straße entlang ins Tal trottete, sah Souren zu dem Kirchturm hinunter, der aus dem unebenen Schachbrett aus terrakotta- und schieferfarbenen Dächern unter ihm aufragte. Die Häuser drängten sich eng aneinander und waren von allen Seiten von dunklem Wald umgeben.

Auf seinem Ritt nach Norden hatte Souren jede Nacht von Frankreich geträumt. Als er zum ersten Mal die Karte von Europa studiert hatte, wusste er, dass er ein Ziel brauchte, etwas, worauf er hinsteuern konnte. Seine Mutter hatte einmal erzählt, dass es in Frankreich über dreihundert Sorten Käse gab. Souren hatte feierlich erwidert, dass er eines Tages dorthin reisen und sie alle probieren würde.

Es gab schlechtere Gründe für die Wahl eines Ortes für sein neues Leben.

Der Gedanke an die vielen Käsesorten hatte ihn bei

jedem Schritt auf seiner langen Reise aus Anatolien begleitet. Jeden Tag überwältigte ihn die ungeheure Anzahl von Neuem. Er versuchte sich vorstellen, in einem Land zu leben, das mit solchem Überfluss gesegnet war. Wie glücklich die Franzosen sein mussten! Seine Vorstellung fröhlicher, zufriedener Franzosen, deren Bäuche voll mit köstlichen Milchprodukten waren, ließ ihn jeden Morgen wieder auf Hectors Rücken steigen. Nachdem er Konstantinopel hinter sich gelassen hatte, hätte er überall bleiben können, doch diese dreihundert Käsesorten lockten ihn während der langen Monate des einsames Reisens über Grenzen und Bergketten hinweg.

Und wofür?

Vor über einer Woche hatte Souren die Grenze nach Frankreich überquert. Er und Hector waren tief in das neue Land hineingeritten, die gebieterischen Alpen lagen nun hinter ihnen. Die Landschaft war windgepeitscht und wunderschön in ihrer Kargheit. Immer wieder kam er an einsam gelegenen Dörfern vorbei. Er winkte den Einheimischen zu, bekam allerdings nur misstrauische Blicke zu spüren. Die Franzosen schienen doch nicht so glücklich zu sein. Und was noch schlimmer war – er hatte immer noch kein einziges Stück Käse probiert. Aber er konnte jetzt nicht umkehren.

Als er den Rand des Dorfes erreichte, ging die Sonne gerade hinter den Hügeln im Westen unter. Die ersten Häuser schienen unbewohnt, die Fensterläden waren geschlossen. Keine Menschenseele war zu sehen. Alles war still bis auf das Klappern von Hectors Hufen auf dem Kopfsteinpflaster. Nicht einmal ein Hund bellte.

»Sind wir hier in eine Geisterstadt geraten?«, flüsterte Souren dem Pferd ins Ohr. Sie hielten auf dem Dorfplatz an, vor der Kirche, die er auf seinem Ritt ins Tal schon gesehen hatte. Ein kleiner Brunnen befand sich in der Mitte des Platzes, und Souren erlaubte Hector, daraus zu trinken. Er hatte Hunger und sich auf eine reichliche Mahlzeit gefreut, doch der Ort war verlassen. Souren seufzte. Es wäre nicht das erste Mal, dass er mit leerem Magen schlafen gehen müsste. Er beschloss, noch zwei, drei Kilometer weit in den Wald auf der anderen Seite des Dorfes zu reiten und dort sein Lager aufzuschlagen. Er tätschelte Hectors Hals. »Na komm«, sagte er. »Hier gibt es nichts für uns.«

Da hörte er ein nur allzu vertrautes Geräusch. Das typische Klick-Klack, das Knirschen von Stahl auf Stahl: Ein Gewehr wurde durchgeladen. Sofort war er wieder zurück in Anatolien, stapfte immer weiter ins Nichts, während der Lauf eines Soldatengewehrs auf seinen Hinterkopf gerichtet war.

Er drehte sich in die Richtung, aus der das Geräusch kam. Ungefähr zehn Meter von ihm entfernt stand ein Mann und zielte auf Sourens Brust.

Souren ließ die Zügel fallen und hob langsam die Hände. Er ließ die Mündung des Gewehrs nicht aus den Augen, die zitternd vor ihm eine kleine Acht bildete. Der Mann schrie ihm etwas Unverständliches entgegen. Als Souren nicht antwortete, trat der Mann einen Schritt näher. Er stolperte auf dem unebenen Kopfsteinpflaster, und als er um sein Gleichgewicht rang, blitzte es aus der Gewehrmündung auf. Die Kugel flog in den

Abendhimmel und richtete keinen Schaden an, doch der Knall setzte jede Vernunft außer Kraft. Hector stieg und schnaubte vor Angst. Souren wurde in hohem Bogen abgeworfen, und er wand sich in Panik, noch während er durch die Luft flog.

Als Souren aufwachte, lag er in einem Bett mit frischer weißer Bettwäsche. Er wusste nicht mehr, wann er das letzte Mal solchen Luxus genießen durfte – seit er von dem Todesmarsch geflohen war, hatte er die Nächte unter Brücken verbracht oder zitternd auf dem Boden kalter, verlassener Scheunen. Er lag still da und genoss den Kuss der Baumwolle auf seiner Haut und die weiche Matratze unter ihm. Er änderte seine Position, und glühender Schmerz durchfuhr explosionsartig eine Körperhälfte. Er schrie auf.

Eine Frau mittleren Alters saß neben dem Bett. Sie blickte von dem Buch in ihrer Hand auf und sagte etwas, das er nicht verstand. Souren versuchte, sich aufzusetzen, worauf ihn ein noch stärkerer Schmerz durchzuckte. Die Frau berührte seine Schulter und sprach wieder, drängender diesmal.

»Wo ist Hector?«, fragte Souren. »Wo ist mein Pferd?«

Die Frau lehnte sich zurück und rief etwas. Einen Moment später stand ein Mann neben dem Bett, der auf Souren hinabblickte und etwas sagte. Souren verstand kein Wort.

»Wo ist Hector?«, fragte er.

»Hector?«, wiederholte der Mann, und in seinen Augen blitzte Verstehen auf. Er deutete auf Souren. »Hector?«

»Nein, nein. Hector ist mein *Pferd*. Haben Sie es gesehen? Geht es ihm gut?«

Der Mann sagte leise etwas zu der Frau und sprach dann langsam und deutlich zu Souren. Der schüttelte den Kopf zum Zeichen, dass er nichts verstand, doch selbst diese kleine Bewegung ließ ihn zusammenzucken. Der Mann deutete auf sich. »Philippe«, sagte er. Dann deutete er auf die Frau. »Françoise.«

»Françoise«, flüsterte Souren.

Später am Tag brachte Françoise einen großen, ernsten Mann mit, der eine Ledertasche dabeihatte. Er stellte sie zwischen seine Füße, als er sich auf den Stuhl neben dem Bett setzte. Souren beobachtete den Mann ängstlich. War er ein Polizist, der ihn festnehmen wollte? Der Mann sagte ein paar mürrische Worte. Doch als er seine Tasche öffnete, holte er keine Handschellen und keine Pistole hervor, sondern ein Stethoskop.

Der Arzt untersuchte ihn vorsichtig und sprach dabei leise zu Souren, der die für ihn bedeutungslosen Worte seltsam beruhigend fand. Nachdem der Arzt fertig war, redete er lange mit Françoise und gab ihr ein Stück Papier. Dann war er verschwunden.

Die Medizin, die der Arzt verschrieben hatte, war widerlich, ein giftiger Sirup, bei dem sich Sourens Lippen kräuselten, wenn Françoise ihn ihm verabreichte, doch er half gegen die Schmerzen.

Jeden Tag saß Françoise an seinem Bett, deutete auf Dinge und sagte das entsprechende Wort in Französisch – zumindest glaubte er, dass es Französisch war.

Bett. Tisch. Fenster. Buch. Sie notierte jedes Wort auf einem Blatt Papier, und als er sich aufsetzen konnte, musste er alles zehnmal abschreiben.

Souren zeichnete Hector und zeigte Françoise das Bild. »Haben Sie mein Pferd gesehen?«, fragte er auf Armenisch.

Sie lächelte und schüttelte den Kopf.

Dreimal am Tag brachte sie ihm Essen auf alten Tellern, deren elegante Glasur im Lauf der Jahre verblasst war. Er bekam herzhafte Eintöpfe, dicke Scheiben Schinken und Brathähnchen, deren knusprige goldene Haut salzig und einfach köstlich war. Außerdem bergeweise süßes, frisches Gemüse, Schüsseln mit dampfend heißer Suppe und krustiges Baguette, das so dick wie Sourens Unterarm war. Jeden Abend brachte sie ihm Kuchen, krümelndes Gebäck oder ein Stück einer zarten Tarte. Und ja, er bekam auch Käse: cremige weiße Dreiecke, kräftige, blau geäderte Kanten und weiche Gebilde, die über den Teller flossen und deren vulkanische Dämpfe in seiner Nase brannten.

Souren aß, als hätte er noch nie im Leben etwas gegessen.

Françoise saß an seinem Bett und sah ihm zu.

Nach einer Woche konnte Souren aufstehen. Seine Schulter schmerzte noch, doch er schaffte es die Treppe hinunter. Das Haus war bescheiden, aber geschmackvoll in seiner Einfachheit. Die Küche war der größte Raum. Er setzte sich an den langen Holztisch und sah zu, wie

Françoise das Essen kochte, wobei sie sich mit ruhiger Selbstsicherheit bewegte. Souren dachte an seine Mutter, die in der Küche immer unglücklich gewesen war und jede Mahlzeit mit einem niemals endenden Strom düsterer Vorhersagen angekündigt hatte. Jedes Gericht wurde mit derselben Miene resignierter Niederlage serviert. Ihre Verzweiflung war oft gerechtfertigt, doch Sourens Vater lobte jedes Essen überschwänglich und bat immer um einen Nachschlag, den er mit demselben demonstrativen Genuss verschlang wie die erste Portion. Souren hatte sein Bestes gegeben, diese Tradition nach dem Verschwinden seines Vaters fortzuführen, doch manchmal verstummte er, wenn ihn seine Mutter und sein Bruder in stillem Elend ansahen.

Jeden Morgen und Abend spazierte Souren durch das Dorf und die ländliche Umgebung. Es war gerade Frühling geworden. Die ersten Blumen blühten an den Straßenrändern, kleine gelbe und lilafarbene Explosionen. Liebliche Vogelgesänge erfüllten die Luft. Souren nahm allerdings wenig davon wahr, denn er suchte nach seinem Pferd. Er spähte auf jede Weide und sah in jede unverschlossene Scheune, doch er fand Hector nirgends. Wenn er zu müde wurde, kehrte er um und ging zurück ins Dorf.

Um den Marktplatz befanden sich ein Schlachter, ein Bäcker, ein Eisenwarenladen und zwei Gemüseläden. Am Vormittag war ein Großteil der Einkäufe bereits erledigt. Am Nachmittag trafen sich alte Männer auf den Holzbänken unter den Eschen, um zu rauchen und einander anzuknurren. Manchmal konnten sie sich lange genug für eine Partie Pétanque aufrechthalten. Dabei sah Souren gern zu. Die Männer schüttelten ihre Lethargie ab, wenn sie an der Reihe waren. Plötzlich geschmeidig und wach krochen sie gebückt nach vorn und überlegten ihren nächsten Wurf. Die Metallkugeln reflektierten das Sonnenlicht, wenn sie durch die Luft flogen. Zu der Gruppe gehörte auch der Mann mit dem Gewehr, der Souren bei seiner Ankunft im Dorf überrascht hatte. Souren spürte seinen misstrauischen Blick auf sich ruhen und ging rasch weiter.

In seinem neuen Zuhause wurde der Französischunterricht fortgesetzt. Es gab so viel zu lernen. Indem sie auf Dinge deuteten und mit den Händen darstellten, lernte Souren die Wörter. Françoise half ihm, alles aufzuschreiben, und verbesserte seine Aussprache.

Merci, sagte er. *S'il vous plaît.*

Es war Monate her, dass Souren mit irgendwem außer seinem Pferd gesprochen hatte, und er wollte diese neue Sprache lernen. Er war ein eifriger Schüler, und schon nach kurzer Zeit konnte er mit seinen Gastgebern rudimentär kommunizieren. Eines Abends zeigte er ihnen seine abgegriffene Landkarte, die vom vielen Auf- und Zusammenfalten während seines langen Ritts nach Norden schon fast auseinanderfiel, und deutete auf seine Heimat.

»Armenien«, sagte Françoise leise.

»Du weißt, dass Krieg herrscht, nicht wahr?«, fragte Philippe.

Souren nickte.

»Die anderen Dorfbewohner halten dich für einen

geflohenen Soldaten.« Er tat so, als würde er ein Gewehr abfeuern. »Sie halten dich für einen Deutschen.«

»Deutschen?«, fragte Souren.

Philippe zeigte auf die Karte. »Ich habe ihnen gesagt, dass das nicht stimmt, aber je weniger Menschen über etwas wissen, desto schwerer ist es, ihre Meinung darüber zu ändern.«

»Aber ich spreche kein Deutsch!«

»Sie wissen nur, dass du kein *Französisch* sprichst«, antwortete Philippe.

Françoise tätschelte seinen Handrücken. »Bei uns bist du willkommen, Souren, aber du darfst nie vergessen, dass du in diesem Ort ein Fremder bist.«

Souren dachte an den alten Mann mit dem Gewehr. Er sah immer noch den Ausdruck auf seinem Gesicht vor sich, als er die Waffe an die Schulter gelegt und auf ihn gezielt hatte. Sourens einziges Verbrechen war, nicht von hier zu sein.

KAPITEL 18

THÉRÈSE

Guillaume setzt sich auf das Bett und starrt die leere Wand an. Ein helles Rechteck zeigt, wo Suzannes Bild die letzten zehn Jahre gehangen hatte. Sein Kater ist mit aller Macht zurückgekehrt, verstärkt durch Reue und den Verlust.

Was für ein Idiot er doch gewesen ist.

Er denkt an die Künstler, die nach dem Krieg in Montmartre lebten. Sie hatten zusammen gemalt, zusammen gelacht, zusammen getrunken und miteinander gestritten. Jeder hatte seine Kunst mit einzigartiger Zielstrebigkeit verfolgt. Es war eine Zeit des edlen, verarmten Idealismus und der Brüderlichkeit gewesen, eine Zeit, in der alles möglich schien. Doch alle waren gegangen, einer nach dem anderen, angezogen von den kultivierteren Annehmlichkeiten von Montparnasse und des linken Seine-Ufers. Dort kauften die Gönner die Bilder, bevor die Farbe trocken war, und zu jedem Preis. Es gab genug Kunstsammler in Paris, um sie alle zu reichen Männern zu machen. Nur eine zufällige Begegnung mit dem richtigen Wohltäter war nötig, und schon war einem der Ruhm gewiss. Guillaume hat den Erfolg seiner alten Freunde beobachtet, und jetzt ist er der Letzte im alten *quartier*. Natürlich würde er sich liebend gern an der Bar im *La Rotonde* zu seinen Freunden gesellen und ein paar Austern und ein Glas von etwas Teurem und Köstlichem zu sich nehmen, doch er zieht eine gewisse schmerzhafte Genugtuung daraus, dass ihm das nicht möglich ist. Er trägt seine Armut wie eine Auszeichnung vor sich her, auch wenn sein Magen knurrt. Guillaume bemüht sich nach Kräften, seine Eifersucht unter einer Decke selbstgerechter Verachtung zu verbergen, was allerdings nicht immer funktioniert. Integrität zahlt keine Rechnungen – oder die Schulden bei Straßenschlägern. Er legt den Kopf in die Hände. Gertrude Steins sechshundert Francs werden ihn nicht vor Le Miroirs Schergen bewahren. Wo soll er nur den Rest des Geldes hernehmen? Dann denkt er: Brataille.

Er hätte den Kunsthändler am Abend zuvor um ein Darlehen bitten sollen, doch dafür war er zu stolz. Jetzt ist allerdings nicht die Zeit für solche Schwächen. Er denkt an Bratailles liebeskranke Tränen, während er sich gestern Abend unter den Tisch soff. Wenn Guillaume Thérèse überzeugen kann, dem Mann noch eine Chance zu geben, kann er wahrscheinlich alles dafür verlangen. Leider weiß er, dass seine Aussichten auf Erfolg praktisch nicht vorhanden sind. Sie ist keine Frau, die ihre Meinung ändert.

Thérèse ist wunderschön, auf eine exotisch-laszive Art. Ihr Körper ist kurvig und üppig und für die Sinnenfreude gemacht. Sie ist die begehrteste Prostituierte im *Le Chat Blanc*. Seit Jahren schon verlieben sich Kunden in sie. Guillaume hat viele Geschichten von den lustbefeuerten Idiotien ihrer Freier gehört. Sie versprechen ihr die Welt: Geld, Diamanten, einmal sogar eine kleine Wohnung in der Rue du Cherche-Midi. Ein oder zwei haben sie um ihre Hand angefleht. Thérèse hat keine Geduld für solchen Unfug. Wenn Kunden sich wie vernarrte Trottel aufführen, bedeuten sie mehr Ärger, als sie wert sind, und dann empfängt sie sie nicht mehr. Brataille scheint genau in diese Falle getappt zu sein. Guillaume ist sicher, dass er Thérèse nicht umstimmen kann, aber er muss es versuchen. Ohne die zweiten sechshundert Francs sitzt er noch vor dem Abend im Zug zurück nach La Rochelle.

Er erträgt den Anblick der leeren Wand keinen Moment länger, muss weg von seinem Verlust. Er steht auf, schiebt Gertrude Steins Geld unter die Matratze und eilt die Treppe hinunter.

Die Cafés und Restaurants von Montmartre sind voller Menschen. Guillaume schlendert durch die Straßen, denkt an den leeren Fleck an seiner Wand und kann nicht fassen, dass er das Bild nie wiedersehen wird. Er denkt an Suzanne, wie sie ihr Kleid zuknöpft und gleich die Flucht ergreifen wird. *Das hier wird dich immer an uns erinnern.*

Er stöhnt gequält auf, dann geht er in Richtung der Rue des Abbesses.

Thérèse ist schon bei der Arbeit. Ihr Lederrock schmiegt sich wie eine zweite Haut um den Hintern. Das Oberteil ist schwarz und aus Spitze. Dunkles Haar, verlockend zerzaust, fällt ihr über den Rücken, und ihr Mund ist dunkelrot geschminkt. Sie steht an ihrem üblichen Platz, lehnt an der Ziegelmauer neben dem *Le Chat Blanc* und mustert mit einer brennenden Zigarette zwischen den langen Fingern die Straße. Manche Frauen schlendern den Gehsteig auf und ab und flüstern den vorbeieilenden Männern etwas zu, doch Thérèse bleibt auf ihrem Platz. Sie muss nicht suchen.

Sie sieht ihm entgegen, als er sich nähert. »Na, wenn das nicht mein Liebling unter all den verhungernden Künstlern ist«, sagt sie und zieht träge an ihrer Zigarette. »Was führt dich in diese Ecke, *chéri?*«

»Ich wollte mit dir reden«, antwortet Guillaume.

»Wie aufregend«, sagt Thérèse. »Aber beeil dich. Sie mögen es nicht, wenn wir uns zu viel unterhalten.«

»Sie?« Guillaume sieht sich um. »Beobachtet euch jemand?«

Thérèse lächelt traurig. »Irgendjemand beobachtet einen *immer.*«

»Dann mache ich schnell«, verspricht Guillaume. »Es geht um Emile Brataille.«

»Nie von ihm gehört.«

»Er ist ein Kunde von dir.«

Sie zuckt mit den Schultern. »Sie sagen mir nicht, wie sie heißen.«

»Er ist Kunsthändler und hat eine Galerie auf dem Boulevard Raspail. *Davon* hat er dir sicher erzählt.«

»Oh, *mon dieu*. Ja, ich weiß, wen du meinst.« Sie stößt eine üppige Rauchwolke aus. »Sein Schwanz ist so groß wie eine Erdnuss.«

»Ach ja?« Guillaume kann ein breites Grinsen nicht unterdrücken.

»Der dumme Mann will mich nicht in Ruhe lassen.«

»Deshalb bin ich hier. Er sagt, er liebt dich.«

»Natürlich liebt er mich nicht«, schnaubt Thérèse. »Er braucht einen Eimer kaltes Wasser über den Kopf, sonst nichts.«

»Ich habe ihn gestern Abend gesehen«, sagt Guillaume, der noch nicht aufgeben will. »Er hat wegen dir geweint. Echte Tränen. Ich kann es bezeugen.«

Thérèse sieht ihn unbeeindruckt an. »Und?«

»Als ich ihm gesagt habe, dass ich dich kenne, hat er mich angefleht, mit dir zu reden, ob er vielleicht wieder zu dir kommen darf. Und jetzt bin ich hier.«

»Was bedeutet er dir?«

»Oh, nichts.« Guillaume zuckt unbeholfen mit den Schultern. »Er ist ein alter Freund, das ist alles.«

»Ein alter Freund?« Thérèse sieht ihn misstrauisch an.

»Die Kunstwelt in Paris ist klein, weißt du«, sagt er ausweichend.

»Und du bist jetzt hier, um ein gutes Wort für ihn einzulegen?«

»Ich weiß nur«, erwidert Guillaume, »dass er verrückt nach dir ist.«

»Ich erkläre dir mal was, *chéri*. Diese Männer kommen her und bezahlen bares Geld für zwanzig Minuten in einem Raum mit mir.« Sie deutete auf das *Le Chat Blanc*.

»Wenn sich die Tür schließt, gehen sie nicht auf die Knie und rezitieren Gedichte, egal, wie sehr sie behaupten, mich zu vergöttern. Sie wollen eins, nur eins, und genau das bekommen sie.« Sie seufzt. »Warum, glaubst du, kommen sie alle?«

Guillaume sieht schweigend zu, wie sie sich eine neue Zigarette anzündet.

»Weil sie schreckliche Menschen sind«, fährt Thérèse fort. »Jeder Einzelne. Deshalb müssen sie eine Fremde für Sex bezahlen. Sie sind bedürftig und wütend und verdammt verbittert.« Sie sieht ihn an. »Verstehst du jetzt, warum ich nie mehr Zeit als nötig mit ihnen verbringen will?«

Guillaumes Hoffnung schwindet. »Bitte, Thérèse? Als Gefallen für mich?«

»Es tut mir leid, *chéri*.« Sie legt ihm eine Hand auf den Arm. »Du wirst deinem Freund sagen müssen, dass ich geschmeichelt bin und so, aber die Antwort lautet immer noch nein. Ich will weder ihn noch seinen winzigen Erdnussschwanz wiedersehen.«

»He, du«, sagt eine Stimme an seinem Ohr.

Guillaume dreht sich um. Ein großer Mann ist scheinbar aus dem Nichts neben ihm aufgetaucht. Der einzige Zweck seines Körpers scheint es zu sein, mit größtmöglicher Effizienz größtmöglichen Schmerz zu verursachen. Seine Hände sind Schaufeln, unter seinem schlecht sitzenden Jackett wölben sich granitharte Muskeln. Er sieht aus, als könnte er Guillaume sämtliche Gliedmaßen abreißen, ohne ins Schwitzen zu geraten – und wahrscheinlich mit einem Lächeln auf seinem harten, flachen Gesicht. »Sie ist nicht hier, um sich zu unterhalten«, grunzt der Mann. »Entweder du bezahlst oder du verschwindest.«

Thérèse wirft dem Mann einen angewiderten Blick zu. »Ganz ruhig, Léon, ja? Er ist ein Freund von mir.«

»Und wenn er die Wiedergeburt von Kaiser Napoleon wäre, *ma poule*. Regeln sind Regeln.« Der Mann grinst bösartig und wendet sich wieder an Guillaume. »Du hattest deinen kostenlosen Blick, mein Freund. Entscheide dich oder ich übernehme das für dich.« Er kommt so nahe, dass Guillaume den abgestandenen Atem des Mannes auf seinem Hals spürt.

»Ich gehe«, murmelt er.

»Ich freue mich immer, dich zu sehen, Guillaume«, sagt Thérèse leise.

»Du hast nicht zufällig sechshundert Francs, die du mir leihen kannst?«, fragt er.

Beim Weggehen hört er immer noch ihr Lachen.

KAPITEL 19

PARIS 1918: DER VIOLINSCHLÜSSEL

Jean-Paul Maillard steht in Erinnerungen versunken an einem kleinen Grab.

Anaïs Maillard hatte eine erlesene Stimme – eine Stimme, die die Vögel von den Bäumen locken könnte, wie ihr Mann immer zu sagen pflegte.

Jean-Paul liebte seine Frau am meisten, wenn sie sang. Sie eroberte immer wieder sein Herz mit der überwältigenden Kraft, mit der sie ihre Kunst ausübte. Musik pulsierte wie ein fröhlicher Fluss durch ihre Adern. Musik ließ sie von innen strahlen, erfüllte sie mit dem Licht von tausend Sonnen. Wenn sie ein Lied auf den Lippen hatte, war seine Frau der schönste Mensch im Raum.

In Lyon oder Toulouse hätte Anaïs eine professionelle Karriere als Sängerin angestrebt, doch in Paris war das hoffnungslos: Die besten Sänger der Welt reisten um den halben Erdball, um auf den Bühnen der Stadt aufzutreten. Doch sie beschwerte sich nicht. Paris barst geradezu vor Musik, und sie war glücklich, in so vielen Chören wie möglich mitsingen zu können.

Jean-Paul wurde Ende 1916 von der Westfront nach Hause geschickt. Bald nach seiner Rückkehr in die Rue Barbette wurde Anaïs schwanger.

Von morgens bis abends sang sie dem ungeborenen Kind vor. Die Wohnung war immer voller Gesang. Arien, Requiems, Messen, Lieder – das kleine Leben, das in ihr heranwuchs, hörte alles. Zu Jean-Pauls stiller Bestürzung probte Anaïs weiter und trat auf, während ihr Bauch wuchs – doch er wusste, dass seine Frau genauso wenig aufhören konnte zu singen wie zu atmen. Ihre Fruchtblase platzte bei einer Aufführung von Beethovens Neunter Symphonie. Im Krankenhaus sang sie die nächsten drei Stunden aus voller Kehle »Die Ode an die Freude«, während sie auf die Geburt des Babys wartete. Gegen Ende wurde die vertraute Melodie von einer beunruhigenden Vielfalt an Schreien und Stöhnen unterbrochen. Als ihre Tochter endlich auf der Welt war, klang ihr leises Weinen wunderschön und schon im Gleichklang mit ihrer Mutter.

Elodies erste Monate waren eine angstvolle Abfolge von Fieber und Krankheiten. Sie weinte ständig und mit beeindruckender Inbrunst. Sie hat deine Lungen geerbt, sagte Jean-Paul zu Anaïs, als sie wieder einmal von den markerschütternden Schreien aus der Wiege am Bettende aufgeweckt wurden. Nur die Stimme ihrer Mutter konnte die Kleine beruhigen. Sobald Anaïs zu singen begann, gurrte Elodie zufrieden. Und auch wenn Jean-Paul eine Melodie halten konnte, verzerrte sich Elodies wunderschönes Gesicht vor wortloser Wut und lief rot an, sobald *er* versuchte, sie in den Schlaf zu singen.

Ein paar Monate nach der Geburt schloss sich Anaïs dem Chor einer nahe gelegenen Kirche an, der Église Saint-Gervais. Elodie nahm sie mit zu den Proben. Beruhigt von der Stimme seiner Mutter schlief das Baby die ganze Zeit friedlich. Anaïs konnte schon bald ihr Notenblatt in der einen Hand halten und auf dem anderen Arm ihre schlafende Tochter.

Der Karfreitag 1918 fiel auf den 29. März, Anaïs' sechsundzwanzigsten Geburtstag. Am Morgen schenkte Jean-Paul ihr eine silberne Brosche in Form eines Violinschlüssels. Sie küsste ihn sanft und steckte die Brosche an die Bluse.

»Vielen Dank, *chéri*«, sagte sie.

»Gefällt sie dir?«

»Schau, wo ich sie angesteckt habe.« Sie deutete auf die Stelle. »Über meinem Herzen.«

»Wirst du sie heute Nachmittag tragen?« Der Chor der Église Saint-Gervais würde bei der Karfreitagsmesse singen. Anaïs freute sich seit Wochen darauf und summte die Lieder ständig vor sich hin.

»Natürlich.« Sie lächelte. »Ich werde sie jedes Mal beim Singen tragen.«

Elodie lag auf dem Ehebett und krähte leise. Anaïs nahm sie auf. Sofort wollte die Kleine nach der glänzenden Brosche greifen.

»Ah, sie gefällt also noch jemandem«, sagte Jean-Paul.

»Natürlich. Elodie hat einen ausgezeichneten Geschmack, nicht wahr, *ma chère*?« Anaïs summte den Refrain einer Motette von Palestrina und wiegte das Baby sanft im Arm.

»Es tut mir leid, dass ich heute nicht zum Gottesdienst kommen kann«, sagte Jean-Paul.

»Schon in Ordnung.«

»Du weißt, wie gern ich dich singen hören würde, aber diese Abgabetermine ...«

»Ich weiß.«

»Beim nächsten Mal bin ich dabei, das verspreche ich.«

»Du musst arbeiten, während wir Spaß haben werden.« Sie kitzelte das Baby unter dem Kinn. Elodie gurgelte erfreut.

Voller Liebe betrachtete Jean-Paul seine Frau und seine Tochter.

Nachdem die beiden zur Kirche aufgebrochen waren, setzte er sich an den Schreibtisch. Nach seiner Rückkehr nach Paris hatte er eine Stelle in der Lokalredaktion einer Zeitung angenommen und berichtete aus ganz Paris, wo ihn sein Herausgeber auch hinschickte. Die Arbeit war langweilig, zahlte aber die Miete. Dennoch empfand er jedes Mal, wenn er sich an seine Schreibmaschine setzte, ein kurzes, aber heftiges Bedauern. Er sehnte sich danach, einen Roman zu schreiben, hatte aber noch keine Geschichte gefunden, die er unbedingt erzählen musste. Und so erzählte er die Geschichten anderer Menschen statt seiner eigenen.

Bald verlor sich Jean-Paul in den Einzelheiten eines Artikels über den blühenden Schwarzmarkt für Trüffel, der sich in Paris etabliert hatte. Krieg hin oder her, die

Menschen liebten gutes Essen und wollten für das Privileg auch bezahlen. Er konzentrierte sich gerade auf die Sätze auf dem Blatt vor ihm, als ein tiefer, rollender Knall durch die Wohnung dröhnte. Er zog seinen Mantel an und hinkte auf die Straße. Menschen strömten aus ihren Häusern und rannten in alle Richtungen. Mit unheilvoll pochendem Bein eilte er zur Rue Vieille du Temple. Die Menschen hasteten nach Norden, weg vom Fluss.

Er rief einem vorbeieilenden Paar zu: »Was ist passiert? Was war das für ein Lärm?«

»Irgendeine Explosion«, keuchte der Mann.

In der Ferne war das vielstimmige Klagen von Sirenen zu hören.

»Eine Explosion?«, sagte Jean-Paul. »Wo?«

Die Frau deutete hinter sich. »Irgendwo in der Nähe der Rue de Rivoli.«

Jean-Paul eilte so schnell wie möglich die Straße entlang. Die Schreie und die Sirenen wurden lauter, je näher er dem Fluss kam. Er überquerte die Rue de Rivoli und bog in die Rue François Miron ein. Wie oft war er diese Strecke schon auf dem Weg zur Sonntagsmesse sorglos entlangspaziert? Jetzt erkannte er die Straße kaum wieder. Schutt wirbelte durch die Luft. Menschen tauchten aus den Staubwolken auf wie Geister im Morgennebel. Sie stolperten in kleinen Gruppen die Straße hinunter und stützten einander gegenseitig. Manche hinkten, andere bluteten.

Auf der Place Saint-Gervais sah er die offen stehenden Kirchentüren. Jean-Paul hastete die Treppe hinauf, wurde aber von einem Polizisten aufgehalten, bevor er hineingehen konnte.

»Sie dürfen da nicht rein«, sagte der Gendarm. »Es ist nicht sicher.«

»Was ist passiert?«

»Eine Bombe. Hat genau die Nordseite des Dachs getroffen.«

»Ich muss meine Frau und meine Tochter finden«, entgegnete Jean-Paul.

»Es ist zu gefährlich, Monsieur. Hier kann jeden Moment alles einstürzen.«

»Meine Tochter ist sechs Monate alt«, erklärte Jean-Paul, als ob das den Polizisten umstimmen könnte.

»Ich bin mir sicher, dass es Ihrer Frau und Ihrer Tochter gut geht, Monsieur«, sagte der Gendarm. »Finden Sie sie und bringen Sie sie nach Hause.«

Jean-Paul drehte sich um und ließ den Blick über die Menge vor der Kirche schweifen. Still wie Statuen standen die Menschen da, gelähmt von dem erlebten Schrecken. Männer riefen Warnungen, Mütter schrien nach ihren Kindern. Er hinkte die Stufen wieder hinunter und machte sich auf die Suche nach Anaïs und Elodie.

Sie waren nicht da.

Er versuchte, ruhig zu bleiben, nachzudenken. Wenn sie unverletzt entkommen konnten, gab es keinen Grund, warum sie sich länger hier aufhalten sollten. Anaïs hätte Elodie zurück in die Rue Barbette gebracht. Wahrscheinlich befanden sie sich bereits in der Wohnung, und Anaïs fragte sich, wo er war. Während er nach Hause eilte, bemühte Jean-Paul sich nach Kräften, seine

Angst zurückzudrängen. Daheim angekommen, hatte er sich fast davon überzeugt, dass ihn seine Frau begrüßen und von ihrer knappen Flucht erzählen würde, und seine Tochter würde bei seinem Anblick fröhlich gurgeln.

Die Wohnung war leer.

Zwei Stunden lang wusste er nicht, ob er Angst oder Hoffnung empfinden sollte. Er wollte da sein, wenn die Tür endlich aufging, wenn er die beiden fest im Arm halten und wieder atmen konnte. Doch das Warten war eine Qual. Er konnte nicht einfach nur dasitzen und nichts tun. Schließlich schrieb er Anaïs eine Nachricht mit dem Versprechen, bald zurückzukehren, und zog seinen Mantel wieder an.

An der Place Saint-Gervais hatte sich die Menge zerstreut. Die Kirchentüren standen offen. Männer eilten hinein und wieder hinaus. Jean-Paul ging die Treppe hinauf und nach drinnen. Der Boden war von heruntergefallenen Mauerbrocken bedeckt. Jean-Paul bahnte sich unsicher einen Weg in die Kirchenmitte, wobei der Teppich aus Schutt unter seinen Füßen ins Rutschen geriet. Vor ihm brüllten sich Männer etwas zu. Als er das Kirchenschiff mit der gewölbten Decke erreichte, sah er Gestalten im Halbdunkel über einen Berg Geröll klettern.

Männer, die nach Leichen suchten.

»Anaïs!«, schrie er.

Über ihm war ein gezackter Streifen Himmel zu sehen: Das Loch, das die Bombe der Deutschen gerissen hatte. Als er weiterging, regnete es Steine auf seine Schultern. Beim Altar arbeiteten überall Männer und trugen herabgestürzte Mauerstücke zur Seite.

Wo waren Anaïs und Elodie?

Jean-Paul begann, zusammen mit den anderen den Schutt wegzuräumen.

Stunden später war er immer noch in der Kirche und schuftete im Licht von Kerosinlampen, die man aufgestellt hatte, damit die Rettungsarbeiten auch in der Nacht weitergeführt werden konnten. Seine Knöchel waren blutig und aufgeschürft. Er war unendlich erschöpft.

Unter der eingestürzten Decke lagen Menschen begraben. Ihre Leichen waren zerschmettert, die Gesichter blutig und zerschlagen. Zusammen mit einem anderen Mann fand Jean-Paul eine Leiche nach der anderen. Männer, Frauen, Junge, Alte, niemand war verschont geblieben. Ein kleines Mädchen, nicht älter als sechs oder sieben Jahre alt, hatte den linken Arm verloren. Schweigend – denn es gab keine Worte dafür – hoben sie die Toten aus dem Schutt und trugen sie vor die Kirche, wo sie sie der Obhut eines Priesters übergaben. Jean-Paul musterte jede Leiche, die die anderen Männer durch den Mittelgang schleppten.

Keine Anaïs. Keine Elodie.

Vor dem Altar lag eine letzte große Steinplatte. Jean-Paul und drei andere Männer schoben sie zur Seite und stellten sie mit vereinten Kräften auf. Ein Mensch lag darunter. Die Wucht des Aufpralls hatte den Kopf des Opfers verdreht und ihm den Hals gebrochen. Ein schwarzer Krater klaffte in der Seite des Schädels.

Doch das sah Jean-Paul alles nicht. Er nahm nur die Silberbrosche an dem blutigen Oberteil wahr.

Jean-Paul stand bis zu den Knien im Schutt, während zwei Fremde Anaïs' Leiche durchs Kirchenschiff zu dem wartenden Priester trugen. Er drehte sich nicht um, sondern suchte mit dem Blick den Kirchenboden zwischen den Deckenstücken ab.

Er suchte nach seiner Tochter.

Niemand hatte Jean-Paul gefragt, wer er war oder was er in der Kirche machte. Als er den Männern jetzt mitteilte, dass sie noch eine weitere Leiche bergen mussten, sah er die Skepsis in ihren müden Augen. Jean-Paul kümmerte sich nicht darum. Er stapfte zurück in den Schutt und drehte jeden Stein um, egal wie klein. Er arbeitete mit manischer Verzweiflung, die Erschöpfung der letzten zehrenden Stunden war vergessen. Seine wilde Energie zog die anderen Männer unweigerlich in ihren Bann. Nur wenige Minuten später hatten sich alle der Suche angeschlossen.

Elodie war nicht da.

Jean-Paul ging durch die Ruine, sprach jeden an, dem er begegnete, stellte immer wieder dieselbe Frage. Niemand hatte einen Säugling gesehen.

Es ergab keinen Sinn. Leichen verschwanden nicht einfach, nicht einmal kleine. Irgendeine Spur von ihr musste zu finden sein. Schließlich stolperte er aus der Kirche ins Freie. Anaïs lag hinter ihm unter einem weißen Laken auf dem kalten Steinboden, doch er hatte keine Zeit, um sie zu trauern, keine Zeit, sich zu verabschieden – nicht, solange Elodie noch am Leben sein könnte.

Er hinkte ins nächstgelegene Krankenhaus, ging von Station zu Station, dann ins nächste Krankenhaus, er befragte Schwestern und Verwaltungsbeamte, ob ein sechs Monate altes Mädchen aufgenommen worden war.

Nirgends hatte er Glück.

Als die Sonne über den Dächern der Stadt aufging, lief Jean-Paul wie betäubt die verlassenen Straßen entlang zur Rue Barbette. In der Wohnung nahm er den Zettel, den er Anaïs hinterlassen hatte, und zerriss ihn in kleine Stücke. Seine Kleider waren voll Schweiß und Blut und Schmutz, doch er war zu müde, um sich umzuziehen. Er legte sich aufs Bett und starrte in die Dunkelheit.

Elodies Verschwinden hinterließ ein bodenloses Loch, in das alles hineinstürzte. Seine Trauer verlangte nach einem Körper, einem festen Ort. So klammerte er sich an hauchdünne Fäden unwahrscheinlicher Hoffnung – Fäden, die ihn nicht loslassen, nicht freigeben wollten. Die Liebe eines Vaters war ein stures Biest, immun gegen Logik und Verstand. Ohne eine Leiche bestand immerhin die Möglichkeit, dass Elodie noch lebte – egal, wie unwahrscheinlich dies war. Jean-Paul hatte keine andere Wahl, als sich mit aller Kraft daran festzuhalten. Vielleicht war Elodie vor der Messe unruhig gewesen, und Anaïs hatte eine Freundin in der Gemeinde gefragt, ob sie das Kind halten könne. Vielleicht war das Baby in einem anderen Teil der Kirche gewesen, als die Decke einstürzte, und nach draußen in Sicherheit getragen worden. Vielleicht würde jemand morgen an seine Tür klopfen und ihm seine Tochter zurückbringen.

Er lag auf dem Bett und wartete.

Doch am nächsten Tag klopfte niemand, und auch am übernächsten nicht. Dann wurde ihm klar: Wer auch immer sich um Elodie kümmerte, wusste sicher nicht, wer sie war oder wo sie wohnte. Natürlich würde niemand klopfen. Niemand würde sie ihm zurückbringen. Er würde sie selbst finden müssen.

Er ging noch einmal in die Krankenhäuser, er besuchte jedes Waisenhaus in der Stadt. Er tapezierte die Mauern in seinem *quartier* mit handgeschriebenen Plakaten, auf denen er um Informationen bat. Er hielt Menschen auf der Straße an, spähte hilflos in jeden Kinderwagen. Er überredete seinen Herausgeber, einen Artikel über Elodie in der Zeitung zu bringen, mit Jean-Pauls Namen und Adresse. Zwei Tage lang saß er in der leeren Wohnung und wartete. Niemand kam.

Seine Schwester reiste nach Paris, um bei der Beerdigung zu helfen. Sie suchte einen Sarg für Anaïs aus, wählte Blumengestecke, kaufte das Grab auf dem Friedhof Père Lachaise. Die Beerdigung erlebte er wie in einem Nebel. Jean-Paul konnte sich nur noch an sein Entsetzen beim Anblick des Grabsteins erinnern, den seine Schwester bestellt hatte.

Die schwarzen Buchstaben, die in den weißen Granit eingemeißelt waren.

Zwei Namen, nicht einer.

Es war mehr nötig als diese dreizehn Buchstaben im Granit, damit Jean-Paul die immer noch in ihm schwelende Hoffnung fahren ließ.

Er gab eine Vermisstenanzeige bei der Polizei auf. Stundenlang stand er an, um mit städtischen Beamten zu sprechen. Man sagte ihm, dass Nachforschungen angestellt würden, doch dafür müsse man die vorgesehenen Behördenwege gehen, Vorschriften mussten befolgt werden. Gelangweilte Beamte reichten ihm Formulare, die er unterschreiben sollte, und wünschten ihm einen guten Tag. Doch sobald er sich im Netz der Stadt verfangen hatte, gab es kein Entkommen aus den Klauen der Bürokratie. Eine Reihe von Gesprächen folgte, bei denen immer wieder dieselben Fragen gestellt wurden. Jean-Paul erzählte benommen einer Reihe unwilliger Fremder die Ereignisse des Karfreitags. Er wollte seine Tochter finden, doch die Beamten wollten nur die Akte vom Tisch haben. Berichte wurden eingereicht, Untersuchungen durchgeführt, Ergebnisse erzielt.

Letztendlich wurde Elodie Maillard trotz der hilflosen Proteste ihres Vaters zusammen mit ihrer Mutter für tot erklärt. Doch Jean-Paul glaubte immer noch, dass seine Tochter am Leben war, weshalb er keine andere Wahl hatte, als sie wiederauferstehen zu lassen.

Endlich hatte er seine Geschichte.

Er kaufte ein neues Notizbuch und begann zu schreiben.

Die Trauer raubte ihm den rettenden Schlaf. Er verbrachte die Nächte am Schreibtisch und erzählte die Geschichte seiner Tochter – nicht ihre wenigen Monate in der Rue Barbette, sondern alles, was noch auf sie wartete. Er beschwor ihre weitere Kindheit herauf, eine Heirat, eigene Kinder. Die Worte flossen unaufhaltsam aus ihm heraus. Sein Stift flog über die Seiten, während seine Fantasie auf eine unerreichbare Zukunft zuraste. In der Geschichte war seine Tochter am Leben, seine Worte ließen sie wiederauferstehen. Satz für Satz, Absatz für Absatz schrieb er in diesen einsamen Nächten.

Als er fertig war, saß er an seinem Schreibtisch und weinte, wie er noch nie zuvor geweint hatte. Elodie lebte auf den Seiten des Notizbuchs, doch jetzt war ihre Geschichte zu Ende. Ein zweiter Abschied, der fast so sehr schmerzte wie der erste.

Der Bombenangriff am Karfreitag auf die Église Saint-Gervais war die tödlichste Attacke auf Paris während des gesamten Krieges. Achtundachtzig Tote wurden gemeldet.

Jean-Paul Maillard glaubt immer noch, dass es siebenundachtzig waren.

Er wohnt immer noch in der Wohnung in der Rue Barbette. Spätabends hört er Gershwin und liest die Geschichte von Elodies Leben und fragt sich, wie seine Tochter jetzt wohl aussehen mag.

Sie wäre zehn Jahre alt.

Nach ihr sucht Jean-Paul jeden Morgen, wenn er in dem Pavillon im Park an der Rue de Bretagne sitzt und die spielenden Kinder beobachtet.

Wenn er durch die Stadt läuft, ist Jean-Paul ständig auf der Suche. Er mustert alle Menschen in der Hoffnung, ein Echo von Anaïs im Gesicht eines fremden Kindes zu entdecken.

Das ist die Geschichte, die Jean-Paul Josephine Baker erzählt hat.

Deshalb kann er Paris niemals verlassen. Er träumt zwar von Amerika, aber die unmögliche Hoffnung bindet ihn an diese Stadt, diese Straßen.

Er wird immer nach seiner Tochter suchen.

KAPITEL 20

PARIS 1913: EIN AUF DEN KOPF GESTELLTES LEBEN

Camille begann als bessere Postbotin. Der erste Band von Monsieur Prousts Werk, *Unterwegs zu Swann,* war gerade veröffentlicht worden, und er wollte signierte Exemplare an all seine Freunde schicken. Nicolas Cottin, der Kammerdiener, verpackte die Bücher sorgfältig – blaues Papier für Herren, rosafarbenes für Damen. Jeden Morgen ging Camille zum Boulevard Haussmann, wo Nicolas ihr mit genauen Anweisungen die Lieferungen für den Tag aushändigte. Während dieser Besuche sah sie ihren neuen Arbeitgeber nie. Sie klemmte sich die Pakete unter den Arm, stieg in eine Mietkutsche und fuhr durch die Stadt.

So entdeckte Camille Paris. Sie lernte, die verschiedenen Plätze und Kreuzungen zu erkennen. Vor allem liebte sie es, Pakete auf der anderen Flussseite auszuliefern, am linken Ufer. Auf halber Strecke über die Pont Royal bat sie den Kutscher oft, für einen Moment zu halten, damit sie auf die Seine hinausblicken konnte.

Als alle Bücher ausgeliefert waren, informierte Nicolas sie, dass sie weiterhin jeden Morgen zu Monsieur Proust kommen solle. Normalerweise mussten immer ein, zwei Briefe überbracht werden. Camille war zufrieden mit diesem Arrangement, ebenso wie Olivier: Er merkte, wie viel glücklicher seine Frau war, wenn sie ihre Tage mit etwas anderem als der einsamen, langweiligen Hausarbeit in der Wohnung in Levallois verbringen konnte. Und es stimmte: Sie freute sich darauf, jeden Morgen den Bus von der Porte d'Asnières zum Gare Saint-Lazare zu nehmen. Manchmal musste sie etwas ausliefern, manchmal auch nicht. Doch sie genoss immer das niemals endende Theater auf den Straßen von Paris.

Eines Abends im Dezember kehrte Olivier spät nach Hause zurück. »Du ahnst nicht, was passiert ist!«, sagte er, als er durch die Tür kam.

Er war wie ein großes Hündchen, wenn er aufgeregt war. Camille lächelte. »Was denn, *mon amour?*«

»Céline Cottin ist krank.«

»Oje. Ist es ernst?«

»Scheint so. Sie ist im Krankenhaus. Der arme Nicolas ist außer sich vor Sorge.«

»Wie schrecklich!«

»Und weißt du was, Camille? Monsieur Proust hat gerade kein Zimmermädchen.« Sein Ton war so betroffen, als hätte der Schriftsteller beide Arme verloren. »Er – also Monsieur Proust – hat vorgeschlagen, ob du ihm vielleicht nachmittags helfen könntest. So kann Nicolas sich während ihrer Genesung um Céline kümmern.«

Camille rümpfte die Nase. »Um ihm zu *helfen?* Wobei? Kann der Mann nicht ein paar Stunden allein in seiner eigenen Wohnung überleben?«

Olivier lachte.

Am nächsten Nachmittag wurde Camille von einem gehetzt aussehenden Nicolas empfangen und in die Küche geführt.

»Sehr hübsch«, bemerkte sie. »Mir war nicht klar, dass das Schreiben so gut bezahlt wird.«

»Oh, die Wohnung ist nicht seine«, flüsterte Nicolas. »Das Gebäude gehört seiner Großtante. Sie lässt ihn hier für eine lächerliche Miete wohnen.«

»Warum flüstern Sie?«, fragte Camille.

»Weil Monsieur Proust schläft.«

Camille schnaubte. »Aber es ist vier Uhr am Nachmittag!«

Nicolas neigte leicht den Kopf und nahm ihr Argument zur Kenntnis. »Ja, nun, sein Tagesablauf ist etwas speziell«, sagte er. »Also, passen Sie auf. Das Wichtigste ist, dass Sie lernen, Kaffee zu kochen.«

»Ich weiß, wie man Kaffee kocht, Nicolas!«

Der Kammerdiener grunzte. »Verlassen Sie sich nicht darauf. Alles muss auf ganz besondere Weise getan werden.« Er sah sie an. »*Sehr* besondere Weise.« Er öffnete einen Schrank und holte ein Glas hervor. »Hier ist der Kaffee. In der Rue de Lévis befindet sich der Laden, in dem Sie ihn kaufen müssen. Nichts anderes kommt ihm ins Haus. Ihm gefällt die Art, wie sie ihn dort rösten.«

»Rue de Lévis«, wiederholte Camille.

»Sie müssen einen Wasserbadtopf auf dem Herd benutzen. Das Wasser muss *langsam* durch den gemahlenen Kaffee sickern. Nur so ist gewährleistet, dass der Kaffee die von ihm gewünschte Stärke hat.« Er stellte eine silberne Kaffeekanne auf die Arbeitsfläche. »Füllen Sie diese Kanne, aber kochen Sie auf keinen Fall mehr. Und *träumen* Sie nicht einmal davon, ihm den Kaffee in etwas anderem zu servieren.« Er holte eine Tasse aus dem Schrank, dann die dazugehörige Untertasse. »Er trinkt nur aus dieser Tasse. Die Untertasse ist für sein Croissant.«

»Und er benutzt nur diese Untertasse?«, vermutete Camille.

Nicolas nickte. »Kaufen Sie jeden Tag zwei Croissants in der *boulangerie* in der Rue de la Pépinière. Auf keinen Fall dürfen Sie sie woanders holen.«

»Wie will er das wissen?«

»Oh, das wird er, glauben Sie mir. Er läutet die Glocke, wenn er bereit für sein Frühstück ist. Ein Läuten bedeutet, er will nur ein Croissant. Wenn er zwei möchte, läutet er zweimal.«

»Isst er auch noch etwas anderes?«, fragte Camille und sah sich in der makellos sauberen Küche um. Die Kupferpfannen hingen immer noch in perfekter Reihe an ihren Haken und waren seit ihrem ersten Besuch in dieser Wohnung sicher nicht angefasst worden.

»Kaum«, antwortete Nicolas. »Obwohl Sie den Ofen jeden Tag benutzen werden.«

»Wofür?«

»Seine Kleidung. Sie muss auf eine exakte Temperatur vorgewärmt werden, bevor er sie anlegt.« Nicolas bemerkte ihren Gesichtsausdruck. »Monsieur Proust friert unglaublich leicht«, erklärte er. »Doch er mag es nicht, wenn es zu heiß in der Wohnung ist, weshalb Sie auch nie mehr als vier Holzscheite gleichzeitig in den Kamin legen dürfen.«

Camille wollte etwas sagen, sah den Gesichtsausdruck des Kammerdieners und schwieg.

»Die Bettwäsche muss jeden Tag gewechselt werden, ohne Ausnahme, sobald er die Wohnung verlassen hat. Dann werden Sie auch putzen, weil Monsieur Proust den Geruch von Möbelpolitur nicht erträgt.« Nicolas sah sie an. »Das Wichtigste ist aber, dass es vollkommen still ist, wenn er schläft oder schreibt. Haben Sie verstanden?«

»Absolute Ruhe«, flüsterte Camille und verdrehte die Augen nur ein klein wenig.

»Ich meine es vollkommen ernst«, erwiderte Nicolas. »Er darf nicht gestört werden. Lieferanten dürfen niemals klopfen oder klingeln. Und wo wir schon beim Thema Besucher sind«, fuhr er fort, »es darf niemand hereingelassen werden, der Parfüm oder Rasierwasser trägt. Unter keinen Umständen.«

»Warum nicht?«

»Monsieur Proust ist gegen Düfte aller Art allergisch. Das bedeutet auch, dass niemals Blumen in die Wohnung gebracht werden dürfen.«

»Wann läutet er nach dem Frühstück?«

»Sobald er aufwacht.«

»Und wann wacht er auf?«

»Etwa um fünf Uhr nachmittags.«

Camille sah ihn an. »Entschuldigung?«

Nicolas lächelte. »Das ist noch das Geringste«, sagte er.

Am nächsten Nachmittag kam Camille wie angewiesen in die Wohnung am Boulevard Haussmann mit einer Papiertüte in der Hand, die zwei warme Croissants aus der *boulangerie* in der Rue de la Pépinière enthielt. Nicolas zeigte ihr noch einmal, wie sie den Kaffee für Monsieur Proust kochen sollte. Dann zog er den Mantel an, um ins Krankenhaus zu gehen.

»Sie können ein wenig abstauben, bis er aufwacht«, sagte er. »Solange Sie dabei keinen Lärm machen.« Er schloss leise die Tür hinter sich.

Camille setzte sich an den Küchentisch und zog die Schuhe aus. Sie hatte Marcel Proust bisher erst einmal getroffen, und jetzt war sie hier, allein mit ihm in seiner Wohnung. Es herrschte gespenstische Stille. Nicht einmal eine tickende Uhr war zu hören. Bisher kannte sie nur die Küche, und sie beschloss, die anderen Räume zu erforschen, solange ihr Arbeitgeber noch schlief. Sie öffnete die Küchentür und trat in den Flur.

Die geschlossene Tür am anderen Ende des Korridors führte vermutlich zu Monsieur Prousts Schlafzimmer. Sie spähte in die anderen Zimmer. Jedes war ein einziger Dschungel aus Schränken, Diwanen und Kommoden. Die Möbel standen so dicht beieinander, dass sich unmöglich jemand bequem in diesen Räumen aufhalten konnte.

Da hörte sie ein leises Läuten. Nur eins.

Ein Croissant.

Camille schlich auf Zehenspitzen zurück. Während der Kaffee kochte, stellte sie nervös Tasse und Untertasse auf ein Tablett. Ein paar Minuten später ging sie den Korridor entlang und klopfte an die Schlafzimmertür.

»Herein«, ertönte eine schwache Stimme.

Sie schob die Tür auf. Es war stockdunkel. Unsicher stand sie mit dem Tablett an der Schwelle und versuchte, etwas zu erkennen.

»Ich bin hier drüben, Madame Clermont«, rief die Stimme.

Camille machte einen vorsichtigen Schritt in den Raum hinein, dann noch einen. Das einzige Licht kam aus dem Flur hinter ihr. Als sich ihre Augen an die Dunkelheit gewöhnten, konnte sie lange Samtvorhänge erkennen, die gegen die Nachmittagssonne fest zugezogen waren. In der hinteren Ecke des Raums stand ein Bett, wo aus weißen Laken der körperlose Kopf von Marcel Proust aufragte. Seine Augen glänzten im Dunkeln und sahen ihr unter einem zerzausten Schopf schwarzer Haare entgegen. Sie durchquerte den Raum und stellte das Tablett vorsichtig auf den Tisch neben dem Bett. Die großen, dunklen Augen beobachteten sie, ohne zu blinzeln.

»Danke«, flüsterte er.

Camille knickste nervös und flüchtete.

Eine Stunde später ging sie in der Küche auf und ab und fragte sich, ob ihm der Kaffee geschmeckt hatte.

War das Croissant akzeptabel gewesen? Die Glocke hatte nicht mehr geläutet – es war tatsächlich überhaupt kein Geräusch aus dem Schlafzimmer gekommen. Ob Monsieur Proust wieder eingeschlafen war?

Schließlich ging sie in den Flur und sah zu ihrem Entsetzen, dass dunkler Rauch unter der Schlafzimmertür hervorquoll. Mit einem Aufschrei rannte sie los und riss die Tür auf. Eine Wand aus schwarzem Rauch traf sie, durch die sie kaum den Umriss des Schriftstellers ausmachen konnte, der nach vorne gekrümmt neben dem Bett stand.

»Monsieur!«, rief sie. »Können Sie mich hören? Ich bin hier drüben! Es brennt …«

»Schließen Sie die Tür«, keuchte Proust, ohne sich aufzurichten.

Wider besseres Wissen gehorchte Camille. Die Vorhänge waren immer noch zugezogen. Eine kleine Lampe neben dem Bett verbreitete ein schwaches Licht, doch der Rauch erschwerte die Sicht. Ihre Augen begannen zu brennen.

»Geht es Ihnen gut, Monsieur?«

»Ausgezeichnet, Madame Clermont. Das ist die tägliche Behandlung gegen mein Asthma. Ich verbrenne Legras-Pulver und inhaliere die Dämpfe. Der Rauch löst die Verstopfung in meiner Brust. Es ist ein Wunder, das kann ich Ihnen versichern.« Er hustete. Camille hörte verwirrt dem rauen Keuchen zu. Als der Anfall vorbei war, sagte Marcel Proust: »Sie müssen sich keine Sorgen machen.«

Der Qualm lichtete sich ein wenig. Wie die anderen Räume in der Wohnung war auch dieser voll mit Möbeln. Ein Flügel stand direkt vor einer Mahagonikommode, deren Schubladen dadurch nicht zu öffnen waren. Auf jeder Oberfläche stapelten sich Bücher. Die anderen Zimmer waren mit edlen Tapeten geschmückt, doch die Wände dieses Raums sahen ganz anders aus. Camille betrachtete sie näher. Sie schienen mit einer Korkschicht bedeckt zu sein.

»Das ist zur Schallisolierung.« Marcel Proust hatte ihren Blick bemerkt. »Ich will Lärm und Licht aussperren.«

Camille errötete. »Und dann stürze ich einfach herein und bringe beides mit!«

»Ah, aber Sie sind immer willkommen, Madame Clermont.« Er verstummte. »Doch nur Sie. Wenn Sie die restliche Welt auf Abstand halten könnten, wäre ich Ihnen sehr dankbar.«

»Ich werde auf jeden Fall mein Bestes geben.« Sie ging zur Tür.

»Ach ja, Madame Clermont?«

Sie drehte sich zu ihm um.

Er lächelte. »Sie kochen ausgezeichneten Kaffee.«

Nach ein paar Monaten gab es keine Madame Clermont mehr, sondern einfach nur: Camille.

Sie gewöhnte sich rasch an Marcel Prousts häusliche Rituale. Seine Eigenheiten erschienen ihr nicht mehr merkwürdig. Sie verstand sein Verlangen, dass alles genau so war, wie er es haben wollte, und sie bemühte sich nach Kräften, all seinen Wünschen nachzukommen.

Nicht ein einziges Mal urteilte sie über seine Eigentümlichkeiten. Zusammen kümmerten sich Camille und Nicolas um Monsieur Prousts häusliche Angelegenheiten, und Olivier chauffierte ihn zu seinen Terminen und Verabredungen in der Stadt. Die Clermonts verbrachten immer weniger Zeit in ihrer Wohnung in Levallois. Ihr Leben kreiste zunehmend um die Bedürfnisse und Wünsche ihres Arbeitgebers.

Dann kam der Krieg.

Olivier wurde als Fahrer eingezogen, um Lebensmittel an die Front zu transportieren. Eine Woche später bekam auch Nicolas den Mobilmachungsbescheid. Plötzlich war die Wohnung am Boulevard Haussmann leer.

»Ziehen Sie doch zu mir, Camille!«, bat Proust. »Wir haben ein Gästezimmer. Warum sollten Sie so viel Zeit mit der Fahrt von und nach Levallois vergeuden? Olivier wartet ja sowieso nicht mehr zu Hause auf Sie. Er ist an der Front, der arme Mann!«

Und so packte Camille einen Koffer und zog in die Wohnung am Boulevard Haussmann. Sie vermisste Olivier sehr, bekämpfte ihre Angst wegen des Krieges jedoch dadurch, dass sie sich völlig Marcel Prousts Bedürfnissen verschrieb. Solche Hingabe war bei seinem ungewöhnlichen Tagesablauf auch nötig. Normalerweise verließ er die Wohnung nach Mitternacht und kam erst in den frühen Morgenstunden zurück. Während dieser spätnächtlichen Ausflüge in die Stadt wechselte Camille die Bettwäsche und lüftete das Schlafzimmer. Tagsüber waren die Vorhänge immer zugezogen und die Fensterläden geschlossen. Wenn sie das Zimmer reinigte, öffnete sie die Fenster und ließ die kühle Nachtluft herein. Tageslicht war hier seit Jahren nicht hereingefallen.

Da Monsieur Proust sich weigerte, einen Schlüssel mitzunehmen, musste Camille wach bleiben, um ihn bei der Rückkehr von seinen nächtlichen Unternehmungen wieder in die Wohnung zu lassen. Er besuchte Bekannte in der Stadt und nahm an glitzernden Soireen der vornehmsten Pariser Gesellschaft teil. Auf diesen glamourösen Veranstaltungen suchte er nach Material für sein Buch. Er lauschte dem Klatsch und sah sich die Kleidung der Gäste an. Nachdem er Hut und Mantel aufgehängt hatte, unterhielt er die erschöpfte Camille mit Erzählungen, was er alles gesehen und wen er getroffen hatte. Dann ging er ins Bett und begann seinen Arbeitstag – das heißt, er schrieb alles Erlebte auf.

Proust arbeitete fast ausschließlich im Bett. Er trug einen weißen Pyjama und legte sich dicke Wollpullover um die Schultern, als Stütze und um sich zu wärmen. Die Knie waren sein Schreibtisch. Für Camille sah das unglaublich unbequem aus, doch er konnte stundenlang schreiben, ohne sich zu bewegen. Trotz der späten Stunde durfte Camille nicht schlafen, während er arbeitete. Wenn er etwas benötigte, erwartete er, dass sie sofort reagierte, egal, wie spät es war. Jeder Wunsch musste umgehend erfüllt werden, nichts durfte seine Arbeit unterbrechen oder verzögern. Sie verbrachte viele Nächte einsam wachend, zusammengesunken am Küchentisch für den Fall, dass die Glocke läutete. Eines Nachts brachte sie ihm einen Teller Bratkartoffeln, als die Morgendämmerung heraufzuziehen begann. Proust saß über seine Arbeit gekauert da und schrieb wie wild, umgeben von seinen Notizbüchern und einem Meer aus losen Blättern. Er sah nicht auf, als sie den Teller auf den Tisch neben dem Bett stellte.

»Monsieur?«, fragte Camille. »Ist alles in Ordnung?«

Seufzend legte er den Stift beiseite. »Ich fürchte, es hat angefangen«, antwortete er düster.

»Was hat angefangen?«

»Langsam werde ich das Zeitliche segnen, Camille. Es besteht kein Zweifel mehr.«

Sie schüttelte den Kopf. »Ich verstehe nicht.«

»Ich *sterbe*, Camille. Ich bin fürchterlich krank. Sehen Sie das nicht?«

»Auf mich wirken Sie völlig gesund, Monsieur.«

»Nun, ich kann Ihnen versichern, dass ich das *nicht* bin«, gab Proust ein wenig beleidigt zurück. »Mein ganzes Leben schon kämpfe ich gegen eine Krankheit nach der anderen. Doch jetzt naht das Ende, fürchte ich. Ich bin ein Verdammter.«

»Wo liegt das Problem?«

»Meine Lungen. Oder mein Herz. Vielleicht auch meine Leber. Es spielt keine Rolle. Ich weiß nur, dass mein Lebenslicht verlischt. Ich spüre es in den Knochen.«

»Kommen Sie, so schlimm ist es bestimmt nicht!«

Er schien sie nicht gehört zu haben. »Wissen Sie, was ich am meisten fürchte?«, fragte er.

»Was, Monsieur?«

Er deutete auf die Blätter vor sich auf dem Bett. »Ich

habe schreckliche Angst zu sterben, bevor ich dieses Buch fertiggestellt habe. Nur das ist wichtig. Mein Erbe.«

»Ich bin mir sicher, dass Ihnen nichts fehlt ...«

»Aber es ist immer noch so viel zu tun! Ich muss noch so viel schreiben.« Er sah zu ihr auf. »Deshalb bin ich so dankbar, Sie bei mir zu haben, Camille. Ohne Sie wäre all das hier hoffnungslos. Ich befinde mich in einem Rennen gegen die Zeit, doch zumindest habe ich Sie an meiner Seite. Sie kümmern sich so liebevoll um mich. Ich weiß nicht, was ich ohne Sie täte.«

Sie lächelte. »*Ce n'est rien.*«

»Für Sie mag es nichts sein, Camille, mir jedoch bedeutet es alles. Ich muss dieses Buch beenden, bevor es mich ins Grab bringt – nichts anderes spielt noch eine Rolle.«

Und so wurde ihre Hingabe an ihren Arbeitgeber immer stärker. Marcel Proust sperrte sich in seiner korkgetäfelten Zelle ein, und solange Olivier an der Front war, war Camille eine willige Mitgefangene. Sie kümmerte sich um seine Bedürfnisse, während er all seine Energie in die Fertigstellung des Buches steckte.

Der Krieg endete nicht mit dem schnellen französischen Sieg, den viele vorhergesagt hatten. Schon bald wurde deutlich, dass die Truppen monate-, wenn nicht gar jahrelang in einem mörderischen Stillstand gefangen sein würden. Camille vermisste ihren Mann sehr und sorgte sich ständig um seine Sicherheit, doch zumindest war ihre Arbeit eine Zuflucht vor den Schlachtfeldern im Norden. In dieser merkwürdigen, vollgestopften Wohnung am Boulevard Haussmann entdeckte sie neue Welten.

KAPITEL 21

VAUCLUSE 1917: DER KOFFER UNTER DEM BETT

In der Küche stand auf dem Regal über dem Kamin das gerahmte Bild eines Jungen mit ordentlich frisierten blonden Haaren. Er trug ein weißes Hemd, das bis zum Hals zugeknöpft war, und sah ernst in die Kamera. Er war etwa fünfzehn Jahre alt. Eines Tages deutete Souren auf das Foto und fragte: »Wer ist das?«

»Das ist Antoine«, antwortete Françoise. »Unser Sohn.«

»Wo ist er?«

»Er hat sich freiwillig zum Kriegsdienst gemeldet. Wir haben ihn angefleht, es nicht zu tun, aber er wollte seinem Land unbedingt dienen. Er wurde in Belgien getötet. In Ypres.« Françoise legte Souren eine Hand auf die Schulter. »Er wäre jetzt in deinem Alter«, sagte sie.

Souren schlief im Bett des toten Jungen. Er trug die Kleidung des toten Jungen.

Er sah sich in Antoines Zimmer um. Philippe und Françoise hatten nichts weggeworfen, alles war noch so, als ob ihr Sohn jeden Tag zurückkehren würde. Seine

Bücher standen ordentlich aufgereiht in einem kleinen Regal. Unter dem Bett lagerten zwei Holzkisten voll vergessener Kindheitsschätze: Pfeil und Bogen, Teile einer Holzeisenbahn, ein alter Teddybär mit Augen aus rissigen Knöpfen. Souren berührte die Dinge in stiller Verwunderung, als ob er wie einen Geist aus der Wunderlampe den Jungen heraufbeschwören könnte, der mit den Sachen gespielt hatte.

Eines Nachmittags zog Souren einen alten Koffer hervor, der neben den Kisten lag. Die Metallschnallen klappten mit einem befriedigenden Klicken auf, und er hob den Deckel.

Der Koffer enthielt Handpuppen. Souren nahm eine heraus, einen Mann mit rundem Gesicht, auf dessen Holzwangen je ein perfekter runder Kreis prangte. Er schob die Hand in die Puppe, die ihn fragend ansah und sich dann tief verbeugte. Dann holte er ein junges Mädchen mit langen blonden Zöpfen aus dem Koffer. Er hielt die Puppen vor sich und sah zu, wie sie miteinander sprachen. Sie stritten. Das Mädchen sang, und der Mann wollte, dass es aufhörte.

»Magst du meine Stimme nicht?«, fragte das Mädchen.

»Nein«, erwiderte der Mann scharf. »Ich bekomme davon Kopfschmerzen.«

Das Mädchen legte den Kopf in die hölzernen Hände und brach in Tränen aus.

»Na, na«, sagte der Mann und tätschelte ihren Rücken. »Nicht weinen. Deine Stimme ist wunderschön.«

Souren war hingerissen.

In den nächsten Tagen arbeitete er sich durch den Inhalt des Koffers und erweckte die Puppen eine nach der anderen zum Leben. Ein Polizist erklärte einer drallen, rosenwangigen Köchin seine Liebe, die vorgab, ihn nicht zu hören, weil sie gerade eine Suppe kochte, doch insgeheim war sie erfreut, und diese Suppe war die köstlichste, die sie je gekocht hatte. Zwei Brüder inszenierten einen Schaukampf mit Zweigen anstatt Schwertern und wurden auf magische Weise in mächtige Krieger verwandelt. Eine alte Frau verabschiedete sich von ihrem Sohn, der sein Glück in fernen Ländern suchen wollte. Sie befürchtete, ihn nie wiederzusehen. Jahre später entdeckte sie, dass sie fliegen konnte, und machte sich sofort auf den Weg. Sie schoss über Meere und Gebirge in das fremde Land, wo ihr Sohn mittlerweile lebte. Mit Tränen in den Augen verfolgte Souren das Wiedersehen.

Die Geschichten strömten nur so aus ihm heraus.

Er schuf eine Zeitmaschine. Mit den Puppen in den Händen konnte er die Uhr zurückdrehen, zurück in eine Zeit voller Hoffnung und Aussicht auf Glück.

Im Nachbarhaus wohnte ein Ehepaar mit einer kleinen Tochter, die vielleicht sechs oder sieben Jahre alt war. Souren sah sie oft mit ihren Puppen vor dem Haus spielen und leise mit sich reden. Er winkte ihr zu, und sie winkte schüchtern zurück, doch sie hatten noch nie miteinander gesprochen.

Eines Nachmittags klappte er den Koffer zu und ging mit ihm über den Rasen zu dem kleinen Mädchen.

»Hallo«, sagte Souren in seinem besten Französisch.

»Du wohnst nebenan.«

»Das stimmt.«

»Ich heiße Amandine Nouvel«, erzählte das Mädchen.

»Ich bin Souren.«

Sie musterte ihn unverhohlen. »Meine Eltern sagen, du bist ein deutscher Soldat.«

Er grinste. »Möchtest du ein paar Puppen sehen?« Das französische Wort *fantoches* kam ihm nur schwer über die Lippen.

Amandine strahlte. »*J'adore les fantoches!*«, verkündete sie.

Souren bückte sich und öffnete den Koffer. Er nahm ein Mädchen mit roten Zöpfen heraus sowie eine alte Hexe. Der offene Kofferdeckel diente als behelfsmäßige Bühne, auf der Souren eine Geschichte vorführte: Die Hexe hatte ihrem bösen Leben den Rücken zugekehrt und bemühte sich, zu allen nett zu sein. Sie bot dem Mädchen Süßigkeiten an, doch die kleine Rothaarige war unhöflich und undankbar. Die Hexe musste sich sehr zurückhalten, um das schreckliche Kind nicht in eine Kröte zu verwandeln und ihm damit eine Lektion zu erteilen. Stattdessen lächelte sie nur ihr schiefes Lächeln, kratzte sich an dem großen, warzigen Kinn und ging davon.

Amandine sah schweigend zu. Als Souren die Puppen hinter den Kofferdeckel legte, hob sie die Hand wie in der Schule.

»Ja?«, sagte Souren.

»Was für eine Sprache haben die Puppen gesprochen?«, fragte Amandine.

»Das war *meine* Sprache.«

»Nicht Deutsch?«, vermutete sie.

Er schüttelte den Kopf.

Amandine lächelte. »Es hat mir gefallen.«

Danach trafen sich Souren und Amandine jeden Nachmittag auf den Stufen vor ihrem Haus, und er erzählte mit den Puppen jedes Mal eine andere Geschichte. Das kleine Mädchen verfolgte wie gebannt jede Aufführung, löste den Blick keine Sekunde von Sourens Händen, wie sie über dem offenen Kofferdeckel hin- und herflitzten. Er selbst war unsichtbar für sie. Sie lauschte aufmerksam, wenn die Puppen auf Armenisch miteinander sprachen, und Souren war sich sicher, dass sie jedes Wort verstand.

Ein paar Wochen später wollte Souren eines Abends gerade in die Küche gehen, als er Philippe und Françoise hinter der Tür reden hörte. Irgendetwas an dem ungewohnt drängenden Tonfall ließ ihn innehalten und horchen.

»Bist du dir ganz sicher?«, fragte Françoise.

»Du kennst doch Nouvel«, murmelte Philippe. »So unverblümt wie immer. Er hat sich ziemlich klar ausgedrückt.«

»Aber Souren würde keiner Fliege etwas zuleide tun!«

»Der Mann glaubt, wir beherbergen den Feind, Françoise. Er ist überzeugt davon, dass Souren uns alle im Schlaf ermorden wird, auch Amandine.«

»Das ist jetzt aber wirklich absurd! Das kleine Mädchen ist sein einziger Freund.«

»Und sie ist Nouvels einzige Tochter«, erwiderte Philippe.

»Ja, und Souren spielt Puppentheater für sie!«

»In einer fremden Sprache. Nouvel und seine Frau sind außer sich.« Philippe verstummte. »Françoise, hör mir zu. Sie wollen, dass Souren verschwindet. Andere sehen das auch so. Das ganze Dorf will, dass er geht.«

»Es ist mir egal, was das Dorf will!«, rief Françoise. »Das ist *unser* Haus! Das ist *unsere* Familie!«

Souren hielt den Atem an.

»Françoise«, sagte Philippe leise. »Souren ist nicht Antoine.«

Die darauffolgende Stille wurde von dem behäbigen Ticken der Standuhr in der Diele noch verstärkt. Souren stellte sich vor, wie das Pendel auf seinem festgelegten Weg hin- und herschwang, versteckt in dem hohen Uhrkörper wie ein schlagendes Herz, das die Zeit vorantrieb. Die Sekunden ballten sich zu Minuten, und von der anderen Seite der Tür war immer noch nichts zu hören. Souren lehnte sich an die Wand. Die Stille atmete ein und aus, breitete sich aus und löschte alles aus bis auf einen Satz:

Souren ist nicht Antoine.

Später am Abend, nachdem er sich versichert hatte, dass Philippe und Françoise schliefen, schlich er auf Zehenspitzen die Treppe hinunter. Er hatte eine Nachricht auf seinem Bett zurückgelassen, ein hastig hingekritzeltes Wort: *merci*. In Antoines Koffer hatte er einige Kleidungsstücke des toten Jungen sowie die Puppen gepackt. Am

Fuß der Treppe blieb er stehen und horchte, wie das alte Haus seinen nächtlichen Chor aus Knarzen und Stöhnen aufführte.

Was für ein Idiot er doch gewesen war.

Er wusste, was er in Françoise' Stimme durch die Küchentür gehört hatte – Verzweiflung angesichts ihres Verlusts. Das trauernde Paar und der hungrige Junge: Ihre Verbindung war nur von der gegenseitigen Not getragen. Und die hatte ihre Grenzen.

Souren ist nicht Antoine.

Behaglichkeit hatte seinen Überlebensinstinkt gedämpft. Er konnte nur sicher sein, wenn er unsichtbar war, und in so einem kleinen Dorf konnte man nicht unsichtbar sein. Saubere Bettwäsche auf der Haut, köstliches Essen, die Freude auf Amandines Gesicht, wenn die Puppen hin- und hertanzten – all das hatte ihn schon viel zu lange hier festgehalten.

Das bläulich weiße Licht des Vollmondes fiel durch das Küchenfenster und warf lange Schatten auf Boden und Wände. Souren ging über die Fliesen zur Hintertür und griff nach dem eisernen Schlüssel im Schloss. Er hielt den Atem an, als er ihn drehte, lauschte auf das schwere Klicken. Das Geräusch hallte durch den Raum. Er wartete einen Moment, das Blut rauschte in seinen Ohren. Dann drehte er den Türgriff, schob die Tür auf und trat hinaus in die Nacht.

KAPITEL 22

RACHE IST SÜß

Guillaume lässt die Rue des Abbesses hinter sich und spürt dabei den unverschämten Blick von Thérèses Zuhälter zwischen den Schulterblättern. Er schiebt die Hände in die Taschen und geht in Richtung des Boulevard de Clichy. Die Sonne steht hoch am wolkenlosen Himmel und taucht die Welt in eine Klarheit, die den Nebel seines Katers durchdringt.

Er ist enttäuscht, aber nicht überrascht von Thérèses Weigerung, Emile Brataille noch einmal wiederzusehen. Er wirft es ihr nicht vor. Sie ist eine Überlebenskünstlerin. Sie tut, was sie tun muss.

Guillaume fragt sich beiläufig, wie oft er Thérèse im Lauf der Jahre gemalt hat. Wahrscheinlich kennt er den üppigen Körper genauso gut wie ihre treuesten Kunden, doch er hat sie nie berührt. Er will sie nicht auf die Art, wie andere Männer sie wollen. Sie mögen sie für einen flüchtigen Moment besitzen – oder vielleicht auch von ihr besessen sein –, doch Guillaume sucht nach etwas anderem. Für ihn beginnt die Geschichte bei Thérèses

Körper, er ist nicht das Ende, nicht das Ziel. Stunden haben sie miteinander in seinem Zimmer verbracht, wobei sich das Tableau über die Jahre nie geändert hat: er auf der einen Seite der Staffelei, sie auf der anderen. Er vollständig bekleidet, sie weitgehend nackt. Er arbeitet, sie sieht ihm zu. Von jeder Leinwand schaut sie mit demselben freimütigen Blick, und das darin liegende Wissen stellt ihre sinnliche Nacktheit in den Hintergrund. Guillaume hat sein Leben damit verbracht, Menschen zu beobachten, doch nur in Gesellschaft von Thérèse fühlt er sich gesehen.

Er wird langsamer und bleibt schließlich vor einem Schaufenster stehen, betrachtet sein Spiegelbild. Er ist hager, unrasiert und sieht erschöpft aus. Er denkt an die leere Wand in seinem Zimmer, wo Suzannes Gemälde hing, die geflüsterten Drohungen durch die Tür mitten in der Nacht, die sechshundert Francs unter seiner Matratze und die sechshundert Francs, die ihm immer noch fehlen.

Der Zug nach La Rochelle wartet am Bahnsteig, bereit, ihn in Sicherheit zu bringen, fort von allem, was er liebt.

Während er nach Süden ins Herz der Stadt geht, denkt er über das vor ihm liegende heikle Treffen nach. Brataille wird nach Neuigkeiten von Thérèse gieren, doch Guillaume muss ihn lange genug bei Laune halten, um ihn um ein Darlehen zu bitten. Schließlich ist er in Montparnasse. Hier ist nichts vom sympathischen Elend von Montmartre zu sehen. Die Straßen sind breiter, leerer und sauber gekehrt, frei von Müll und eigenem Charakter. Reihen von säuberlich beschnittenen Bäumen unterbrechen die sterilen Gehwege in genau bemessenen Abständen. Gepflegte Frauen paradieren mit kleinen Hunden auf und ab. Guillaume erreicht Emile Bratailles Galerie. Nur ein Gemälde ist im Fenster ausgestellt. Auf der linken Seite der Leinwand ist eine grob dargestellte Terrakottavase zu sehen, oder besser gesagt, die Hälfte davon. Gegenüber befindet sich die Hälfte eines blauen Kaninchenkopfes, aus dem neben dem Ohr eine kunstvolle dorische Säule ragt. Guillaume mustert das Bild. Neben der Staffelei ist eine geprägte Karte angebracht, auf der steht:

FERNAND LÉGER
Blaue Gitarre mit Vase

Guillaume betrachtet das Bild erneut. Aha, eine Gitarre also, kein Kaninchen. Er schüttelt den Kopf und drückt die Tür zur Galerie auf.

An den Wänden hängen noch mehr kindliche Gemälde in grellen, einfältigen Farben. Guillaume hat keine Ahnung, was er da eigentlich sieht. Im hinteren Bereich des Raums steht ein großer Schreibtisch, an dem Brataille sitzt und eine Zigarette raucht. Seine Krawatte ist schief, das Haar zerzaust. Er ist das Abbild eleganter Vernachlässigung.

»Gütiger Gott, es ist ein Wunder«, sagt der Kunsthändler gedehnt. »Ich hätte es nicht für möglich gehalten, aber du siehst noch schlechter aus, als ich mich fühle.« Brataille drückt seine Zigarette in einem schweren Glasaschenbecher auf dem Tisch aus und sieht Guillaume aufmerksam an. »Ich hätte nicht erwartet, dich schon so bald wiederzusehen, *mon ami*. Hast du vielleicht Neuigkeiten von einer gewissen köstlich proportionierten Hure in der Rue des Abbesses?«

»Tatsächlich«, antwortet Guillaume, »komme ich gerade von dort.«

»Und?«

»Wir haben ein bisschen über dich geredet.«

»O ja? Und was hat sie gesagt?«

»Dass dein Schwanz so groß wie eine Erdnuss ist.«

Brataille starrt ihn an und bricht dann in lautes Lachen aus. Nach einem Moment stimmt Guillaume ein. Der Kunsthändler bedeutet ihm, sich zu setzen, und Guillaume lässt sich in das weiche Leder des Besuchersessels sinken. Die beiden Männer kichern immer noch.

»Im Ernst«, meint Brataille schließlich. »Was hat sie gesagt?«

»Nun«, antwortet Guillaume, »sie weiß natürlich, wer du bist.« Brataille nickt. Natürlich. Guillaume sieht zu den überteuerten Gemälden. »Ich habe ihr diverse Male in Erinnerung gerufen, dass du eine der erfolgreichsten Kunstgalerien von Paris führst.«

»Aha. Hat ihr das gefallen?«

»O ja. Ich habe ganz schön dick aufgetragen, *mon vieux*.«

»Das sind großartige Neuigkeiten. Also, wird sie mich wieder empfangen?«

»Möchtest du mich nicht fragen, wie das Treffen mit Gertrude Stein heute Morgen lief?«

»Was? Ach ja, natürlich.« Brataille macht sich nicht die Mühe, seine Ungeduld zu verbergen. »Wie war es? Sie ist ein seltsamer Kauz, nicht wahr?«

»Kann man so sagen«, stimmt Guillaume zu.

»Alice war auch dabei, nehme ich an?«

»Alice war auch dabei.«

»Und hat sie etwas gekauft?«

»In der Tat, das hat sie.«

Brataille strahlt ihn an. »*Alors, félicitations.* Du weißt, was das bedeutet, nicht wahr?«

»Nein, nicht so recht«, erwidert Guillaume.

»Es bedeutet, dass du angekommen bist. Von jetzt an wird für dich alles anders. Gertrude Stein hat dein Werk gekauft!«

»Sie hat es allerdings eher gestohlen als gekauft.«

»Was meinst du?«

»Sie hat den Preis gedrückt und mir nur die Hälfte dessen gegeben, was ich verlangt habe. Sie war gnadenlos.«

Brataille stützt die Ellbogen auf den Tisch und legt die Fingerspitzen aneinander. »Ah, ja«, sagt er versonnen. »Bei den Amerikanern muss man aufpassen. Sie handeln einfach zu gern.« Sein Ton suggeriert, dass *er* einem solchen Geschäft natürlich niemals zugestimmt hätte.

»Hör mal, Emile«, sagt Guillaume. »Wenn Gertrude Stein den gewünschten Preis gezahlt hätte, würde ich es gar nicht erwähnen. Doch ich befinde mich gerade in einer schwierigen Situation.«

»Oh?« Brataille verengt die Augen. »Inwiefern schwierig?«

»Ich brauche Geld.«

»Geld.«

»Nur ein kurzzeitiges Darlehen«, sagt Guillaume rasch.

»Wie viel?«

»Sechshundert. Wenn ich es heute nicht zurückzahle, ist es aus mit mir.«

»Aus mit dir? Was soll das heißen?«

»Dass sie mich umbringen werden.«

»Niemand wird dich wegen sechshundert Francs umbringen«, schnaubt der Kunsthändler lachend.

»Ich möchte es lieber nicht riskieren«, entgegnet Guillaume angespannt.

»Um Himmels willen, was hast du denn getan? Dir Geld von Le Miroir geliehen?«

»Genau das habe ich getan.«

Brataille richtet sich auf. »*Au sérieux?*«

»Sehe ich aus, als ob ich Witze mache?«

Der Kunsthändler fährt sich mit der Hand durch das wirre Haar. »*Putain*«, murmelt er. »Du hast dich mit den falschen Leuten eingelassen.«

»Das ist mir jetzt auch klar. Ich bin mit den Zahlungen im Rückstand. Wenn sie das Geld nicht heute bekommen …«

Brataille unterbricht ihn. »Ich kann dir nicht helfen.«

Guillaume starrt ihn an. »Was?«

»Auf gar keinen Fall lasse ich mich da mit reinziehen.«

»Aber du hast die Summe doch wahrscheinlich irgendwo in einer Schublade, oder?«

»Darum geht es nicht.«

»Nein? Worum dann?«, verlangt Guillaume zu wissen.

»Dass ich nichts mit diesen Gaunern zu tun haben will. Das sind Kriminelle. Le Miroir erpresst Geld von Leuten wie mir. Warum sollte ich riskieren, dass er mich ins Visier nimmt?«

»Er würde doch nie erfahren, dass das Geld von dir kam!«

»Du würdest es ihm nie erzählen?«

»Natürlich nicht.«

»Selbst mit einem Messer an der Kehle nicht?«

Guillaume schweigt.

»Wie auch immer, ich bin Kunsthändler, keine Bank. Geld zu verleihen ist nicht mein Geschäft. Ich verkaufe Bilder.«

»Dann leih mir das Geld nicht, sondern gib es mir einfach.«

Brataille schüttelt den Kopf. »Und was ist, wenn sie es trotzdem bis zu mir zurückverfolgen können?« Er deutet auf die Wände der Galerie. »Sieh dich um, Guillaume. Ich habe zu viel zu verlieren, um mich mit Leuten wie denen einzulassen.«

Guillaumes letzte Hoffnung ist dahin.

»Das verstehst du doch sicher. Du nimmst mir das doch nicht übel, oder?«

»Aber natürlich nicht«, murmelt Guillaume.

Die beiden Männer schweigen.

»Wie auch immer«, sagt Brataille schließlich. »Du wolltest mir etwas von Thérèse erzählen.« Er lehnt sich zurück und verschränkt die Hände hinter dem Kopf, die nebensächliche Angelegenheit mit dem Darlehen und

Guillaumes Überleben schon vergessen. »Hat sie ihre Meinung geändert?«, fragt er. »Hast du sie überzeugt, mich wieder zu empfangen?«

Guillaume denkt an Le Miroirs Schergen, die ihn schon bald finden werden. Dann erinnert er sich an Léon, den Riesen, der plötzlich aus dem Nichts auftauchte, als er heute Morgen mit Thérèse sprach.

Léon mit seinen gewaltigen Fäusten.

»Ja«, antwortet Guillaume. »Sie wird dich wieder empfangen.«

Brataille klopft triumphierend auf den Tisch. »Ich wusste es!«, ruft er.

»Sie will, dass du heute Abend ins *Le Chat Blanc* kommst.«

»Heute Abend?« Der Kunsthändler leckt sich tatsächlich die Lippen.

»Sie wird in ihrem Zimmer auf dich warten. Sie hat gesagt, dass du einfach hochgehen sollst.«

»Großartig.«

»Und wenn jemand versuchen sollte, dich aufzuhalten, oder dich fragt, was du da machst, dann sollst du ihn ignorieren. Sie wird sich darum kümmern.«

Guillaume war noch nie im *Le Chat Blanc*, doch er ist davon überzeugt, dass dort eine ganze Armee von Schlägern von Léons Kaliber sein wird, die Männer aufhalten, die sich den Prostituierten nähern wollen, ohne den fälligen Preis zu zahlen. Er ist sich gleichermaßen sicher, dass keiner dieser Schläger nachsichtig darauf reagieren wird, von einem arroganten Arsch wie Emile Brataille ignoriert zu werden.

Léons Neigung zu Gewalttätigkeit hatte ihn wie billiges Rasierwasser umweht. Guillaume stellt sich vor, wie diese monströsen Fäuste in das Gesicht des Kunsthändlers schlagen. Er hört das Knirschen von Knorpelgewebe, sieht das spritzende Blut.

KAPITEL 23

DIE BUCHHANDLUNG

Das Café in der Nähe der Friedhofstore ist fast leer. Jean-Paul trinkt von dem dampfenden Kaffee, den ihm der Kellner gerade gebracht hat, und blättert die Notizen durch, die er sich am Morgen bei Josephine Baker gemacht hat. Nein, korrigiert er sich, nicht Josephine. Sie heißt jetzt *Joséphine,* und auf den neu erlangten *accent aigu* legt sie viel Wert. Mehr als einmal hatte sie ihm über die Schulter geblickt, um sich zu versichern, dass er ihren Namen korrekt aufschrieb. So viel schicker, nicht wahr?, hatte sie gesagt. So viel *französischer.* Jean-Paul kratzt sich verwirrt am Hals. Alle Amerikaner, die er in Paris kennengelernt hat, wollen unbedingt etwas anderes werden. Jeder Einzelne ist nach Frankreich gekommen mit der Hoffnung, sich hier ein neues Leben erschaffen zu können. Der Glaube der Amerikaner in die regenerative Kraft eines neuen Ortes verblüfft ihn. Diese Vorstellung, man könnte sich ändern, indem man einfach ein Schiff oder ein Flugzeug besteigt, ist ein Mythos. Manche Dinge kann man nicht hinter sich lassen.

Die eigene Geschichte wird einen beharrlich verfolgen, über Grenzen und Ozeane hinweg. Sie wird an den ernsten Grenzbeamten vorbeischlüpfen, sich unsichtbar zwischen die Seiten des Reisepasses legen, ein stiller, verräterischer blinder Passagier.

Seufzend klappt er das Notizbuch zu. Sein Besuch auf dem Friedhof hat zu viele unerwünschte Geister heraufbeschworen, und er kann sich nicht konzentrieren. Anaïs und Elodie sind seine Sirenen, die ihn zu den gefährlichen Felsen der Erinnerungen und der Reue locken, und er kann ihrem Gesang nicht widerstehen.

Der Verlust ist eine Decke, die er niemals abschütteln kann. Manchmal erstickt sie ihn, manchmal hält sie ihn am Leben. Der Raum darunter ist voller Schatten, doch dort lebt er jetzt.

Sein nächstes Interview ist auf der linken Seine-Seite. Noch eine Amerikanerin, die Inhaberin einer Buchhandlung. Er sieht auf die Uhr und beschließt, zu Fuß durch die Stadt zu seinem Termin zu gehen. Vielleicht wird sein Kopf dabei wieder klarer. Heute, sagt er sich, ist er ein *flâneur,* ein moderner Baudelaire, der ausschließlich zum persönlichen Vergnügen durch die Straßen spaziert. Der Kellner nickt ihm freundlich zu, als er die Tür aufschiebt.

Auf dem Weg sieht er den Eiffelturm über den Dächern aufragen. Seit fast vierzig Jahren dominiert der Turm die Silhouette der Stadt. Viele Pariser verabscheuen ihn. Sie finden, dass er völlig nutzlos ist, aber genau deshalb mag Jean-Paul das Bauwerk. Die Verbindung aus herausragender Ingenieurskunst und offenkundiger Sinnlosigkeit empfindet er als ganz typisch und wunderbar französisch.

An der Place de la Bastille rasen Automobile an ihm vorbei und ziehen Wolken von schwarzem Rauch hinter sich her. Ihr wütendes Hupen durchschneidet die Luft. Männer eilen vorbei und halten ihre Hüte fest. Frauen schlendern träge und anmutig daher. Jean-Paul geht in seinem eigenen langsamen Tempo. Er überquert die Seine an der Ostspitze der Île Saint-Louis und biegt auf den Boulevard Saint-Germain ein. Am Carrefour de l'Odéon verlässt er den belebten Boulevard und geht eine ruhige, schmale Straße entlang. Vor einem Laden bleibt er stehen. Die Bücher stehen mit der Vorderseite nach vorn in den Regalen und sind von der Straße aus zu sehen, kein Titel ist doppelt vertreten. Ein Metallschild hängt über der Eingangstür, auf dem steht: SHAKESPEARE AND COMPANY.

Jean-Paul tritt ein. Es ist dunkel, auf Tischen in verschiedenen Formen und Größen stapeln sich die Bücher teilweise gefährlich hoch. Am hinteren Ende des Raums befindet sich ein Kamin, über dem an der Wand eine Reihe gerahmter Fotos von ernst dreinblickenden Männern hängen. Daneben steht ein großer Schreibtisch. Zwei Männer und eine Frau beugen sich darüber und betrachten ein Gemälde. Eine zweite Frau steht still daneben und hält ihre Handtasche vor sich. Keiner dreht sich zu dem Neuankömmling um.

»Wie findest du es?«, fragt der eine Mann, der einen braunen Cordanzug trägt. Er spricht Englisch.

Der zweite Mann streicht über seinen Schnurrbart.

»Das Bild an sich ist in Ordnung, schätze ich«, meint er. »Aber ich verstehe nicht, was es darstellen soll.«

Jean-Paul erkennt Ernest Hemingway auf den ersten Blick. Sofort nimmt er irgendein Buch in die Hand, schlägt es blind auf und versteckt sich dahinter.

»Ich mag die blaue Tür«, sagt die Frau. »Sie ist wirklich schön.«

»Ah, aber genau diese blaue Tür macht mich wahnsinnig«, erwidert Hemingway. »Das dumme Ding ist ja mitten in der Mauer.«

»Und genau das gefällt mir daran so gut.«

»Aber es ergibt keinen Sinn! Wozu soll das denn nütze sein?«

»Musst du immer so langweilig sein?«, fragt der Mann im Cordanzug. »Seit wann muss alles einen Sinn haben?«

»Ich sage nicht, dass *alles* einen Sinn haben muss, Gertrude«, antwortet Hemingway verärgert. Jean-Paul mustert den Mann im Cordanzug näher und erkennt seinen Irrtum. »Aber es ist eine verdammte Tür. Was hat eine Tür für einen Sinn, wenn man nicht hindurchgehen kann?«

»Nun, ich finde sie charmant«, sagt die Frau. Jean-Paul späht über das aufgeschlagene Buch in seiner Hand. Sie hat ein freundliches Gesicht, ihr welliges braunes Haar ist streng gescheitelt. Sylvia Beach, vermutet er.

»In diesem Fall, liebe Freundin, sollst du es bekommen«, sagt Gertrude Stein.

»Was? O nein, das kann ich nicht annehmen!«

»Doch, das kannst du«, antwortet Gertrude Stein. »Und das solltest du auch.«

»Das ist zu freundlich!«

»Eigentlich nicht. Es gefällt mir nicht mal besonders.«

»Warum hast du es dann gekauft?«, will Hemingway wissen.

Ein Schulterzucken. »Ich kann einem Schnäppchen nicht widerstehen.«

»Nun, ich finde es hinreißend«, sagt Sylvia Beach. »Ich nehme dein nettes Geschenk gern an. Vielen Dank.«

»Freut mich«, erwidert Gertrude Stein schroff. »Nun, wir müssen jetzt nach Hause. Komm, Alice.«

Gertrude Stein und ihre Gefährtin marschieren ohne Verabschiedung aus dem Laden. Ernest Hemingway sieht ihnen aufgebracht nach.

»Hier.« Sylvia Beach gibt ihm ein Buch. »Dein neuester Schatz.«

»Ah, ja!« Die Miene des Amerikaners hellt sich auf. Er blättert durch die Seiten, hält das Buch dicht unter die Nase und atmet tief ein. »Mein Gott!«, ruft er aus. »Man kann das Genie geradezu riechen, das daraus aufsteigt!« Er sieht mit einem glücklichen Grinsen auf seinem ansprechenden Gesicht auf. »Danke, teuerste Sylvia. Du hast mir die Woche gerettet.« Er schiebt das Buch in seine Tasche und sieht zur Tür. »Glaubst du, die Luft ist rein?«

»Ich verstehe wirklich nicht, warum ihr beiden nicht höflicher miteinander umgehen könnt.« Sylvia Beach seufzt. »Euer ständiger Streit ist anstrengend.«

»Gertrude hat damit angefangen«, wehrt sich Hemingway.

»*Sie* sagt etwas anderes.«

»Nun, natürlich, oder?« Der Amerikaner hebt die Hand zum Gruß, dann geht er zum Ausgang. Nachdem sich die Tür hinter ihm geschlossen hat, senkt Jean-Paul endlich das Buch vor seinem Gesicht. Sylvia Beach beugt sich immer noch über das Gemälde und mustert es eingehend. Er kommt näher und räuspert sich. »Mademoiselle Beach?«

Die Frau hebt den Kopf. »Kann ich Ihnen helfen?«

»Jean-Paul Maillard. Ich bin hier wegen unseres Interviews.«

»Natürlich«, sagt sie. »Sie sind der Journalist, der Amerikaner jagt.«

»Vielleicht sollte ich meine Tage einfach hier verbringen«, bemerkt Jean-Paul und deutet auf die Ladentür. »Ich könnte mir denken, dass sie alle irgendwann vorbeikommen.«

»So fühlt es sich auf jeden Fall an«, stimmt Sylvia Beach lächelnd zu. Dann ertönt irgendwo in der Nähe eine sperrige Klaviermelodie. »Wenn man vom Teufel spricht.« Sie deutet zur Zimmerdecke. »Das ist George. Er ist aus New Jersey.«

Sie lauschen einen Moment. Die Musik ist wütend, dissonant.

»Himmel«, sagt Jean-Paul.

»Ich glaube, es soll wie ein Propeller klingen«, erklärt Sylvia Beach fröhlich. Die schrillen Akkorde stürzen krachend durch die Decke. »Auch wenn ich nichts gegen eine gelegentliche Chopin-Nocturne hätte«, flüstert sie und verdreht die Augen.

»Es ist sehr …« Jean-Paul fehlen die Worte.

»Ja, nicht wahr? In Trenton hätte er so etwas nie geschrieben, da können Sie sich sicher sein.«

»Paris hat ihn zu größeren Taten inspiriert?«

Sie verzieht reumütig das Gesicht. »Eine wundervolle Zeile aus einem Gedicht eines unserer amerikanischen Dichter, Walt Whitman, lautet: ... *tausend Sänger, tausend Gesänge* ...«

Jean-Paul nickt und ergänzt: »... *klarer, lauter, klagender als deine.*«

Sie sieht ihn überrascht an. »Ja! Nun, so fühlt es sich zurzeit jedenfalls an. Alle sind so damit beschäftigt, ihre traurigen Lieder zu singen, dass man sich manchmal kaum noch selbst denken hört.« Sie nimmt das Gemälde auf. »Doch das da gefällt mir wirklich.«

Das Bild zeigt ein kleines weißes Haus in einem Wald. Jean-Paul findet es wunderschön. »Dieses Lied ist um einiges leiser«, sagt er.

»Vielleicht mag ich es deshalb«, antwortet Sylvia Beach. Sie trägt das Bild durch den Laden und stellt es ins Fenster. »Damit es jemandem den Tag erhellt.«

Sie gehen zurück zu dem großen Schreibtisch. Jean-Paul setzt sich und holt sein Notizbuch heraus.

»Erzählen Sie mir von Paris«, bittet er.

KAPITEL 24

PARIS 1915: ZUVERSICHT

In der Welt außerhalb der Wohnung tobte der Krieg. Olivier war immer noch an der Front stationiert. Mit nur einander als Gesellschaft unterhielten sich die beiden Bewohner der Wohnung im Haus 102 Boulevard Haussmann immer öfter.

»Erzählen Sie mir von Auxillac«, sagte Marcel Proust eines Nachmittags, als Camille gerade das Tablett mit Kaffee und Croissants durchs Schlafzimmer trug.

»Oh, Monsieur, es interessiert Sie sicher nicht, wo ich herkomme«, wandte sie ein. »Ich bin ein einfaches Mädchen vom Land, aus Lozère.«

Er wirkte amüsiert. »Und?«

»Sie verbringen Ihre Abende mit Herzoginnen, die Tiaras tragen! Wie könnte meine Kindheit da von Interesse für Sie sein?«

»Meine liebe Camille, wie um alles in der Welt kommen Sie darauf, dass diese Menschen interessanter sind als Sie? Weil sie Herzoginnen sind? Oder weil sie Tiaras tragen?«

»Jetzt machen Sie sich über mich lustig, Monsieur.«

»Nicht im Geringsten. Das war eine völlig ernst gemeinte Frage.« Proust griff nach einem Croissant. »Die meisten dieser Frauen sind erstaunlich langweilig. Sie sind von Trivialitäten besessen, haben keine eigene Meinung und sind durchweg schwer von Begriff. Eine aristokratische Abstammung ist heutzutage keine Garantie für irgendetwas, am wenigsten für einen erkennbaren Charakter.« Er nahm einen Bissen. »Sie hingegen«, fuhr er fort, nachdem er einen Moment gekaut hatte. »Sie sind ein stilles, tiefes Wasser.«

Camille errötete.

»Lassen Sie sich nie einreden, Sie wären langweilig, Camille. Wenn man Ihnen sagt, Sie seien nicht wichtig, Sie hätten keinen Einfluss, glauben Sie das keine Sekunde.«

»*Oui*, Monsieur.«

»Ich mag Sie so gern, Camille! Versprechen Sie mir etwas?«

Sie nickte, traute ihrer Stimme nicht.

»Seien Sie eine starke Frau. Vor allem, seien Sie sie selbst! Lassen Sie sich niemals von irgendwem sagen, was Sie zu tun haben. Vor allem nicht von einem Mann.« Er verstummte, und ein leichtes Lächeln umspielte seine Lippen. »Außer mir, natürlich. Meinen Anweisungen sollten Sie immer buchstabengetreu folgen.«

»*Oui*, Monsieur.«

»Also, erzählen Sie mir von Auxillac.« Er biss wieder von seinem Croissant ab.

Und so begann sie, zuerst zögernd, von ihrer Kindheit

zu erzählen. Monsieur Proust würde sich bei den Schilderungen vom einfachen, ländlichen Leben ihrer Familie bestimmt bald langweilen, dachte sie, doch er schien sich tatsächlich dafür zu interessieren und wollte mehr hören. Nachdem sie sich sicher war, dass er sie nicht aufzog, tat sie ihm den Gefallen. Sie ließ alte Familienlegenden wiederauferstehen, die sie als Kind unzählige Male am Esstisch gehört hatte. Sie dachte an die sorglosen Sommer ihrer Jugend zurück und an die harten, kalten Winter. Sie erinnerte sich an alte Freunde, an die sie seit Jahren nicht gedacht hatte. Die meisten lebten noch in Auxillac. Manchmal wusste Camille nicht, ob sie lachen oder weinen sollte, wenn sie jetzt an sie dachte und daran, wie weit weg sie waren.

Marcel Proust lauschte auf jedes Wort und sah sie unverwandt an, während sie sprach. Gelegentlich entlockte er ihr ein zusätzliches Detail, doch die meiste Zeit schwieg er. Er wollte von Oliviers Brautwerbung hören, von den langen Ausfahrten über die Landstraßen mit dem Wind in ihrem Haar.

»Ah, die Jugend ist an die Jungen vergeudet, Camille«, sagte er leise.

Im Gegenzug erzählte er ihr von seiner eigenen Kindheit. Er sprach von lange zurückliegenden Wochenenden, die er im Haus seines Onkels in Auteuil verbracht hatte, von Sommern bei einem anderen Onkel in Illiers. Er berichtete von dem Unfug, den er und sein Bruder Robert getrieben hatten, wenn ihre Eltern außer Sichtweite waren. Er erzählte ihr von dem schrecklichen Ausflug in den Bois de Boulogne, als er neun war, wo er wegen der vielen Pollen seinen ersten Asthmaanfall erlitten hatte. »Damals wurde alles anders, Camille«, sagte er. »Erst wenn man um jeden Atemzug kämpfen muss, wird einem klar, wie essenziell Luft zum Leben ist.«

Er sprach liebevoll von seinen Eltern, vor allem von seiner Mutter. »Sie war die größte Liebe meines Lebens. Vom Moment meiner Geburt an drehte sich meine ganze Welt um sie, bis zu ihrem letzten Atemzug.« Er schwieg. »Ich erinnere mich noch so deutlich an den Tag ihres Todes. Ich ging ein letztes Mal durch die Wohnung, bevor man ihre arme Leiche wegbrachte. Vor ihrem Schlafzimmer knarzte eine Diele jedes Mal, wenn jemand darauf trat. Wenn meine Mutter das hörte, machte sie immer ein leises Geräusch. Auf diese Weise sagte sie mir, ich solle zu ihr kommen und ihr einen Kuss geben.« Er lächelte traurig. »An dem Tag trat ich auf die lose Diele, und sie knarzte wie immer. Doch da kam kein leises Geräusch aus ihrem Schlafzimmer. Kein Kuss.«

»Aber Sie haben immer noch Ihre Erinnerungen«, sagte Camille.

»Erinnerungen, ja.« Er zeigte ins Zimmer. »Und das alles hier ist natürlich auch eine Hilfe.«

»Das alles?«

»Warum, glauben Sie, stehen so viele Möbel in dieser Wohnung?«

»Ich habe mir nie besondere Gedanken darüber gemacht«, log Camille. Jeden Tag musste sie sich einen Weg durch das Labyrinth aus Tischen und Stühlen bahnen und alle Mahagonioberflächen polieren. Dabei hatte sie sich schon oft leicht ungehalten gefragt, warum all diese Sachen hier herumstanden.

»Die Möbelstücke haben meinen Eltern gehört«, erklärte Proust. »Als meine Mutter starb, ertrug ich die Vorstellung nicht, mich von ihnen zu trennen. Dass die Kleider eines Fremden in diesem Schrank hängen sollten, dass jemand anders an diesem Schreibtisch sitzen könnte…« Er machte eine raumgreifende Geste und schauderte. »Ich konnte nicht einmal darüber nachdenken. Deshalb habe ich alles behalten.« Er verstummte. »Wenn ich einen leeren Sessel anschaue, ist er für mich nicht leer. Ich sehe meine Mutter darin sitzen, wie sie gerade ein Buch liest.«

»So etwas habe ich nicht«, erwiderte Camille.

Proust sah sie freundlich an. »Nun, man braucht solche Dinge eigentlich nicht, wissen Sie. Der einzige Ort, an dem man verlorene Paradiese wiederfinden kann, ist in sich selbst.«

Eines Morgens klopfte es an der Wohnungstür. Eine von Oliviers Schwestern stand bleich und abgezehrt im Flur und umklammerte einen blauen Umschlag. Camille sah auf das Telegramm hinab, und ihre Welt stürzte ein. Ihre Zunge war plötzlich zu groß für den Mund. Sie krächzte: »Olivier?«

Ein Kopfschütteln.

Kurz darauf klopfte Camille an die Tür von Monsieur Prousts Schlafzimmer. Überrascht blickte er von seiner Arbeit auf. Sie störte ihn sonst nie ohne Aufforderung.

»*Oui*, Camille? Was ist los?«

»Es geht um meine Mutter, Monsieur.«

»Ja? Was ist mit ihr?«

»Sie ist tot.«

Sofort war seine Arbeit vergessen. Sanft nahm er ihre Hände in seine. »Oh, meine liebe Camille. Das tut mir so leid.«

Camille schwieg. Sie war fest entschlossen, auf keinen Fall vor ihm zu weinen. Vor ihm wollte sie stark sein.

»Natürlich müssen Sie sofort nach Hause fahren«, sagte Proust. »Sie sollten jetzt bei Ihrer Familie sein.«

Aber Sie sind jetzt meine Familie, dachte sie. Sie konnte nur antworten: »Aber wer wird sich um Sie kümmern, während ich weg bin?«

»Ich werde sehr gut zurechtkommen, machen Sie sich um mich keine Sorgen. Fahren Sie zu Ihrer Mutter und verabschieden Sie sich von ihr. Es wäre einfach schrecklich, wenn Sie es nicht täten.«

Und so saß Camille später an diesem Tag in einem Zug nach Süden und starrte aus dem Fenster auf den Schnee, der die Felder bedeckte, so weit das Auge reichte. Jeder Kilometer näher am Haus ihrer Kindheit war ein Kilometer weiter weg von Olivier an der Front, von Marcel Proust in Paris. Noch nie hatte sie sich so allein gefühlt.

Als sie in Auxillac eintraf, war ihre Mutter bereits beerdigt. Camille starrte benommen auf das frische Grab. Am nächsten Tag nahm sie den Zug zurück nach Paris.

Danach lag ihr altes Zuhause für immer in unerreichbarer Ferne. Die Züge fuhren zwar, doch es gab nichts mehr, wohin sie zurückkehren wollte.

Monsieur Proust fragte weiterhin nach Ereignissen aus ihrer Kindheit, und sie erfüllte ihm den Wunsch, doch jetzt erzählte sie genauso sehr für sich wie für ihn. Nun waren ihr nur noch die Erinnerungen geblieben – süßer als früher, aber auch schmerzhafter. Wenn sie fertig war, wenn die Worte sich schließlich erschöpft hatten und an ihre Stelle eine traurige, schwere Stille trat – dann ergriff er das Wort und erzählte leise und langsam seine eigenen Geschichten. Zusammen in ihrem merkwürdigen Kokon vertrauten sie einander immer mehr Geheimnisse an. Marcel Proust erzählte ihr Dinge, die er noch nie jemandem verraten hatte.

»Ah, meine liebe Camille.« Er seufzte. »Alle glauben, mich zu kennen, doch niemand kennt mich wie Sie.«

Als die gegenseitige Vertrautheit wuchs, fragte Marcel Proust sie immer öfter nach ihrer Meinung. Er wollte wissen, was sie über den Kriegsfortschritt dachte oder ob er an dieser oder jener Soiree teilnehmen sollte. Camille zögerte immer, beharrte darauf, nichts von solchen Dingen zu verstehen. Als sie eines Abends kein Urteil darüber fällen wollte, welcher Schal am besten zu seinem Hut passte, verlor er die Geduld.

»Ich frage Sie nicht aus Höflichkeit, Camille«, sagte er, »sondern weil ich Ihre Meinung wissen will.«

»Aber was spielt meine Meinung denn für eine Rolle, Monsieur? Ich bin doch nur ...«

»Ein Mädchen vom Land, aus dem Süden, ja, ja, ich weiß.« Marcel Proust stand an der Wohnungstür, einen Schal in jeder Hand. »Aus irgendeinem Grund glauben Sie, dass Sie deshalb keine Meinung zu irgendetwas haben dürften. Aber da liegen Sie falsch. Sie sollten eine Meinung zu *allem* haben.« Er gab ihr beide Schals. »Warten Sie hier«, befahl er und verschwand in sein Schlafzimmer, um kurz darauf mit einem Papierbündel zurückzukommen. »Ich will, dass Sie sich das anhören«, erklärte er. »Und ich will wissen, was Sie davon halten.«

Marcel Proust begann vorzulesen. Camille starrte zu Boden und wünschte sich so inbrünstig wie noch nie zuvor in ihrem Leben, dass er aufhören möge. Doch das tat er nicht. Er stand im Mantel in der Diele und las und las. Nach einer gefühlten Ewigkeit sah er endlich von den Seiten in seiner Hand auf.

»*Et alors?*«, fragte er. »Was halten Sie davon?«

Camille stöhnte leise.

»Das ist keine schwierige Frage, Camille. Hat es Ihnen gefallen?«

»O ja, sehr«, erwiderte sie prompt.

»Was genau hat Ihnen daran gefallen?«

Sie warf einen Blick auf die Uhr. »Kommen Sie nicht zu spät zu Ihrer Verabredung?«

»Die kann warten.« Er sah sie erwartungsvoll an. »Sagen Sie mir, was Ihnen daran gefallen hat.«

»Es war sehr … interessant.«

»Ach wirklich«, erwiderte Proust. »Das ist Ihre Meinung?«

Sie nickte. »Das ist meine Meinung.«

»Nun, dann danke ich Ihnen dafür.« Er deutete auf die beiden Schals, die sie immer noch in der Hand hielt. »Würden Sie jetzt bitte einen für mich auswählen?«

Der eine war aus blauer Seide, der andere aus dunkelgrauer Wolle. Nach kurzem Zögern reichte sie ihm den Wollschal. »Dieser hier ist wärmer und steht Ihnen besser.«

Proust nahm ihn. »Danke.« Er gab ihr die Blätter und legte sich den Schal um den Hals.

»Ihre Sätze sind zu lang«, platzte Camille heraus.

Er sah auf. »Oh?«

»Sie... hören einfach gar nicht mehr auf. Wer auch immer gerade spricht, wechselt plötzlich zwischendrin das Thema und redet ewig lange über etwas anderes, und dann kommt er endlich zurück auf sein erstes Thema, aber dann redet er *wieder* über etwas anderes, und er hat so lange gebraucht, um überhaupt etwas zu sagen, und alles war sehr verwirrend.« Sie verstummte. »Und, Monsieur, es war langweilig. Es ist überhaupt nichts *passiert*.« Sie sah ihn an, ihre Wangen brannten vor Scham.

Marcel Proust drehte sich um, nahm seinen Hut vom Tisch in der Diele und setzte ihn auf. »Na also«, sagte er mit einem leichten Lächeln. »So schwer war das doch nicht, oder?«

Dann verließ er die Wohnung.

Im Sommer 1916 traf ein Telegramm ein mit der Nachricht, dass Nicolas Cottin, der Kammerdiener, vor dem Camille bei ihrem ersten Besuch der Wohnung so hübsch geknickst hatte, in einem Militärkrankenhaus gestorben war, und ihre Angst um Olivier wuchs ins Unendliche. Jeden Morgen wachte sie voll quälender Sorge auf, ein weiteres Telegramm könnte eintreffen – was jedoch nicht geschah.

Olivier wurde schließlich aus der Armee entlassen und kehrte nach Paris zurück. Camille wollte nicht wieder in ihre alte Wohnung in Levallois, der Boulevard Hausmann war jetzt ihr Zuhause. Als Marcel Proust Olivier anbot, ebenfalls in die Wohnung zu ziehen, zuckte der zustimmend mit den Schultern und trug seine Koffer ohne ein weiteres Wort in das Gästezimmer.

Camilles Erleichterung über die Rückkehr ihres Mannes hielt nicht lange an. Sie wollte ihn nach dem Krieg fragen, nach allem, was er an der Front gesehen hatte, doch Olivier wollte nicht darüber sprechen. Er wollte überhaupt nicht viel reden. Nachts stöhnte er im Schlaf, schrie manchmal angstvoll auf, bedrängt von seinen Erinnerungen. Die Tage verbrachte er damit, in Gedanken versunken aus dem Fenster zu starren. Wenn Monsieur Proust einen Fahrer brauchte, war Olivier zur Stelle. Die Fahrten durch die Stadt hoben seine Laune, jedoch nie lange. Er begann, sich über die seltsamen Arbeitszeiten seiner Frau zu beschweren.

»Wir wohnen hier zusammen, aber ich sehe dich nie«, beklagte er sich. »Du verbringst mehr Zeit mit ihm als mit mir!«

»Du bist sehr wohl fähig, dich um dich selbst zu kümmern, Olivier«, antwortete Camille, auch wenn sie sich fragte, ob das tatsächlich stimmte. »Monsieur Proust dagegen …«

»Oh, ich weiß, ich weiß«, murmelte ihr Mann. »Du bist die Einzige, die seinen Kaffee genau so kochen kann, wie er ihn mag. Und was ist schon wichtiger als das?«

»Wirklich, Olivier, musst du so undankbar sein? Monsieur Proust war so nett zu uns beiden! Denk nur, was wir für ein Glück haben, in dieser Wohnung leben zu dürfen!«

»Ja, solange wir seine Regeln befolgen«, zischte Olivier. »Tag und Nacht gehe ich auf Zehenspitzen umher, Camille, aus Angst, ihn zu stören! Es macht mich so verrückt, dass ich mich betrinken will!«

Camille war so daran gewöhnt, durch die Wohnung zu schleichen, dass sie es schon gar nicht mehr bemerkte. »Ist das wirklich so schwer?«, fragte sie.

Olivier seufzte. »Camille, ich war jahrelang an der Front und habe bis zu den Schultern in Schlamm und Scheiße gesteckt. Jetzt bin ich zurück und möchte am liebsten an einem Ort leben, der mir gehört. Irgendwo, wo ich herumstapfen und so viel Lärm machen kann, wie ich will.«

»Ein Zuhause, mit anderen Worten«, sagte Camille leise.

»Wenn du so willst, ja. Ein Zuhause.«

Sie sahen einander an. In dem müden, nervösen Mann vor ihr erkannte Camille den Geist des Menschen, in den sie sich verliebt hatte, und ihr Herz verkrampfte sich vor Trauer.

»Vielleicht sollten wir eine Familie gründen«, meinte sie.

Die Worte hingen zwischen ihnen.

»Wirklich?«, fragte Olivier.

Camille öffnete und schloss ein paarmal den Mund, während sie versuchte, einen Satz zu formulieren, irgendeinen, mit dem sie die Worte zurücknehmen könnte, die ihr gerade entschlüpft waren. Dann sah sie das Leuchten in den Augen ihres Mannes und nickte.

»Wirklich«, flüsterte sie.

Das war der Schlüssel zu seiner Befreiung. Olivier stürzte sich auf die Idee wie ein ausgehungerter Hund auf einen saftigen Knochen. Eine Familie, ja, natürlich! Sofort begann er, sich ein völlig neues Leben für sie beide auszumalen, ein spontan improvisiertes Nirwana häuslicher Genügsamkeit. Camille lauschte seinen Fantasien und Zukunftsplänen. Seine Aufregung freute sie, doch sie spürte in sich eine gewisse Zurückhaltung, die sie nicht ignorieren konnte. Mit ein paar geflüsterten Worten hatte sie Oliviers Welt verändert. Jetzt gab es kein Zurück mehr.

Sie hatte recht gehabt, sich nicht völlig von seiner Begeisterung mitreißen zu lassen. Jeden Monat hielten sie den Atem an, jeden Monat traf sie von Neuem vernichtende Enttäuschung. Olivier litt am meisten. Camille wünschte sich allmählich, sie hätte nie etwas gesagt. Ihr Versuch, ihren Mann zu retten, hatte ihn trauriger als je zuvor gemacht. Olivier wurde besessen von dem Baby, das sie nicht zeugen konnten. Monat um Monat versank er tiefer in seiner Trauer, und Camille kam nicht mehr an ihn heran.

Als ihre Tochter im Frühling 1918 endlich eintraf, änderte sich alles. Marie war ein Tornado, der alles durcheinanderwirbelte. Es stand natürlich außer Frage, dass Monsieur Proust ein schreiendes Kind in seiner Wohnung keinesfalls tolerieren würde, weshalb sich die frischgebackenen Eltern eine neue Unterkunft suchten. Camilles Tagesablauf war weiterhin auf den Kopf gestellt, was bedeutete, dass Olivier sich die meiste Zeit um ihre Tochter kümmerte. Das war der Rettungsanker, den er brauchte, Marie holte ihren Vater zurück. Er saß tagsüber nicht länger am Fenster und starrte hinaus, verloren in die Erinnerungen an den Krieg. Wenn Camille jetzt nach Hause kam, unterhielt er sie mit Erzählungen, was Marie und er tagsüber unternommen hatten. Camille hörte mit starrem Lächeln zu und versuchte, die leisen Schuldgefühle tief in ihrem Inneren zu ignorieren. Sie war jetzt eine Mutter. Sollte sie sich nicht um ihr Kind kümmern und weniger um ihren ständig fordernden Arbeitgeber?

Marcel Proust benötigte sie jedoch mehr als je zuvor. Auf seine Art war er so hilflos wie ein Säugling. Er litt an einer Reihe von Krankheiten, Infektionen und Gebrechen. Manche waren echt, manche eingebildet, doch er war davon überzeugt, dass jedes einzelne Leiden sein Ende bedeutete. Sein Bruder Robert, ein Arzt, wurde regelmäßig herbeibeordert, um ihn zu untersuchen und sein Urteil zu den neuesten Symptomen abzugeben. Robert hörte sich Marcels Litanei von Beschwerden an und informierte seinen Bruder dann knapp, dass er völlig gesund sei. Nachdem er seiner brüderlichen Pflicht nachgekommen war, zwinkerte er Camille freundlich zu und verschwand wieder, während sein Patient vor ohnmächtiger Wut über diese enttäuschenden Diagnosen kochte.

Jetzt, da sich wieder nur Camille und ihr Arbeitgeber in der Wohnung aufhielten, wurde ihr Verhältnis enger als je zuvor. Marcel Proust, in die Kissen gelehnt in seinem seltsamen, korkverkleideten Schlafzimmer, wurde ihr Beichtvater. Sie erzählte ihm von Oliviers Albträumen, von der Schwere seiner Niedergeschlagenheit. Sie gestand ihre Bedenken, weil sie ihn mit dem Baby zurückließ, ihre Eifersucht, wenn sie Marie schlafend auf seinem Arm sah.

»Ah, was fällt mir eigentlich ein, Ihnen das alles zu erzählen!«, sagte sie eines Tages seufzend.

»Mir?«, fragte Proust. »Was meinen Sie?«

Sie deutete auf die Blätter, die auf seinem Bett verstreut lagen und mit seiner kleinen, sauberen Handschrift bedeckt waren. »Sie sind ein Schriftsteller, Monsieur. Alles, was Sie mir von Ihren Ausflügen in die Stadt erzählen, der Klatsch, den Sie auf diesen Festen hören, das alles fließt doch in Ihren Roman ein, oder?«

»Einiges davon«, gab er zu.

»*Et alors*. Ich will nichts von dem, was *ich* Ihnen erzähle, in Ihrem Buch sehen.«

Er wirkte verletzt. »Das kann man überhaupt nicht vergleichen, Camille. Was Sie mir erzählen, ist etwas völlig anderes als das, was ich auf den Festen höre. Es bleibt unter uns. Ich würde Ihr Vertrauen nie missbrauchen.«

»Dann ist es ja gut«, schniefte Camille.

»Sie glauben mir doch, oder?«

»Ja, ich glaube Ihnen«, erwiderte sie. Sie nahm das Tablett vom Nachttisch und wollte gehen.

Er verschränkte die Arme. »Nein, das tun Sie nicht.«

Sie lachte. »*Tenez*, sind Sie jetzt auch noch Gedankenleser?«

»Ich kenne Sie zu gut, Camille«, antwortete er. »Ich weiß, wenn Sie mich belügen.«

Jetzt war es an ihr, verletzt zu sein. »Ich glaube Ihnen wirklich, Monsieur.«

»Beweisen Sie es!«

Verzweifelt schüttelte sie den Kopf. »Wie soll ich das denn tun?«

»Erzählen Sie mir etwas, das Sie noch nie jemandem anvertraut haben.«

»Oh, wenn mein Leben nur so spannend wäre! Solche Geheimnisse habe ich nicht.«

Er hob süffisant eine Augenbraue. »*Wirklich nicht, Camille?*«

Sie dachte an das eine Geheimnis, das sie nie jemandem erzählt hatte. Ihr Bauch verkrampfte sich nervös bei der Vorstellung, die Worte laut auszusprechen.

»Eine Sache gibt es«, gestand sie.

»Ich wusste es!«, rief Proust triumphierend.

»Und Sie versprechen, nie jemandem davon zu erzählen?«

Er setzte sich im Bett auf. »Ich schwöre es.«

Sie stellte das Tablett wieder ab.

In den späteren Kriegsjahren fielen täglich deutsche Bomben auf die Stadt. Die Luftangriffe verbrachten die Bewohner von 102 Boulevard Haussmann im Keller – alle bis auf Marcel Proust, der sich weigerte, seine Arbeit zu unterbrechen, und in seinem Schlafzimmer blieb, wo er hektisch schrieb, während die Granaten einschlugen. Camille hatte panische Angst, das Gebäude könnte getroffen werden, und flüchtete jedes Mal nach unten. Und jedes Mal fragte sie sich, ob sie ihren Arbeitgeber je wiedersehen würde. Die Bombardierungen legten große Teile der Stadt in Schutt und Asche, Hunderttausende Pariser flohen aufs Land, wo es sicherer war. Camille wäre ihnen gern gefolgt. Als Monsieur Proust eine Villa in Nizza angeboten wurde, in der er wohnen konnte, freute sie sich auf die Aussicht, den Bomben zu entkommen und die Wärme der Sonne im Süden im Gesicht zu spüren. Marcel Proust jedoch dachte nur an seine Arbeit und beschloss, dass es auf dem Land zu viele Ablenkungen gab – ganz zu schweigen von zu vielen Pollen. Er wollte in Paris bleiben. Camille war enttäuscht, doch es kam nicht infrage, die Stadt ohne ihn zu verlassen.

Die Straßen waren halb leer. Zu jenen, die aus der Stadt geflohen waren, kamen die vielen Soldaten, die sich noch an der Front befanden, und die Hunderttausende von Männern, die umgekommen waren. Der Tod hing wie eine schwere Decke über Paris. Auf den Gehsteigen begegnete Camille jungen Witwen in Schwarz, oft mit vaterlosen Kindern im Schlepptau. Sie wandte den Blick ab, schämte sich ihres eigenen Glücks. Viele der Männer, an denen sie auf der Straße vorbeikam, trugen die Narben des Krieges. Manche schleppten sich auf Krücken voran, andere hatten einen ihrer Mantelärmel hochgerollt und an der Schulter befestigt. Bei einigen lagen die Verletzungen tiefer und waren nur an ihrem leeren Blick erkennbar.

Trotzdem lebten noch junge und gesunde Männer in Paris, die von den Verheerungen des Krieges wundersa-

merweise unberührt geblieben waren. Camille wusste
das, weil sie gelegentlich Blicke auf einige erhaschte,
spätnachts, wenn sie die Tür zu Marcel Prousts Schlafzimmer schlossen und den Flur entlangschlichen, während sie noch das Hemd in den Hosenbund steckten.
Camille saß im Dunkeln in der Küche. Sie sah jeden von
ihnen kommen und gehen, und sie sprach mit niemandem darüber.

Sie bewahrte die Geheimnisse ihres Arbeitgebers, und
er bewahrte ihre.

KAPITEL 25

BELAUSCHTE ERINNERUNGEN

Souren geht die Treppe der Metro-Station hinauf und tritt in den Sonnenschein. Während der Verkehr den Quai Saint-Michel entlangströmt, stellt er seine Koffer ab und sieht über den Fluss auf Notre-Dame. In der Stadt gibt es viele große, beeindruckende Kirchen, aber keine ist so überwältigend wie die Kathedrale von Paris. Er denkt an die kleine Kirche des Dorfes, in dem er aufgewachsen ist. Sie war ein bescheidenes, funktionales Gebäude, das noch nicht einmal Buntglasfenster hatte. Das einfache schwarze Kreuz über der Tür war das einzige Zeichen, dass es sich um einen Ort der Andacht handelte. Souren betrachtet das kunstvoll gestaltete Äußere von Notre-Dame. Den Franzosen muss viel auf dem kollektiven Gewissen lasten, überlegt er, wenn sie so ein monumentales Zeugnis der eigenen Frömmigkeit errichtet haben. Unzählige Wasserspeier schreien stumm von den Türmen der Kathedrale. Jedes monströse, weit aufgerissene Maul ist zu einer Grimasse höhnischer Verachtung eingefroren. Der Blick von dort oben auf Paris

227

muss spektakulär sein, denkt Souren. Er ist noch nie auf einen der Türme hinaufgestiegen, um es herauszufinden. Seine Perspektive auf die Stadt ist begrenzt, unveränderlich und fest mit dem Erdboden verwurzelt.

Am Flussufer sitzen einige Männer nebeneinander über ihre Angelruten gebeugt, die Kappen tief ins Gesicht gezogen. Sie sprechen nicht, sie bewegen sich nicht. Sie sind wie Eidechsen, die in der Sonne baden. Ein schönes Leben wäre das, denkt Souren und nimmt seine Koffer auf. Er überquert die Straße und geht die Rue du Chat-qui-Pêche entlang.

Männer, Katzen – einfach jeder in Paris angelt.

Er spaziert gern durch das Quartier Latin, den ältesten Teil der Stadt, ein Labyrinth, wo die Wege sich ohne erkennbaren Plan oder Sinn winden und kreuzen. Hier scheint das Leben ein wenig langsamer zu verlaufen. Die Menschen bleiben etwas länger an den Cafétischen sitzen, während sie der restlichen Welt beim Vorbeischlendern zuschauen. Noch ein Schluck Kaffee, noch ein Artikel in der Zeitung. Souren mag diese Gassen lieber als die großen Durchgangsstraßen auf der Nordseite des Flusses. Wenn seine Füße das alte Kopfsteinpflaster betreten, spürt er eine Verbindung zu der Stadt, die sich ihm sonst entzieht. Jeder Ziegelstein in jeder Mauer enthält Generationen von Geschichten. Er kann die Geister beinahe sehen.

Er denkt an das Gespräch mit Younis im Laden heute Morgen. Sein Freund hat recht: Wenn Souren diese Straßen entlangläuft, ist er unsichtbar, ist selbst ein Geist. Younis und seine Brüder werden diesen Luxus nie haben, denn jeder bemerkt ihre Hautfarbe. Souren biegt in die Rue de la Huchette ein und fragt sich, wie es wohl sein mag, wenn man überall gesehen wird, wenn einem stets misstrauische Blicke folgen. Und doch ist Younis in Paris mehr zu Hause, als es Souren je sein wird. Familie kann einen gegen die meisten Dinge immun machen.

Vor ihm gehen zwei Männer langsam nebeneinander, die Köpfe eng zusammengesteckt. Beide tragen trotz der Wärme Hüte und schwere Mäntel. Souren will gerade auf die Straße treten, um sie zu überholen, als vertraute Klänge in sein Bewusstsein dringen.

Die zwei Männer sprechen Armenisch.

Sofort bricht er seinen Überholversuch ab.

»Ich weiß nicht, was ich dir erzählen soll«, sagt der Kleinere der beiden, der sich beim Gehen schwer auf einen Stock stützt. »Das Alter ist furchtbar. Meine arme Sirvat! Sie ist so verloren, so traurig.« Er deutet auf die Straße vor ihm. »Sie glaubt, das hier wäre Diyarbakir. Jeden Tag will sie ihre Mutter besuchen, die vor dreißig Jahren gestorben ist, Gott sei ihrer Seele gnädig.«

»Und es wird niemals besser?«, fragt der andere Mann voller Mitgefühl.

»Keine Sekunde.« Der erste Mann schüttelt den Kopf. »Vielleicht sollte ich dankbar sein. Wenn sie wüsste, dass wir in Frankreich leben, wäre sie am Boden zerstört. Auch wenn sie darauf bestanden hat, dass wir gehen. Sie hat noch vor allen anderen erkannt, aus welcher Richtung der Wind weht. Ich Dummkopf wollte bleiben. Ich war mir sicher, dass uns nichts passieren wird.« Der Mann seufzt. »Sirvat hatte recht, wie immer. Und jetzt erinnert sie sich an nichts mehr. Für sie sind wir nie weggegangen.«

Der zweite Mann legte seinem Freund tröstend eine Hand auf die Schulter. »Vielleicht ist es so am besten.«

»Ach, wer weiß? Sie bleibt die ganze Zeit im Bett und zieht sich die Decke übers Gesicht. Die Außenwelt macht ihr mittlerweile Angst. Sie will nicht mal mehr aus dem Fenster schauen. Das letzte Mal hat sie die Wohnung vor sechs Monaten verlassen, da haben wir einen kleinen Spaziergang gemacht. Sie hat die ganze Zeit hinter sich geblickt und mich gefragt, warum sie kein Wort versteht von dem, was die Leute sagen.« Der Mann verstummt. »Sie hat mein Leben gerettet, indem sie uns aus Armenien herausgebracht hat, ehe es zu spät war. Ja, das hat sie. Doch jetzt, da ich ihres retten müsste, kann ich nichts tun. Es bricht mir jeden Tag das Herz.«

Souren geht jetzt so dicht hinter den beiden Männern, dass er das weiche Aufsetzen ihrer Schuhe auf dem Gehsteig hören kann. Sein Herz wird weit, trotz der traurigen Worte des Mannes. Dieses Klagelied eines Fremden auf seine Frau ist der süßeste Klang, den er sich vorstellen kann. Seit er vor zehn Jahren in Frankreich angekommen ist, hat er seine Muttersprache nicht mehr gehört. Plötzlich ertrinkt er in einem Meer von Erinnerungen. Er sitzt mit seiner Familie beim Abendessen, reicht Schüsseln herum, lacht mit seinem Vater, streitet mit seinem Bruder. Er streift mit Yervant durch die Straßen und starrt die hübschen Mädchen an, zu verängstigt, um etwas anderes zu tun, als ihnen etwas zuzurufen und dann schnell wegzurennen. Er ist…

»Passen Sie doch auf!« Der Mann mit dem Gehstock ist stehen geblieben und sieht Souren an, während er sich wütend die Hinterseite seines Beins reibt. »Haben Sie keine Augen im Kopf?«, fragt er auf Französisch. »Sie haben mich mit Ihrem Koffer getroffen.«

Souren blinzelt. Er will mit den beiden in ihrer gemeinsamen Sprache sprechen, doch die Wut des Mannes hindert ihn daran. »Entschuldigung«, murmelt er, ebenfalls auf Französisch.

»Es gibt auch keinen Grund, so nahe hinter uns zu laufen«, sagt der zweite Mann.

O doch, den gibt es, möchte Souren ihm antworten.

Der Mann mit dem Gehstock sieht ihn noch einen Moment lang an, dann dreht er sich zurück zu seinem Begleiter. »Ungeschickter Idiot«, sagt er auf Armenisch.

Die zwei Männer setzen sich mit einem letzten misstrauischen Blick zu Souren in Bewegung. Er nimmt seine Koffer auf, will die beiden noch nicht gehen lassen. Nun folgt er ihnen mit größerem Abstand.

»Man sollte meinen, die Franzosen wüssten mittlerweile, wie man sich auf der Straße aus dem Weg geht«, beschwert sich der zweite Mann. »Es gibt doch genügend Platz.«

»So eine arrogante Bande«, sagt der Mann mit dem Gehstock. »Tragen die Nase immer hoch in der Luft!«

Der zweite Mann deutet über die Schulter zu Souren, ohne sich umzusehen. »Und die Hälfte von ihnen ist schwachsinnig.«

»Dieses Land! Der Abschied wird mir nicht schwerfallen.«

»Du wirst wirklich weggehen?«

Ein Nicken. »Sobald Sirvat nicht mehr ist, habe ich keinen Grund mehr zu bleiben.«

»Glaubst du nicht, dass du ein bisschen zu alt bist, um anderswo ein neues Leben anzufangen?«

»Doch, wahrscheinlich schon. Aber in dieser Wohnung sind zu viele Erinnerungen.«

»Dann zieh um. Du musst doch nicht gleich einen Ozean überqueren!«

Der Mann mit dem Gehstock schnauft amüsiert. »Grigor, dein Problem ist, dass du keinen Sinn für Abenteuer hast.«

»Und Sirvat hegt keinen Verdacht? Sie hat nicht gefragt, warum du auf einmal ständig Bücher auf Englisch anschleppst?«

»Meine liebe Frau weiß kaum mehr, wer ich bin. Es ist ihr egal, was ich lese.«

»Und wie ist dein Englisch?«

»Es wird besser. Die Romane helfen natürlich, aber eine Sprache lesen zu können ist das eine, in einen Laden zu gehen und nach einem Laib Brot zu fragen etwas völlig anderes.«

»Vielleicht musst du das gar nicht so oft tun. Es leben viele Armenier in New York.«

»Allein schon fünf meiner Cousins«, stimmt der erste Mann zu. »Zuletzt habe ich sie am Bahnhof von Diyarbakir gesehen. Wir wollten zusammen reisen, doch es war nicht genug Platz im Zug für uns alle. Daher sind sie vor uns gefahren, und Sirvat und ich haben auf den nächsten Zug gewartet. Und schon war unsere Familie zerrissen. Jetzt trennt uns ein ganzes Meer.« Er hält inne. »Sie wohnen an einem Ort namens Queens. Queens! Wie klingt *das* für dich?«

»Amerika«, sagt sein Freund staunend.

»Du solltest mitkommen, Grigor. Leiste mir auf dem Schiff Gesellschaft.«

Der zweite Mann hält die Hand hoch. »Ich bleibe hier, vielen Dank.«

»Unsere Landsleute sind mittlerweile über den ganzen Erdball verstreut. Man könnte überall hingehen und sich zu Hause fühlen.«

»Ah, mein Freund, jetzt erzählst du aber Märchen.« Der Mann namens Grigor schüttelt den Kopf.

Die nächsten Minuten gehen die Männer schweigend weiter. Souren folgt ihnen, in das Echo seiner Jugend versunken. Plötzlich werden die Männer langsamer, und Souren merkt, dass er die Orientierung verloren hat.

»Hier sind wir«, sagt der Mann mit dem Gehstock.

»Was wirst du heute kaufen?«

Ein Schulterzucken. »Irgendetwas Lustiges wäre schön. Einen Schriftsteller mag ich gern, er heißt Wodehouse. Er schreibt über die englische Aristokratie, und diese Leute sind alle völlig verrückt. Es ist ein Wunder, dass das Empire überhaupt noch existiert.« Er drückt die Tür zu einem Laden auf, und die beiden Männer gehen hinein.

Souren stellt die Koffer ab. Die Sprache seiner Kindheit hat seine Ohren und sein Herz erfüllt, jetzt drohen ihn Einsamkeit und Kummer zu überwältigen. Zehn Jahre hat er darauf gewartet, mit jemandem Armenisch zu sprechen, und als der Moment endlich da war, brachte er nur ein Wort auf Französisch heraus. Zugegeben, die zwei Männer hatten ihn für einen ungeschickten Pariser gehalten, der ihres Interesses nicht wert war. Er sollte ihnen in das Geschäft folgen und ihnen ihren Fehler erklären. Souren sieht an dem Gebäude empor. Er steht vor einem großen Schaufenster voller Bücher, alle in einer Sprache, die er nicht versteht.

Da sieht er das Gemälde in der rechten Ecke des Fensters.

Ein kleines Haus mitten im Wald. Bäume ragen zu beiden Seiten des Gebäudes auf, strecken sich in verschlungenen Knoten aus Dunkelheit nach oben, schwarze Sterne voll ätzender Energie. Mit Flechten bewachsene Baumstämme neigen sich einander zu, ein düsteres Labyrinth aus Schatten. Ein Himmel ist nicht zu sehen: Der dunkle Wald überwuchert die Leinwand und besetzt jeden Quadratzentimeter. Vor dem Haus steht ein einzelner Stuhl auf einer Wiese. Eine Eule mit silbernem und lilafarbenem Gefieder sitzt auf der Lehne und schaut in die Ferne. Ein Weg führt zu dem Haus, das jedoch keine Tür hat. Die Mauern sind weiß. Dort sammelt sich alles Licht und trotzt den drohenden Schatten. Souren kann nicht erkennen, was sich im Innern des kleinen Hauses befindet, denn es hat keine Fenster. Keine Fenster, keine Tür... Doch halt, da *ist* eine Tür. Sie ist tiefblau gestrichen und sitzt genau in der Mitte der Hausfassade, zwischen Erde und Dach. Sie ist der einzige Zugang zum Haus.

Souren starrt auf die blaue Tür. Sie ist wunderschön und unerreichbar.

Er kann kaum atmen.

Dieses Gemälde, das weiß er mit absoluter Sicherheit, wurde in Gedanken an ihn geschaffen. Der Künstler hat in Sourens Seele geblickt und gemalt, was er dort sah.

Er kann den Blick nicht von der Leinwand lösen, tritt näher ans Fenster, bis er das Glas fast berührt. Das Verlangen, dem Kunstwerk nahe zu sein, quält ihn, er sehnt sich danach, im zweidimensionalen Universum des Künstlers zu verschwinden. Souren starrt auf die Erhebungen, die die Pinselstriche in der Farbe hinterlassen haben, aufgeworfene Knoten, die der Leinwand entfliehen wollen. Also doch nicht nur zweidimensional: Das Gemälde ist eine aufgewühlte Landschaft voll winziger Hügelchen und Burgen, ein wildes Meer. Es ist unbestreitbar und auf wundersame Weise lebendig.

Souren fühlt sich, als hätte jemand in ihn hineingegriffen und sein Herz fein säuberlich zerteilt. Tränen steigen ihm in die Augen. Ein Fremder hat sein Innerstes gemalt, und jeder Passant kann die Wahrheit sehen.

Er weiß, was sich in dem kleinen Haus befindet. Er weiß, was hinter der blauen Tür ist.

Alles, was er sich je ersehnt hat. Und es ist unerreichbar, für immer.

Die Ladentür öffnet sich, und die zwei Armenier treten ins Freie. Der Mann mit dem Gehstock hat eine kleine braune Papiertüte in der Hand. Als er Souren sieht, bleibt er abrupt stehen und dreht sich zu seinem Freund um. »Da ist der Idiot, der vorhin in uns hineingerannt ist«, sagt er leise.

Sein Begleiter nickt. »Er hat auf uns gewartet.«

»Hast du ihn schon mal gesehen?«, fragt der erste Mann. Er klingt besorgt.

»Ich glaube nicht.« Die beiden Männer wenden sich ab von Souren und stecken die Köpfe zusammen. »Was könnte er von uns wollen?«

»Keine Angst«, flüstert der Mann mit dem Gehstock. »Wir sind in Sicherheit. Es ist helllichter Tag. Wir stehen mitten auf der Straße. Hier kann er uns nicht viel tun.«

»Und was, wenn er uns nach Hause folgt? Wir können nicht vor ihm davonlaufen. Er ist jung und sieht stark wie ein Ochse aus.«

»Was wohl in den Koffern ist, Grigor?«

Die zwei alten Männer sehen einander mit stummer Sorge an. Nach all den Jahren, seit man sie aus ihrem Heimatland vertrieben hat, haben sie immer noch Angst. Souren nimmt seine beiden Koffer und geht zu ihnen.

»Puppen«, sagt er. *Tiknikner.*

Die Männer sind zu überrascht, um zu antworten.

»Meine Koffer sind voller Handpuppen«, erklärt Souren freundlich auf Armenisch. »Sie sind vollkommen harmlos, das kann ich Ihnen versichern. Sie haben nichts zu befürchten.«

Er spürt die verblüfften Blicke seiner Landsleute im Rücken, als er weitergeht. Er sieht nicht zurück.

Souren betritt den Jardin du Luxembourg durch das nordöstliche Tor und trägt die Koffer zu seinem üblichen Platz unter den ordentlich beschnittenen Kastanien, die ihm und dem Publikum Schutz vor der Sommersonne bieten. Er öffnet den größeren Koffer und schraubt die

Stangen zusammen, die das Gerüst des Puppentheaters bilden. Seine Gedanken wandern zurück zu dem Gemälde im Fenster der Buchhandlung. Wer es wohl gemalt hat? Was dem Mann wohl zugestoßen ist, dass er Fremde mit seiner Kunst so tief berühren kann? Souren sieht zu den Spaziergängern, die die Wege entlangflanieren. Die Vorstellung, dass es jemanden in dieser Stadt gibt, der ihn so gut versteht, raubt ihm den Atem. Aber der Gedanke ist tröstlich, denn es bedeutet, dass er nicht allein ist. Dann fragt er sich, ob er der Einzige ist, den das kleine weiße Haus so verzaubert, mitsamt den unerreichbaren Versprechen hinter seinen Mauern. Vielleicht gibt es noch viel mehr Menschen wie ihn in Paris! Plötzlich überfällt ihn das instinktive, drängende Bedürfnis, das Gemälde noch einmal zu sehen. Er beschließt, nach der Vorführung zurück zu der Buchhandlung zu gehen.

Nachdem die Zeltstangen aufgebaut sind, isst Souren den ersten der beiden Äpfel, die er am Morgen bei Younis gekauft hat. Danach zieht er eine gestreifte Stoffbahn über den Rahmen. An der Vorderseite des Zelts befindet sich ein Fenster, um das Souren ein hölzernes Bühnenportal befestigt. Dreißig Zentimeter hinter der Bühne hängt ein Stoffstück, das ihn während der Aufführung vor dem Publikum verbirgt. Unter der Bühne ist ein Regal angebracht, auf dem Souren vor jedem Stück die benötigten Puppen arrangiert. Dort warten sie, bis er sie braucht.

Souren geht über den Schotterweg zu einer Bude beim Eingang an der Rue de Vaugirard. Hinter dem Häuschen steht ein Metalleimer unter einem kleinen

Busch, wo er ihn beim letzten Mal versteckt hat. Souren füllt den Eimer mit Wasser aus einem Hahn und trägt ihn zurück zum Puppentheater.

Er ist bereit.

KAPITEL 26

EIN FLÜCHTIGES BILD

Guillaume schließt die Tür der Galerie und geht den Boulevard Raspail entlang. Er marschiert schnell, um seiner Verzweiflung zu entkommen. Emile Brataille hat sich geweigert, ihm das nötige Geld zu leihen, und jetzt ist es aus mit ihm.

Er überquert die Rue d'Assas und betritt den Jardin du Luxembourg. Gern würde er sich hinsetzen und den spielenden Kindern zuschauen, doch an diesem schönen Nachmittag ist jede Bank besetzt. Paare halten sich an den Händen und sehen einander verliebt in die Augen. Einige Parkbesucher sind in Bücher vertieft. Mütter wachen über ihre Kinder, die sorglos zwischen den Bäumen herumrennen.

Guillaume denkt über seinen hastig improvisierten Racheakt nach. Die Aussicht, dass Brataille unwissentlich den Zorn des gewalttätigen Zuhälters im *Le Chat Blanc* heraufbeschwören wird, verschafft ihm keine besondere Befriedigung. Der Gerechtigkeit wird Genüge getan. Der Kunsthändler bekommt nur, was er verdient hat.

Die Sonne scheint Guillaume warm auf den Rücken. Er hat Durst und erinnert sich an eine kleine Bar auf dem Boulevard Saint-Michel, die er gern mag. Ein Ort so gut wie jeder andere für einen letzten Schluck zum Abschied. Er verlässt den Park auf der Ostseite, mit Blick auf die majestätische Kuppel des Panthéon, und geht in Richtung Fluss.

Zu dieser Tageszeit ist es ruhig in der Bar. Zwei alte Männer spielen an einem Tisch in der Ecke Karten. Ein Kellner steht hinter dem Tresen und liest Zeitung. Guillaume setzt sich an einen Tisch im vorderen Bereich, von dem aus er die Straße im Blick hat. Der Kellner legt sorgfältig die Zeitung zusammen und kommt mit fragend gehobener Augenbraue zu ihm. Guillaume bestellt ein Glas Pastis und lehnt sich trübsinnig zurück, um die Passanten zu beobachten. Er stürzt das erste Glas hinunter und bestellt ein weiteres, während er seine stetig weniger werdenden Optionen überdenkt. Das einzig Vernünftige wäre, die Stadt zu verlassen, bevor Le Miroir und seine Schläger ihn finden. Er sollte direkt zum Gare Montparnasse gehen und auf den nächsten Zug nach La Rochelle warten. Er denkt an sein geliebtes Atelier und die leere Wand, an der Suzannes Gemälde hing. Wenigstens wird es so einfacher sein, Paris zu verlassen.

Plötzlich überkommt ihn bittersüße Wehmut. Gertrude Stein hat sein Bild gekauft! Vielleicht hatte Brataille recht, denkt er reumütig. Vielleicht würde sich alles für ihn ändern. Schon jetzt könnte das kleine Haus im Wald in ihrer Wohnung in der Rue de Fleurus hängen, neben den ganzen Cézannes und Matisses. Er nippt an seinem Getränk und stellt sich vor, wie Pablo Picasso das Bild bewundert und darauf besteht, dass seine Gastgeberin den Namen des Künstlers preisgibt. Fast kann er das Klopfen an seiner Zimmertür hören, fast sieht er den berühmten Spanier vor sich, wie er hereinmarschiert, die Hand des jüngeren Mannes packt und sie enthusiastisch schüttelt. Wie er ihn ein Genie nennt. Guillaume würde Picasso erzählen, wie er vor so vielen Jahren im Cirque Medrano nach ihm gesucht hat. Er wird ihm von den Akrobatinnen erzählen, von Suzanne. Picasso wird von dieser Geschichte verzaubert sein, und sie werden gute Freunde werden. Mit ihm als Mentor wird Guillaumes Aufstieg gigantisch sein, legendär. Er wird nach Montparnasse ziehen. Emile Brataille wird darum betteln, seine Gemälde in der Galerie verkaufen zu dürfen, und er wird ablehnen. Kunstsammler werden sich um seine Arbeiten reißen. Er wird unglaublich reich werden – und schließlich an Suzannes Tür klopfen.

Bis auf die Tatsache, dass nichts davon eintreten wird, nicht jetzt. Sobald er seinen Pastis ausgetrunken hat, wird er zum Bahnhof gehen und Paris endgültig verlassen.

Da erinnert er sich an die sechshundert Francs von Gertrude Stein, die immer noch unter seiner Matratze liegen.

Einer der alten Männer sagt leise etwas, worauf sein Freund in keuchendes Gelächter ausbricht.

In diesem Moment geht Suzanne am Fenster vorbei.

Sie hält ihre Tochter an der Hand. Das kleine Mädchen springt fröhlich und lacht und redet ununterbrochen, wie immer. Guillaume starrt ihnen entgeistert nach. Sie sollten überhaupt nicht hier sein, auf der falschen Seite der Stadt. Einen Moment fragt er sich, ob sie Geister sind, Halluzinationen, die seine Reue heraufbeschworen hat. Aber nein, er bildet sich die beiden nicht ein. Dies ist keine Schöpfung seiner wehmütigen Sehnsucht. Seit so vielen Jahren beobachtet er sie aus der Ferne, dass er sie auf hundert Schritt Entfernung erkennen würde. Betäubt sieht er ihnen durch das Fenster nach. Sie gehen auf den Jardin du Luxembourg zu.

Guillaume ist kein religiöser Mann, aber er erkennt ein Zeichen, wenn sich ihm eines offenbart. Es gibt einen Grund, warum Suzanne plötzlich vor ihm aufgetaucht ist, hier, ausgerechnet heute: Er muss sich von ihr verabschieden.

Er trinkt sein Glas in einem Zug aus. Mit zitternden Fingern wirft er ein paar Münzen auf den Tisch und steht auf. Im Freien schlägt er dieselbe Richtung ein wie Suzanne und seine Tochter, den Boulevard Saint-Michel entlang. Nach ein paar Schritten hält er inne und lässt den Blick umherschweifen. Sie sind weg. Er schiebt sich durch die Menge, sucht nach Suzannes im Sonnenlicht glänzendem Haar, doch er kann sie nicht finden. Er drängt sich weiter bis zur Ecke zur Rue Soufflot. Dort bleibt er schwer atmend und mit in die Hüften gestemmten Händen stehen.

Sie sind verschwunden.

Verloren im Meer dahinschlendernder Passanten wird Guillaumes letztes Fünkchen Hoffnung brutal ausgelöscht. Eine unglaublich grausame Wendung, eine letzte

Erinnerung an alles, was er verloren hat und noch verlieren wird. Wenn er doch nur schneller gewesen wäre!
Er schließt die Augen und sieht Suzannes Gemälde vor
sich, doch zu seinem Erschrecken beginnt es, sich zu
verändern: Der Wald kommt näher. Die knotigen Äste
strecken sich, ziehen langsam das kleine Haus in ihre
unheilvolle Umarmung. Die schwarzen Ranken krie-
chen über die weißen Mauern. Die blaue Tür verschwindet. Bald wird das Haus vom dunklen, hungrigen Wald
verschluckt, sein Licht für immer erloschen sein.

Guillaume dreht sich um und geht in Richtung Fluss. Er
ist wütend auf sich, weil er so lange gebraucht hat, um
Suzanne zu folgen. Erst als er die Île de la Cité überquert
hat, wird er langsamer. An der Métro-Station Châtelet
kommt er an einem Wegweiser zum Markt Les Halles
vorbei, und eine alte Erinnerung kehrt zurück, aus seinen ersten Wochen in Paris, in denen er die Stadt zu
Fuß und mit dem Skizzenbuch in der Hand erforschte.
Stundenlang lief er die Gänge im Markt auf und ab. Er
liebte die Auslagen der Fischstände, den silbrig glänzenden, verheißungsvollen Regenbogen aus Wolfsbarsch,
Schnapper und Seeteufel, doch am meisten faszinierten
ihn die Menschen: die Hausfrauen, die Händler, die den
Einkaufenden Ermunterungen zuriefen, und die Bettler,
die sich im Schatten herumdrückten. Er zeichnete sie
alle.

Scharf durchfährt ihn die Nostalgie. Der Markt ist
nicht weit von hier. Minuten später betritt er die riesigen
Pavillons aus Eisen und Glas. Sein Magen knurrt, als er

durch die Fleischhalle läuft, vorbei an den marmorierten Steaks und den Schlangen fetter, glänzender Würste, den golden bratenden Hähnchen an den sich langsam drehenden Spießen. Danach kommt die Gemüseabteilung, in der die einzelnen Sorten zu hohen, farbenfrohen Pyramiden geschichtet sind. Das lebhafte Orange frisch geernteter Karotten. Eine violette Wand aus Auberginen, die unter der verglasten Decke dunkel glänzen. Körbe voll mit gelben Zwiebeln. Ein Wald aus hellgrünem Salat, ein weißer Hügel aus Blumenkohl. Regenbogen aus unsicher gestapelten Paprikaschoten. Das wütende Rot von Radieschen.

Die ganze Pracht hat seinen Hunger ins Unerträgliche gesteigert, und ihm wird klar, dass er den ganzen Tag noch nichts gegessen hat. Er greift in seine Tasche und findet eine Münze, mit der er an der nächsten *boulangerie* ein frisches Baguette kauft. Das Brot ist noch warm. Er reißt ein Stück ab und kaut. Es ist köstlich, doch so hat er sich sein letztes Mahl in Paris nicht unbedingt vorgestellt. Widerstrebend verlässt er den Markt und schlägt den Weg zurück nach Montmartre ein. Im Gehen isst er das Baguette auf, schmeckt es allerdings nicht mehr. Er will nicht in sein Zimmer zurückkehren, kann es sich aber auch nicht leisten, Gertrude Steins Geld unter der Matratze zurückzulassen.

Guillaume biegt in seine Straße ein. Zu seiner Erleichterung ist der Gehsteig vor seinem Haus leer. Auch der Eingangsbereich ist leer, Madame Cuillasse nirgends zu sehen. Guillaume ist froh darüber. Die alte Concierge hat ihm gegenüber nie auch nur den leisesten Hauch von Sympathie gezeigt, doch er wird ihre streitsüchtige Art trotzdem vermissen. Und das Letzte, was er im Moment gebrauchen kann, ist noch mehr Reue. Er geht die Treppe hinauf. Vielleicht ist La Rochelle gar nicht so schlecht, denkt er. Ein Ortswechsel könnte ihm sogar guttun. Auf dem obersten Treppenabsatz angekommen, hat er sich fast davon überzeugt, dass er sich freuen wird, seine Eltern wiederzusehen.

Niemand wartet auf ihn im Flur. Pfeifend greift er in seine Tasche nach dem Schlüssel. Da sieht er, dass die Tür leicht angelehnt ist.

Die Melodie erstirbt auf seinen Lippen.

KAPITEL 27

DER JARDIN DU LUXEMBOURG

Jean-Paul verlässt die Buchhandlung und hinkt die Rue de l'Odéon entlang. Ein paar Minuten später tritt er durch das Tor des Jardin du Luxembourg und geht zu dem großen achteckigen Teich in der Parkmitte.

Sylvia Beach war ihm sehr sympathisch. Sie war lustig, bescheiden und freundlich, und sie hatte ihm viele Geschichten über einige der berühmtesten Ausländer in der Stadt erzählt. Er hatte sie nach Hemingway und Josephine Baker gefragt. *Darüber* weiß ich ganz bestimmt nichts, lautete ihre Antwort. Doch Ernest kommt oft vorbei und bleibt stundenlang. Er sucht immer nach Dingen, die ihn vom Schreiben ablenken. Und ich könnte mir vorstellen, sagte sie schelmisch, dass Miss Baker durchaus eine Ablenkung darstellen könnte.

Der Teich liegt still da bis auf zwei kleine Enten, die sich auf dem Wasser treiben lassen und schwermütig quaken. Ihre sanft auf und ab wippenden Bäuche schicken Ringe über die Oberfläche. Sie erinnern Jean-Paul an ein Paar königlicher Schwäne, das an dem Fluss lebte, der durch den Birnenhain seiner Großeltern in Péchabou floss. Als er neun Jahre alt war, erwischte ihn sein Großvater, wie er die wunderschönen Vögel mit Kieselsteinen bewarf. Er weiß immer noch, wie sehr der Gürtel des alten Mannes an diesem Nachmittag brannte. *Warum tust du einem Schwan weh?*, wollte sein Großvater immer wieder wissen, während er mit dem Ledergurt ausholte. Doch Jean-Paul hatte den Schwänen nichts tun wollen. Er liebte sie aus vollem Herzen. Sie waren so elegant, so perfekt, nicht von dieser Welt. Er hatte sie nur dazu bringen wollen, ihn zu bemerken, irgendwie auf seine Existenz zu reagieren. Stärker als die Schläge schmerzte, wie schnell sein Großvater von ihm enttäuscht war, wie bereit, gleich vom Schlimmsten auszugehen. Erst nach der Geburt von Elodie verstand Jean-Paul, dass die Wucht der Liebe des alten Mannes zu ihm so eine strenge Vergeltung ausgelöst hatte. Eine solche Liebe setzt die Messlatte viel höher.

Eine der Enten erhebt sich flatternd und spritzend in die Luft und lässt ihre Gefährtin allein im Teich zurück. Während Jean-Paul über die makellosen Wege auf die märchenhafte Pracht des Palais du Luxembourg zugeht, trägt die leichte Nachmittagsbrise Gelächter zu ihm herüber. Neugierig dreht er sich zur Seite und sieht im Schatten der Kastanien, dicht bei der Rue de Vaugirard, eine Gruppe kleiner Kinder und ihrer Eltern, die sich um ein hohes, schmales Zelt mit einer gestreiften Markise und einer goldenen Bühne scharen.

Ein Puppentheater.

Die meisten Kinder sitzen im Schneidersitz im Gras,

die Köpfe zur Bühne geneigt wie Sonnenblumen zur Sonne. Jean-Paul sieht zu, wie die Puppen einander hin- und herjagen, ein Wirbelwind aus Emotionen. Er versucht, der Geschichte zu folgen, versteht die Handlung aber nicht. Er geht ein wenig näher und merkt, dass die Puppen kein Französisch sprechen. Fasziniert hört er zu. Vielleicht ist es gar keine Sprache, denkt er, sondern etwas Erfundenes, Klänge, die bewusst keinen Sinn ergeben und aus denen die Kinder sich ihre eigenen Geschichten spinnen können. Die Worte der Puppen haben einen fremdartigen Rhythmus, beschwörende Zauberformeln mit einer ganz eigenen Schönheit. Jean-Paul beobachtet die Gesichter der jungen Zuschauer. Eines scheint klar: Die Kinder wissen genau, was passiert. Sie lachen vor Entzücken, dann schreien sie ängstlich Warnungen.

Auf der Bühne tritt eine Prinzessin in einem rosafarbenen Satinkleid einem wild aussehenden Ritter entgegen, der sie mit einem langen Schwert bedroht. Die Prinzessin schlägt die kleinen Holzhände zusammen. Sie scheint den Ritter um etwas anzuflehen – Gnade, vermutet Jean-Paul, oder vielleicht auch sein Herz. Der Ritter antwortet barsch und bewegt sich immer weiter auf die Prinzessin zu, bis die beiden Figuren sich beinahe berühren. Je näher der Ritter kommt, desto lauter kreischen die Kinder. Die Prinzessin hört ihre Rufe nicht, sondern redet weiter auf den Mann ein. Jean-Paul wartete darauf, dass dieser das Schwert senkt und die Prinzessin in die Arme nimmt.

Die Kinder wissen es besser.

Während die Schreie des Publikums ihren Höhepunkt erreichen, versenkt der Ritter das Schwert tief in der Brust der Prinzessin, bis die Klinge am Rücken wieder austritt. Plötzlich herrscht völlige Stille. Alle Augen sind auf die Prinzessin und das Schwert gerichtet, das sie so grausam aufspießt. Die Puppe stolpert nach hinten und stößt ein schreckliches Stöhnen aus. Der Ritter sieht sie teilnahmslos an.

Die Kinder warten gespannt.

Die Prinzessin stirbt langsam. Sie murmelt etwas und schnappt nach Luft, ihre kleinen Hände flattern hilflos am Schwertgriff, der aus ihrer Brust ragt. Sie dreht sich hierhin und dorthin, doch nichts kann sie retten. Schließlich bewegt sie sich nicht mehr und singt ein langsames Lied in dieser fremden Sprache. Nach zwei Versen stirbt sie. Die Puppe fällt dramatisch nach vorn, ihr hölzerner Kopf trifft mit einem traurigen Geräusch auf der Bühne auf.

Nach einem Moment des Schweigens bricht donnernder Applaus los.

Die Puppen werden rasch außer Sicht gezogen, und gleich darauf tritt ein junger Mann hinter dem Zelt hervor. Er hat einen dichten schwarzen Bart und nimmt seinen Hut ab, als er sich ungeschickt vor dem Publikum verbeugt. Er lächelt nicht und spricht kein Wort, sondern gibt den Hut einem kleinen Mädchen in der ersten Reihe, das ihn herumgehen lässt. Der Puppenspieler starrt auf seine Schuhe. Jean-Paul gefällt seine stille Würde. Nachdem der Hut wieder bei dem Mann angelangt ist, verbeugt er sich zum Dank und verschwindet zurück hinter die gestreifte Markise. Die Kinder folgen zögernd ihren Eltern, und neue Zuschauer nehmen ihren Platz ein.

Jean-Paul schaut auf seine Uhr. Er hat noch Zeit für ein weiteres Stück.

KAPITEL 28

PARIS 1919: DER ERSTE VERRAT

Links von Monsieur Prousts Schlafzimmertür stand eine schmale orientalische Vitrine, in der alte Fotografien des Schriftstellers und seines Bruders als Kinder arrangiert waren. Daneben befand sich eine große Truhe aus Rosenholz, auf der fein säuberlich zweiunddreißig Notizbücher gestapelt waren.

Sie enthielten den Kern von Marcel Prousts Meisterwerk. Zwischen ihren Deckeln hatte er den Rahmen der Erzählung angelegt. Das Herz seiner fiktiven Welt schlug auf diesen Seiten bereits; jetzt erschuf er darum Körper und Geist. Allmählich erweckte er seine Geschichte zum Leben.

Proust kannte den Inhalt jedes Buches auswendig, doch er hatte sie bei der Arbeit gern alle in seiner Nähe. Manchmal bat er Camille, einen bestimmten Band zu holen, damit er ein Detail nachprüfen konnte. Er schlug dann die entsprechende Seite auf, las in seinen Aufzeichnungen und gab es ihr zurück. Camille fand die Bücher auf der Rosenholztruhe tröstlich. Sollten sich Monsieur

Prousts Ängste, vor der Fertigstellung seines Werks zu sterben, bewahrheiten, würden wenigstens sie bleiben.

So war es auch ein herber Schock, als ihr Arbeitgeber sie eines Abends in sein Zimmer rief und eine höchst unerwartete Bitte äußerte. Wie üblich lag er halb im Bett, umgeben von Kissen und Papier. Eine kleine Gaslampe flackerte neben ihm und erleuchtete kaum sein Gesicht.

»Ah, Camille«, sagte er und lächelte im Halbdunkel. »Sie müssen etwas für mich tun. Es ist von äußerster Wichtigkeit.«

»Natürlich, Monsieur«, antwortete sie. Alles, worum er sie bat, wurde so angekündigt, egal, wie unbedeutend es war.

»Ich möchte, dass Sie meine Notizbücher verbrennen.«

Camille stand wie erstarrt da und überlegte, ob sie richtig gehört hatte. »Wie bitte?«, fragte sie schließlich.

»Die Notizbücher.« Er deutete auf die Rosenholztruhe. »Ich möchte, dass Sie sie verbrennen.«

Camille war sprachlos. »Sind Sie sich ganz sicher?«

»Natürlich bin ich mir sicher«, erwiderte er.

»Aber warum möchten Sie, dass ich sie verbrenne, Monsieur?«

»Es steht Ihnen nicht zu, so etwas zu fragen, Camille.«

»Na ja, weil Sie sich immer Sorgen machen, was passiert, wenn Sie sterben, bevor das Buch fertig ist!«

Er sah sie aus seinen klaren Augen an. »Und?«

»Nun, falls Sie tatsächlich sterben, wird ohne die Notizbücher niemand wissen, wie die Geschichte ausgeht!«

»Aber genau darum geht es doch. Ich hatte ein paar neue Ideen, verstehen Sie.« Proust seufzte. »Der Krieg hat alles geändert, und jetzt sind die Notizbücher veraltet. Deshalb möchte ich, dass Sie sie verbrennen. Ich kenne sie sowieso alle in- und auswendig.«

»Aber, Monsieur ...«

»Camille, bitte.«

Die Worte hingen zwischen ihnen. Sie blieb unsicher an der Tür stehen.

»Ich wünsche, nicht weiter darüber zu sprechen«, sagte er nach einem Moment, so leise wie immer. »Bitte verbrennen Sie die Bücher im Küchenherd und geben mir Bescheid, wenn es erledigt ist.«

Eine Stunde später kniete Camille vor dem Küchenherd und entzündete ein Feuer. Die Notizbücher stapelten sich neben ihr auf dem Boden. Sie sah zu, wie die dünnen gelben Flammen an dem Anzündeholz entlangzüngelten.

Es war falsch, die Bücher zu verbrennen. Es war falsch, diese jahrelange Arbeit zu Asche zu reduzieren. Doch es war Monsieur Prousts Wunsch. Die Bücher gehörten ihm und sonst niemandem. Camille wusste, dass sie ihn nicht umstimmen konnte. Sie nahm das erste Notizbuch vom Stapel und schlug es auf. Sie sah auf die vertraute Handschrift. Ihr Blick huschte über die sauber beschriebenen Zeilen. Diese klar formulierten Gedanken, diese Präzision! Sie war der letzte Mensch, der diese Worte zu sehen bekam.

Die Flammen schlugen höher. Camille legte das Notizbuch in den Herd. Einen Moment war das Feuer darunter gefangen, doch dann leckten die Flammen an den Kanten. Das schwarze Leder rollte sich zu Halbmonden ein, und Rauch stieg zwischen den Seiten auf, während sie sich in der Hitze krümmten und braun färbten. Camille sah zu, wie die Wörter vom Feuer verschlungen wurden und nur noch Asche zurückblieb.

Sie griff nach dem nächsten Band.

Danach arbeitete sie schneller, warf zwei, drei Bücher auf einmal in die Flammen und schaute betäubt in die wachsende Feuersbrunst. Mit jedem verbrannten Band spürte sie unerträglichen Verlust. Jedes Mal, wenn ihre Finger ein weiteres Notizbuch der Umarmung des Feuers übergaben, wurde erneut etwas sinnlos und unwiederbringlich ausgelöscht.

Am Ende war ihr Verrat reine Notwehr.

Als Camille das letzte Notizbuch ins Feuer warf, wusste sie – so sicher, wie sie jemals etwas gewusst hatte –, dass sie es nicht verbrennen lassen konnte. Instinktiv griff sie in den Herd. Das schwarze Leder war bereits glühend heiß. Sie zwang ihre Finger, sich um den Buchrücken zu schließen und es aus dem Feuer zu ziehen. Sofort ließ sie es los. Das Buch fiel auf die Steinfliesen. Sie war schnell gewesen. Die Seiten waren noch nicht versengt.

Bestürzt starrte Camille auf das gerettete Buch. Was hatte sie getan? Noch nie hatte sie sich Monsieur Prousts Wünschen auch nur im Geringsten widersetzt.

Sie fuhr mit dem Finger über die Vorderseite und hinterließ einen schmalen Streifen in der weichen Asche.

Nachdem sie den Herd gesäubert hatte, versteckte Camille das gerettete Notizbuch in ihrer Handtasche. Sie war fassungslos wegen ihres Verrats. All diese Jahre ergebenen Dienstes, mit einem Schlag ausgelöscht.

Sie klopfte an die Schlafzimmertür.

»Ah, Camille.« Marcel Proust sah zu ihr auf. Wie immer lag er halb im Bett, inmitten von Papieren. »Ich habe das Feuer gerochen. Haben Sie getan, worum ich Sie gebeten habe?«

»*Oui,* Monsieur.«

»Alle Notizbücher sind vernichtet?«

Sie sah nach unten. »*Oui,* Monsieur.«

»Danke.«

»*Oui,* Monsieur.«

Sie schloss die Tür und ging zurück in die Küche.

Camille kehrte nach Hause zurück und versteckte das Buch ganz unten in einem alten Koffer, unter Stapeln sorgfältig gefalteter Kleidung und Bettwäsche, wo Olivier es niemals finden würde. In den folgenden Wochen und Monaten gab sie sich alle Mühe, so zu tun, als wäre nichts passiert, als gäbe es das Notizbuch nicht. Sie holte es nicht hektisch hervor, wenn sie allein in der Wohnung war. Die Worte zu lesen, die Monsieur Proust hatte verbrennen wollen, hätte ihre Schuld nur noch vertieft. Das Buch lag tief vergraben in dem Koffer, ungesehen und ungelesen. Camille war entsetzt über ihre Tat, doch sie brachte es nicht über sich, das Diebesgut zu zerstören. Jetzt gehörte das Buch ihr, ihr ganz allein, und sie war fest entschlossen, es um keinen

Preis der Welt herzugeben. Es würde sie immer an ihn erinnern.

Sie erzählte Olivier nichts davon, aus Angst, ihr Mann könnte sie dazu bringen, alles zu gestehen. Stein für Stein versteckte sie ihr Verbrechen hinter Mauern schamvollen Schweigens. Zu spät erkannte sie, dass nicht nur das gestohlene Notizbuch in den von ihr errichteten Katakomben versteckt lag. Camille selbst war dort gefangen, zusammen mit ihrem Geheimnis. Es gab kein Entkommen vor ihrer Tat.

KAPITEL 29

AUFFÜHRUNG

Die Puppen tanzen vor ihm.

Souren verfolgt, wie sich die Geschichten unter seinen Händen entfalten. Schnell bewegen sie sich von links nach rechts, verschwinden außer Sicht, wenn er eine Puppe durch eine andere austauscht. Jede spricht er mit einer anderen Stimme, vom dröhnenden Bass des beleibten Königs bis zu dem schrillen Falsett des jungen Milchmädchens. Eine nach der anderen erwacht seine Familie unter seinen Fingern zum Leben. Jetzt können all die blicklosen Augen sehen.

Das Publikum ist wunderbar. Familien bleiben stehen und schauen sich die Vorführung an, dankbar für eine Pause in der feuchten Nachmittagshitze. Eine leichte Brise lässt die Blätter der Kastanien über ihnen rascheln, doch in dem Zelt ist es heißer als in einem Backofen. Sein Hemd ist nach kurzer Zeit durchgeschwitzt und klebt ihm wie eine zweite Haut am Rücken. Am Ende jeden Stücks tritt er hinaus in den Sonnenschein, um den Beifall des Publikums zu empfangen, und lässt schweigend seinen Hut herumgehen. Er beobachtet nie, wer etwas gibt und wer nicht. Wenn der Hut zu ihm zurückkommt, ist er immer gefüllt.

Souren denkt an den Pianisten in der Wohnung unter ihm, der immer wieder dasselbe Lied spielt, an die wunderschönen Noten, deren Schutzzauber etwas Böses abhalten soll. Diese Puppen und ihre Geschichten sind Sourens Rüstung. Seine Hände schweben vor und zurück, seine Lippen murmeln Beschwörungen. Er wirkt einen Zauber.

Wenn Souren die Puppen spielen lässt, spricht er nur Armenisch.

Er denkt an Amandine Nouvel, sein erstes Publikum, und fragt sich, welche Geschichten die Kinder sich selbst erzählen, während sie die Puppen auf der Bühne herumtanzen sehen. Die meisten sitzen in willkürlichen Reihen vor dem Zelt, so nah wie möglich am Geschehen. Doch es gibt immer welche, die am Rand bleiben, die Hand eines Elternteils umklammern und bereit sind zu einer raschen Flucht, falls die Geschichte sich nicht so entwickelt, wie sie sollte.

Woher wissen sie es?, fragt sich Souren, wenn er die Gesichter dieser ängstlichen Kinder sieht.

Er führt Volksmärchen und andere Märchen auf – jahrhundertealte, den meisten vertraute Geschichten. Doch Märchen sind leerer Trost, der Kindern in die Ohren geflüstert wird, während sie ins Reich der Träume abgleiten. Souren jedoch muss die Wahrheit erzählen. Deshalb geht es bei ihm so aus:

Der Wolf frisst den Holzfäller.

Die böse Hexe lacht zuletzt.

Die Prinzessin wacht nicht wieder auf.

Die Geschichte endet nie so, wie sie eigentlich sollte.

Ja, gelegentlich muss er sich mit einem wütenden Elternteil auseinandersetzen, begleitet von einem laut schluchzenden Kind. Doch meistens schreien die Zuschauer nicht vor Angst, sondern vor Aufregung. Für Sourens Puppen gibt es kein glückliches Ende, und genau deshalb können die Kinder nicht wegsehen.

Märchen langweilen sie.

Souren denkt an den alten Armenier, der sich beim Gehen schwer auf seinen Gehstock stützt und sein neu erstandenes Buch in der Hand hält. Er lernt Englisch und will zu seinen Cousins nach Amerika auswandern. Trotz allem, was er durchgemacht hat, hat er nicht aufgegeben. Zumindest er hofft noch auf einen glücklichen Ausgang.

Zwischen dem alten Mann und seiner Familie liegt nur der Atlantik. Solche Entfernungen können leicht überwunden werden. Doch für Souren gibt es keine Fahrkarte, die ihn zurückbringen könnte zu dem, was er verloren hat.

Plötzlich überwältigt ihn die Einsamkeit. An dem Gespräch zwischen seinen beiden alten Landsleuten hat ihn nicht so sehr berührt, seine Muttersprache zu hören, sondern dass sie von jemandem *verstanden* wurde. Dieses Gefühl der Zugehörigkeit vermisst er unendlich.

Souren spricht bei seinen Vorführungen zwar Armenisch, aber es ist egal, was er sagt. Die Kinder hören, was sie hören wollen.

Verstanden zu werden – das war es. Als Souren am Morgen Younis' Laden mit seinen zwei Äpfeln verlassen hatte, hatte Bechir etwas zu seinem ältesten Sohn gesagt. Für Souren klang es nur nach einer Reihe tiefer, gutturaler Laute – kaum eine richtige Sprache. Younis hatte gelacht und geantwortet. Glücklicher Younis, denkt Souren jetzt. Er kann immer noch seine Muttersprache sprechen, wenn auch nur, um mit seinen Geschwistern zu schimpfen und mit seinem Vater zu scherzen. Auf der Straße schauen ihn die Menschen zwar misstrauisch an, doch wenigstens ist er nicht allein.

Die Puppen tanzen weiter.

Sourens Vorführung wird immer fieberhafter, während er versucht, die erdrückende Trauer abzuschütteln. Sentimentales Selbstmitleid legt sich über ihn. Wie absurd er doch ist! Führt diese Stücke auf, die niemand versteht. Selbst seine Freude über die Entdeckung des wunderschönen Gemäldes im Fenster der Buchhandlung verfliegt. Das kleine weiße Haus im Wald bietet nicht länger Trost, sondern nur noch Verbitterung. Was bringt es schon, denkt er niedergeschlagen, von der Kunst eines Fremden gerührt zu sein? Was bringt es schon, zu einem Stamm zu gehören, dessen andere Mitglieder ich niemals kennenlernen werde?

Arielle. Ihre Mutter. Younis. Thérèse, wenn er sie sich leisten kann.

Seine Welt ist so klein.

Deshalb führt er Stücke auf. Der Pianist aus dem Stockwerk unter ihm spielt nur für sich selbst, doch Souren braucht ein Publikum. Er erzählt seine Geschichten, um zu kommunizieren, eine Verbindung zu anderen aufzubauen. Deshalb kommt er jeden Tag in den Jardin du Luxembourg. Das Luftschnappen der Zuschauer, die warnenden Schreie, der Applaus – so weiß er, dass er am Leben ist.

Es ist Zeit für das letzte Stück.

Souren schiebt den Eimer mit Wasser vor seine Füße, stellt eine kleine Kerze auf das Regal unter der Bühne und zündet sie mit einem Streichholz an. Der Docht lodert auf, dann brennt eine ruhige Flamme. Er zieht einen Handschuh über seine rechte Hand und dann die Hector-Puppe, den kleinen Jungen mit den kirschroten Wangen. Sie passt genau. Souren holt eine kleine Dose mit Kerosin aus seiner Tasche und tränkt die Tunika, die er in den frühen Morgenstunden genäht hat. Der scharfe Geruch brennt in seiner Nase und erweckt Erinnerungen an früher zum Leben.

Er ist bereit.

Seine Hände beginnen, die Geschichte zu erzählen.

Hier ist Hector. Und da der Türke.

KAPITEL 30

ZUM PREIS VON SECHSHUNDERT FRANCS

Guillaume schiebt die Tür auf. Drei Männer stehen im Raum. Einen erkennt er – der kleine Mann mit dem Rattengesicht aus dem Café sitzt auf dem Bett. Die anderen beiden Eindringlinge jagen ihm jedoch mehr Angst ein. Der eine ist ein Riese, so groß, dass er fast mit dem Kopf an die Decke stößt, und so breit, dass er beinahe das gesamte Fenster verdunkelt. Seine Fäuste sind so groß wie Schweinshachsen.

Der andere Mann hält ein Messer in der Hand.

»Da bist du ja«, sagt das Rattengesicht. »Mach die Tür zu.«

Guillaume gehorcht. Nachdem er die Tür geschlossen hat, stellt sich der Mann mit dem Messer davor.

»Du weißt, warum wir hier sind«, sagt das Rattengesicht.

Guillaume nickt. »Ich habe Geld für euch.«

»Alles?«

»Nicht ganz.«

»Wie viel?«

Guillaume geht zum Bett und holt Gertrude Steins Geld unter der Matratze hervor. Er versucht, das Zittern seiner Hände zu unterdrücken, während er die Scheine zählt. Drei starre Augenpaare beobachten ihn. Langes Schweigen folgt, nachdem er die letzte Banknote aufs Bett gelegt hat.

»Das sind sechshundert Francs«, sagt das Rattengesicht. »Du schuldest mir zwölfhundert.«

Guillaume schluckt. »Ich kann euch den Rest ...«

»Hast du nicht gehört, was ich gesagt habe?«, unterbricht ihn der Mann. »Dass wir die gesamte Summe bis auf den letzten Sou heute haben wollen? Hast du das nicht verstanden? Oder hast du mir einfach nicht geglaubt?«

»Das hier ist alles, was ich beschaffen konnte«, sagt Guillaume verzweifelt. »Ich brauche mehr Zeit für den Rest.« Er denkt an Gertrude Stein und Emile Brataille. Keiner von beiden hätte die dringend benötigten sechshundert Francs vermisst. Guillaume wirft dem Mann an der Tür einen Blick zu. Die Messerklinge glänzt im Nachmittagslicht.

»Du hast aber nicht mehr Zeit.« Der Mann nimmt das Geld vom Bett und zählt es noch einmal. »Du hast mir die Hälfte von dem gegeben, was du mir schuldest. *Die Hälfte.*«

Der Mann mit dem Messer tritt vor Guillaume und hält ihm die Klinge an die Seite. Die scharfe Spitze drückt durch sein Hemd. »Großer Fehler, *mon gars*«, flüstert er.

»Ich kann euch den Rest des Geldes beschaffen!«, ruft Guillaume.

»Das reicht, Claude«, sagt das Rattengesicht. Der Mann mit dem Messer weicht widerstrebend zurück.

»Wie?«, fragt das Rattengesicht.

Ein Hoffnungsschimmer.

»Seht ihr die ganzen Bilder?«, fragt Guillaume. Der Mann nickt. »Eine berühmte Kunstsammlerin will sie sich heute Nachmittag ansehen. Sie hat bereits eine meiner Arbeiten gekauft. Sie sagt, sie will unbedingt noch mehr sehen.«

Die Gemälde sind immer noch von der Besichtigung am Morgen im Raum arrangiert. Der Mann mustert sie zweifelnd. »Wie viel wirst du dafür bekommen?«

»Sehr viel mehr als sechshundert Francs, das kann ich euch versichern.«

»Wie heißt diese berühmte Kunstsammlerin?«, fragt der Mann namens Claude. Das Messer zuckt in seiner Hand.

»Gertrude Stein«, antwortet Guillaume. »Sie ist Amerikanerin.«

»Die Schriftstellerin?«

Der Riese ergreift zum ersten Mal das Wort. Die anderen drei Männer sehen ihn überrascht an.

Guillaume nickt. »Das stimmt. Sie ist Schriftstellerin.«

Die Miene des Riesen hellt sich auf. »Oh, sie ist großartig«, sagt er.

»Du hast ihr Zeug gelesen?«, fragt das Rattengesicht.

»O ja. Sie ist ein Genie.« Der Riese hält inne. »Ein bisschen seltsam, aber ein Genie.«

»Du bist so ein überheblicher Idiot, Arnaud«, meint der Mann mit dem Messer abfällig grinsend.

»Es würde dich nicht umbringen, wenn du ab und zu ein Buch aufschlagen würdest, Claude«, sagt der Riese milde.

Der Mann auf dem Bett bedeutet ihnen, still zu sein. Er denkt nach. »Diese Amerikanerin kommt also heute noch?«, fragt er.

Guillaume nickt.

»Woher weiß ich, dass du die Wahrheit sagst?«

Guillaume geht zum Kamin. Dort auf dem Sims, wo er sie heute Morgen hingelegt hat, liegt Gertrude Steins Visitenkarte. Er gibt sie dem Rattengesicht, der sie aufmerksam studiert.

»Du sagst, sie ist *Schriftstellerin?*«

»Ja.«

»Ist sie reich?«

»Ziemlich.«

Das Rattengesicht steht auf und geht nachdenklich auf und ab. »Und du hast das restliche Geld heute Abend.«

Guillaume nickt und deutet auf die Wand, an der Suzannes Gemälde gehangen hat. »Sie hat schon das da gekauft. Das hat die sechshundert Francs eingebracht.«

»Er lügt«, knurrt Claude. »Ich sage, wir folgen…«

»Halt endlich die Klappe«, weist ihn das Rattengesicht scharf zurecht. »Wenn uns ein bisschen Warten die volle Summe einbringt und wir eine Leiche weniger zu entsorgen haben, dann ziehe ich das in Erwägung.«

Claude spuckt auf den Boden. »Du schluckst seine Geschichte von dieser reichen Amerikanerin?«

»Ich darf dich mal an was erinnern, Claude«, zischt

der Mann. »Meine Aufgabe ist es, Entscheidungen zu treffen. *Deine* Aufgabe«, fährt er fort und zeigt wütend mit dem Finger auf ihn, »ist es, meinen Befehlen zu folgen.«

Guillaume sieht, wie sich Claudes Fingerknöchel um den Messergriff weiß färben. Vielleicht, denkt er, bringen sie einander um, und ich kann entkommen.

Das Rattengesicht geht noch eine Weile auf und ab und bleibt dann stehen. Er sieht zu Guillaume. »Na gut«, sagt er. »Eine letzte Chance.«

»*Putain*«, murmelt Claude.

»Danke«, haucht Guillaume.

»Wann wollte die Amerikanerin vorbeikommen?«

Guillaume zuckt mit den Schultern. »Das hat sie nicht gesagt.«

Ein scharfer Blick. »Aber heute bestimmt?«

»O ja. Auf jeden Fall heute.«

Der Mann deutet auf Claude. »Er wird draußen warten und die Tür im Auge behalten. Denk nicht einmal daran, fliehen zu wollen. Er ist gut mit dem Messer. Er hat dich schon in zehn Stücke geschnitten, bevor deine Füße auch nur den Gehsteig berühren.«

»Warum muss *ich* denn warten?«, jammert Claude.

»Weil ich es sage«, erwidert das Rattengesicht mit unheilvollem Gesichtsausdruck.

»Ich mache es«, sagt Arnaud.

Die beiden Männer drehen sich zu ihm. »Warum?«, fragt der Anführer.

Arnaud hebt die riesigen Hände. »Gertrude Stein«, sagt er schlicht.

»*Mon dieu,* na gut.«

Guillaume schluckt. Er deutet auf die sechshundert Francs auf seinem Bett. »Das reicht dann also für den Moment?«, fragt er.

»Nein, *mon ami,* das reicht überhaupt nicht«, antwortet das Rattengesicht. Dann verpasst er Guillaume ohne Vorwarnung einen kräftigen, tiefen Schlag in den Bauch. Guillaume krümmt sich, und als seine Beine unter ihm nachgeben, rammt ihm sein Angreifer mit voller Wucht das Knie ins Gesicht. Guillaumes Nase explodiert in blendendem Schmerz. Er fällt auf die Knie.

Der Mann bückt sich und spricht Guillaume leise ins Ohr. »Du bekommst eine letzte Chance«, sagt er. »Doch das heißt nur, dass du noch nicht ganz tot bist.«

Guillaume umklammert das zerschmetterte Knorpelgewebe in seinem Gesicht. Seine Finger sind glitschig vor Blut.

KAPITEL 31

VERDUN 1916: PASSACAILLE II

Die Menge vor Jean-Paul setzt sich und wartet ruhig auf das nächste Stück.

Ein Junge ist allein vor dem Haus seiner Familie. Er klettert auf einen Baum, dreht einen Holzkreisel. Still und zufrieden ist er, bis die Ruhe durch die Ankunft eines böse dreinschauenden Kriegers erschüttert wird, der einen lilafarbenen Turban trägt und eine grotesk gekrümmte Nase hat – ein Türke, vermutet Jean-Paul. Der Krieger schüttelt den Jungen unsanft und schreit ihn in derselben unverständlichen Sprache wie zuvor an. Der verängstigte Junge erwidert etwas mit hoher Stimme, doch die Antwort macht den Türken nur noch wütender. Mit einem langen Stock schlägt er auf den Jungen ein, der unter der Attacke zusammenbricht. Manche Kinder schreien, rufen dem Jungen zu, er solle weglaufen. Der Krieger schwenkt den Stock über dem Kopf und brüllt vor Wut. Die Kinder buhen und zischen, während er über die Bühne springt. Endlich legt der Türke den Stock beiseite und fesselt dem Jungen die

Hände hinter dem Rücken. Der Junge zittert vor Angst. Sein Angreifer rudert mit den Armen und stößt einen mörderischen Schrei aus. Da scheint der Junge in Flammen aufzugehen, und das Publikum schnappt kollektiv nach Luft. Jean-Paul ist beeindruckt. So blutrünstig das Stück auch ist, die Effekte sind sehr realistisch. Dann sieht er den schwarzen Rauch, der sich zu den Baumkronen über ihnen hinaufkräuselt. Kein Trick. Die Flammen sind echt. Die Puppe brennt tatsächlich. Der Junge lässt sich vom Feuer verschlucken und gibt keinen Laut von sich. Schließlich sinkt sein Kopf nach vorn, und im nächsten Moment verschwindet er hinter der gestreiften Markise des Zelts. Die Bühne ist leer.

Dieses Mal gibt es keinen Applaus. Die Zuschauer warten, was als Nächstes passiert. Alle Blicke sind auf die leere Bühne gerichtet. Da beginnt ein Kind zu weinen. Jean-Paul dreht sich um. Nicht weit von ihm schluchzt ein kleines Mädchen und versteckt das Gesicht in den Rockfalten der Frau neben sich.

»Ah, *maman!*«, weint das Mädchen. »Der arme kleine Junge!«

Die Frau drückt ihre Tochter fest an sich. »Nicht weinen, *chérie*«, sagt sie. »Das ist nur ein Puppentheater.«

Nein, das ist es nicht, denkt Jean-Paul. Das hier ist mehr als ein Puppentheater. Der brennende Junge ist mehr als nur eine weitere grausame Geschichte. Er sieht wieder zur Bühne. Der Puppenspieler ist noch nicht hervorgekommen, um den Hut herumgehen zu lassen. Dieses Mal ist er hinter der gestreiften Markise geblieben. Die Tränen des Mädchens haben den Zauber gebrochen, den die brennende Puppe bewirkt hat. Eltern sammeln ihre Kinder ein und ziehen sie fort. Innerhalb weniger Minuten ist die Grasfläche vor dem Theater fast leer. Doch der Puppenspieler bleibt in seinem Zelt. Worauf wartet er?, fragt sich Jean-Paul. Warum hat er den Hut nicht herumgehen lassen?

Das weinende Mädchen und seine Mutter stehen noch da. Die Frau streicht ihrer Tochter über die Haare und versucht, sie zu beruhigen. Die Schultern des Mädchens beben, es drückt das Gesicht immer noch in den Rock der Mutter.

»Na, na«, sagt die Frau, »es ist doch jetzt vorbei.«

Doch das Mädchen kann nicht aufhören zu weinen. Ihre Mutter stimmt eine sanfte, wortlose Melodie an. Ihre Stimme klingt leicht atemlos und ist wunderschön. Das Lied ist bittersüß und traurig. Jean-Paul schließt die Augen und hört zu. Die Musik erweckt etwas tief in ihm.

Dieser Tag ist voller Erinnerungen, und jetzt nimmt eine weitere Gestalt an.

Nach der Explosion bemerkte er als Erstes die absolute Stille.

Als Grenadier Jean-Paul Maillard vom 203. Regiment der französischen Armee die Augen aufschlug, war die Zerstörung vor ihm in schreckliche Stille gehüllt. Der Rauch lichtete sich, fünf Menschen lagen auf der Straße. Keiner bewegte sich. Ein Helm lag vor ihm auf dem Asphalt, daneben ein schiefes Bajonett, dessen Klinge die Explosion verbogen hatte. Nicht weit dahinter sah er einen einzelnen Stiefel.

Aus dem Augenwinkel bemerkte er eine Bewegung. Er drehte den Kopf und sah Grasset mit offenem Mund auf sich zustolpern. Er schrie etwas, doch Jean-Paul konnte nichts hören.

Grasset war am Tag zuvor neunzehn geworden. General Pétain selbst hatte ihnen einen Überraschungsbesuch an der Front abgestattet, dem Jungen die Hand geschüttelt und ihm eine Medaille überreicht. Die anderen Mitglieder des Zugs hatten gejubelt und ihrem jungen Kameraden auf den Rücken geklopft. Am Abend hatte Grasset stolz die Medaille mit einer stumpfen Nadel und einem alten schwarzen Faden an seine Uniform genäht. Als er jetzt durch den Qualm stolperte, sah Jean-Paul den blutigen Oberarmstumpf aus der Uniform ragen. Grasset schien nicht zu bemerken, dass sein rechter Arm weggesprengt worden war. Stattdessen hielt er sich mit der verbleibenden Hand die Brust, den Mund zu einem stummen Wutschrei verzogen.

Die Medaille war weg.

Plötzlich war da ein Loch in Grassets Stirn, und der Junge fiel zu Boden.

Ein Scharfschütze, der die Überlebenden nach dem Granatenangriff ausschaltete.

Jean-Paul dachte an Anaïs, seine frisch angetraute Ehefrau. Gerade mal zwei Tage nach der Hochzeit war er an die Front geschickt worden, ohne zu wissen, ob sie einander je wiedersehen würden. Jeden Morgen wachte er auf, während die deutschen Granaten über ihm kreischten, und fragte sich, ob dies sein letzter Tag war. Verdun, die blutigste Schlacht, die je geschlagen worden war. Soldaten auf beiden Seiten wurden niedergemetzelt, das tägliche Ausmaß menschlicher Zerstörung war unbegreiflich. Überall lagen Berge abgeschlachteter Männer, auf die Seite geschoben, damit die Truppen durchkamen, die noch kämpfen konnten. Es war keine Zeit, die Toten zu begraben. Monatelang war Jean-Paul an den Leichen seiner Landsleute vorbeimarschiert, mittlerweile abgestumpft von all dem Horror. Er wartete auf die Granatenexplosion, nach der er nie wieder etwas hören würde, den letzten Knall eines Scharfschützengewehrs. Nach einer Woche an der Front hatte er die Hoffnung aufgegeben, es noch lebend aus dieser Hölle heraus zu schaffen. Doch als er jetzt Grassets reglosen Körper auf der Straße liegen sah, durchzuckte ihn ein wilder Überlebenswille. Noch war er nicht bereit aufzugeben.

Der Scharfschütze würde die kleinste Bewegung bemerken, deshalb schloss Jean-Paul die Augen und stellte sich tot. Während er überlegte, wie lange das wohl nötig sein würde, merkte er, dass mit seinem Bein etwas nicht stimmte. Ein fürchterlicher Schmerz strahlte vom Schenkel nach oben. Er spürte die Zehen, wie sie gegen das steife Leder des Stiefels drückten, sein Fuß war also nicht weggesprengt worden. Es besteht immer noch Hoffnung, sagte er sich, bevor er vor Schmerz ohnmächtig wurde.

Als Jean-Paul wieder zu Bewusstsein kam, war die Sonne hinter den Bäumen im Westen verschwunden. Einige Stunden mussten vergangen sein. Mit halb geschlossenen Augen sah er sich um. Nichts hatte sich verändert. Der Schmerz in seinem Bein war stärker als zuvor.

Zum ersten Mal wagte er einen Blick nach unten. Ein Stück verdrehtes Metall stak aus seiner rechten Wade. Er kämpfte sich in eine sitzende Position und machte sein Kampfmesser los, um die Uniformhose aufzuschneiden. Der Granatsplitter ragte in einem grotesken Winkel aus der blutigen Wunde. Als er versuchte, das Knie zu beugen, wurde der Schmerz unerträglich. Wenn er fortwollte, würde er das Metallstück aus seinem Bein ziehen müssen.

Jetzt wünschte sich Jean-Paul, er hätte die Uniformhose sorgfältiger aufgeschnitten. Er musste sich einen Druckverband anlegen, und dafür brauchte er einen langen Streifen aus einem festen Material. Er sah sich um. Links von ihm lag etwas auf dem Boden, das sowohl vertraut als auch völlig fremdartig wirkte. Erst nach einem Moment wurde ihm klar, dass es sich um Grassets Arm handelte. Mit vor Anstrengung verzerrtem Gesicht streckte er sich und packte den blutigen Stoffrand, schüttelte den Stoff, bis der Arm des toten Jungen herausfiel. Jean-Paul sah kein zweites Mal hin, sondern schlitzte den Ärmel mit seinem Messer in zwei lange Streifen. Den ersten legte er um sein Bein, genau über der Wunde, und verknotete ihn so fest wie möglich. Bei seiner Einberufung hatte er sich durch die verpflichtenden Erste-Hilfe-Kurse gegähnt, doch jetzt war er dankbar dafür. Der Druckverband würde den Blutfluss zu seinem Unterschenkel verlangsamen, und er würde weniger Blut verlieren. Ängstlich sah er auf das verdrehte Stück Metall. Er packte es, atmete dreimal tief durch und zog dann, so fest er konnte.

Ein markerschütternder Schrei kam ihm über die Lippen. Das auf dem Metallstück glänzende Blut zeigte, wie tief es in seinem Bein vergraben gewesen war. Es hatte die Wunde gut verschlossen, jetzt allerdings schoss das Blut wie ein dunkler Geysir hervor. Jean-Paul schnappte nach Luft, griff nach dem zweiten Stoffstreifen aus Grassets Ärmel und schlang ihn um das zerfetzte Fleisch, um die Blutung zu stoppen. Sofort war der Stoff durchweicht, doch immerhin konnte er jetzt das Knie beugen, ohne dass die ganze Welt explodierte.

Da hörte er einen Wagen – das erste Zeichen menschlichen Lebens, seit Grasset von dem Scharfschützen niedergestreckt worden war. Allmählich wurde es Nacht, und es war gut möglich, dass danach kein weiterer Wagen hier vorbeikommen würde. Jean-Paul wusste, dass das seine einzige Chance aufs Überleben war. Taub vor Schmerz rappelte er sich auf und hinkte auf das Geräusch zu, wobei er blind an den Leichen seiner Kameraden vorbeilief. Ein Lastwagen näherte sich. In der Dämmerung erkannte Jean-Paul nicht, ob es ein französisches oder ein deutsches Gefährt war, doch das war ihm mittlerweile egal. Die Deutschen würden ihn vielleicht erschießen, aber das wäre immer noch besser, als über Nacht langsam zu verbluten. Er trat in die Straßenmitte und winkte mit beiden Armen.

Der Lastwagen kam ein paar Meter vor ihm zum Stehen. Risse durchzogen die Windschutzscheibe, die Räder hingen schief auf den Achsen, die Seiten waren verbeult und verkratzt. Es waren keine Abzeichen oder andere Aufschriften zu sehen, doch Jean-Paul fühlte sich jetzt sicher. Die Deutschen hätten so ein klappriges Gefährt niemals an der Front eingesetzt. Der Motor erstarb mit einem rasselnden Seufzen. Ein kleiner Mann in gebügelter Kampfkleidung stieg aus, sein Helm war einige Nummern zu groß. Jean-Paul rief seinen Namen und seine Zugnummer. Der Fahrer salutierte.

»Granatenangriff?«, vermutete er. Jean-Paul nickte. Der Fahrer sah sich um. »Gibt's noch andere Überlebende?«

»Ich glaube nicht«, antwortete Jean-Paul.

»Na, einer ist besser als nichts.«

Jean-Paul deutete auf sein Bein. »Ich habe einen Granatsplitter abbekommen. Es tut höllisch weh.«

»Ich habe Morphium«, sagte der Fahrer.

»Wirklich?«

Der Mann nickte und tätschelte die Seite des Lastwagens. »Ob du es glaubst oder nicht, dieser reizende Haufen Schrott ist ein Sanitätswagen.« Er holte eine Kiste mit medizinischer Ausrüstung aus dem Hinterraum und nahm eine Spritze sowie ein kleines Fläschchen heraus. Seine Finger waren geschickt, und er arbeitete schnell.

»Danke«, hauchte Jean-Paul kurz darauf.

»Das sollte helfen, bis wir dich ins Feldkrankenhaus gebracht haben«, sagte der Fahrer.

Jean-Paul nickte, rieb sich die Stelle, an der die Nadel in die Haut gedrungen war, wollte das Medikament dazu bringen, dass es sich schneller durch seine Adern bewegte. Er kletterte auf den Beifahrersitz und sah durch die Windschutzscheibe zu, wie der Fahrer zwischen den Leichen herumging und nach Überlebenden suchte. Er bückte sich neben jedem Soldaten, meist nur für ein paar Sekunden. Es dauerte nicht lange, nach einem Puls zu suchen, und manchmal war selbst das nicht nötig.

»Du hattest Glück«, meinte der Fahrer, als er sich neben Jean-Paul setzte und den Motor startete.

»Lässt du sie alle hier?«, fragte Jean-Paul.

»Die Leichen werden am Morgen geholt.« Der Mann wendete geschickt in drei Zügen. »Meine Aufgabe ist es, mich um die Überlebenden zu kümmern.« Er streckte die Hand aus. »Maurice.«

»Jean-Paul.« Er ergriff die Hand und schüttelte sie.

»Dieser verdammte Krieg, was?«

Jean-Paul dachte an Grasset im Schlamm, mit einem Loch in der Stirn, und schwieg.

»Wie lange bist du schon an der Front?«, fragte Maurice.

»Eine Ewigkeit, zumindest fühlt es sich so an.«

Der Fahrer grunzte. »Ich wollte Pilot werden«, sagte er. »Aber sie haben mich nicht genommen.«

Jean-Paul versuchte, sich auf die Worte des Mannes zu konzentrieren, in der Hoffnung, sie würden ihn von den Schmerzen in seinem Bein ablenken. »Warum nicht?«

»Sie haben gesagt, ich sei zu alt.« Er schaltete, als er eine scharfe Kurve nahm, und der Motor röhrte protestierend. »Aber ich wollte etwas zu den Kriegsanstrengungen beitragen. Deshalb haben sie mich in diesen Krankenwagen gesteckt. Ich bin stolz darauf, für Frankreich zu tun, was ich kann. Man macht das Beste aus den Karten, die einem das Leben so austeilt, *non?*«

»Ich schätze schon.«

Sie schwiegen eine Weile. Die Dämmerung ging allmählich in Dunkelheit über. Jean-Paul lehnte den Kopf gegen das Seitenfenster. »Wo sind wir?«, fragte er.

»Das ist eine ausgezeichnete Frage.«

»Du weißt es nicht?«

Bevor der Mann antworten konnte, explodierte ein Feuerball neben ihnen, und die Windschutzscheibe zersprang in Millionen kleine Glassplitter. Ein Tornado aus Erde und Schlamm schoss in den Nachthimmel. Statt langsamer zu werden oder gar anzuhalten, trat der Fahrer aufs Gaspedal und raste durch das Inferno. Er riss das Steuer herum, und der Lastwagen scherte scharf nach rechts aus. Der Motor knirschte ungnädig. Der Wagen fuhr unregelmäßig stotternd noch ein paar Meter, wobei regenbogenfarbene Funken aus dem Fahrgestell aufstoben. Schließlich blieben sie stehen. Auf Jean-Pauls Schoß lag ein glitzerndes Mosaik aus Glassplittern.

»Was zur Hölle war das?«, sagte er atemlos.

»Eine Landmine. Wir hatten Glück, wir haben nur den Rand erwischt. Warte hier.« Maurice öffnete die Tür und eilte vor den Lastwagen, um den Schaden zu inspizieren.

»Wie schlimm ist es?«, fragte Jean-Paul.

»Der Reifen ist hinüber.«

»Hast du einen Ersatzreifen?«

»Hatte ich, aber einer der hinteren ist letzte Woche geplatzt, und man hat mir keinen Ersatz gegeben.«

»Und was machen wir jetzt?«

»Also, zuerst einmal außer Sichtweite verschwinden.« Der Fahrer kletterte zurück in die Kabine und drehte den Zündschlüssel. Funken stoben, als das Gefährt nach vorne zuckte. Die Felgen des zerfetzten Vorderreifens schliffen mit einem schrecklichen Geräusch über die Straße. So kämpften sie sich etwa fünfzig Meter weiter. »Halt dich fest«, sagte Maurice. Der Lastwagen rumpelte über den Straßenrand in eine Lücke zwischen den Bäumen. Nach ein paar Metern hielten sie an. Der Fahrer verzog das Gesicht, schaltete in den niedrigsten Gang und versuchte, das Gefährt noch weiter vorwärts zu zwingen. Die drei intakten Räder drehten in dem weichen, unebenen Untergrund durch.

»Das bringt nichts«, murmelte er.

»Mein Bein tut weh«, flüsterte Jean-Paul.

»Ich fürchte, wir werden laufen müssen«, sagte Maurice.

»Durch den Wald?«

»Außer, du hast einen besseren Plan.«

»Kannst du mir noch mehr Morphium geben?«

»Ich werde es mitnehmen, aber du musst bei Bewusstsein bleiben, bis wir einen Unterschlupf für die Nacht gefunden haben. Du bist doppelt so groß wie ich. Ich könnte dich keine zehn Meter tragen.«

Jean-Paul nickte und öffnete die Beifahrertür. Als er das verletzte Bein belastete, raubte ihm der Schmerz den Atem.

»Hier.« Der Fahrer reichte ihm einen dicken Ast. Jean-Paul stützte sich schwer auf den behelfsmäßigen Gehstock und humpelte los. Er folgte Maurice, der seine Arzttasche in der einen und seinen Revolver in der anderen Hand hielt. Das einzige Geräusch war das Knacken der Zweige unter ihren Füßen. Jean-Paul musste alle paar Schritte stehen bleiben und Atem schöpfen.

»Tut mir leid, dass ich so langsam bin«, sagte er mit zusammengebissenen Zähnen.

»Ist ja nicht deine Schuld«, erwiderte der Fahrer. »Ich sollte mich entschuldigen. Meine Aufgabe war es, dich in Sicherheit zu bringen, und nicht, dich auf eine Wanderung über Land zu schicken.«

Alles danach löschte der Schmerz aus. Jeder Schritt fühlte sich an wie sein letzter, als ob er sich keinen Zentimeter weiter bewegen könnte, doch dann schloss er die Augen und setzte doch wieder einen Fuß vor den anderen. Zeit und Entfernung hatten keine Bedeutung mehr. Er konnte nur noch weiterlaufen.

Es war Nacht geworden. Die beiden Männer stolperten durch den finsteren Wald, kamen in dem unebenen Gelände nur langsam voran. Gesprochen wurde nichts mehr.

Nach gefühlten Stunden erreichten sie den Waldrand und traten aus der Dunkelheit ins Licht – der Mond war drei Viertel voll und hing hoch über ihnen am Himmel. Vor ihnen erstreckte sich ein Feld, dahinter zeichneten sich Gebäude ab.

»Da ist ein Dorf«, sagte der Fahrer.

Sobald sie sich auf den Weg über das Feld machten, sehnte sich Jean-Paul nach der Sicherheit des Waldes, den sie gerade hinter sich gelassen hatten. Der Mond erhellte die Umgebung besser als ein Scheinwerfer. Zwei dunkle Gestalten, die sich langsam über ein offen daliegendes Feld bewegten… Sie mussten kilometerweit zu sehen sein. Er stützte sich auf seinen Gehstock und zwang sich voran. Wenigstens war der Untergrund jetzt fester.

Als sie das Dorf erreichten, keuchten beide Männer schwer. »Suchen wir uns einen Unterschlupf«, sagte der Fahrer.

»Können wir nicht einfach an die erstbeste Tür klopfen und um Hilfe bitten?«, fragte Jean-Paul.

Der Fahrer schüttelte den Kopf. »Der Ort ist verlassen.«

»Woher weißt du das?«

»Solche Dörfer gibt es überall an der Front. Geisterorte. Leer. Die Menschen haben ihre Häuser abgeschlossen und sind gegangen.«

»Und wohin sind sie gegangen?«, fragte Jean-Paul.

»So weit weg wie möglich, bis die Kämpfe vorbei sind. So ist das im Krieg, *mon ami*. Die ganze Welt hält den Atem an und wartet darauf, dass das Leben wieder beginnen kann.«

Jean-Paul dachte an Anaïs. Während er in einem Lastwagenkonvoi an die Westfront transportiert worden war, hatte sie einen Zug nach Montpellier zu ihren Eltern genommen. Durch den Krieg lag jetzt das ganze Land zwischen ihnen.

»Was hast du dann jetzt vor?«, fragte er.

»Etwas ist in jedem Dorf offen. Komm mit.«

Sie gingen durch die engen Straßen bis zu einem kleinen Platz, der bis auf ein paar leere Holzbänke am Rand verlassen dalag. Jean-Paul sah einen Moment lang einen belebten Markt vor sich, der vor Farben und Geräuschen schier barst, auf dem Bauern den vorbeigehenden Käufern ihre Waren anpriesen.

Am anderen Ende des Platzes stand eine Kirche, auf die sie zusteuerten. Maurice packte den Eisenknauf der großen Holztür und drehte ihn. Die Tür ließ sich öffnen.

Im Kirchenraum schaltete der Fahrer seine Taschenlampe ein, ging zum Altar und verschwand in einem Seitenraum. Kurz darauf kam er zurück und leuchtete Jean-Paul mit der Lampe ins Gesicht. »Ich habe Kerzen gefunden«, sagte er.

Die Kerzen waren kurz und dick. Maurice stellte sie im vorderen Bereich der Kirche im Kreis auf und zündete sie mit Streichhölzern an, die er ebenfalls in der Sakristei gefunden hatte. Die Flammen flackerten und warfen lange Schatten an die dunklen Mauern. Jean-Paul legte sich auf die vorderste Bank. Er war völlig erschöpft und schwach vor Schmerzen. Das Holz war hart und unnachgiebig, doch das war ihm egal. Er musste sich nicht mehr bewegen, das war das Wichtigste. Der Altar war mit einem schweren weißen Laken bedeckt. Der Fahrer faltete es und legte es über seinen zitternden Patienten.

»Ich brauche Morphium«, flüsterte Jean-Paul.

Maurice kniete sich neben ihn und öffnete die Arzttasche. Rasch bereitete er die Spritze vor und schob die Nadel in Jean-Pauls Arm. »Ich werde die Wunde an deinem Bein säubern«, sagte er.

Doch Jean-Paul hörte schon nichts mehr.

Er wusste nicht, wie lange er schlief. Sein Schlaf war tief und traumlos.

Die Musik holte ihn zurück.

Ein Klavier.

Die ersten Noten erklangen leise aus den Tiefen des Instruments, nicht lauter als ein Flüstern. Jean-Paul hörte die tiefe Melancholie in den leisen Noten. Was hatte der Fahrer erlebt, fragte er sich, dass er solche Traurigkeit aus sich herausholen konnte?

Dann brach ein heller Sonnenstrahl durch die dunklen Wolken. Eine neue Melodie trat hervor, sie war hoch und klar und unglaublich schön und legte sich strahlend um Jean-Pauls Herz.

Die ersten düsteren Noten zogen sich zurück, blieben aber im Hintergrund. Zwei Melodielinien gingen ineinander über, eine tief, die andere hoch, eine traurig, die andere voller Hoffnung. Sie trafen sich und trennten sich wieder, wiederholten sich, ein Kontrapunkt aus Dunkelheit und Licht. Manchmal vereinten sie sich in lieblicher Harmonie, manchmal nicht.

Schließlich kehrte die Musik an den Anfang zurück, zu dem einfachen, verlorenen Klagelied. Die linke Hand des Fahrers streckte sich bis zu den tiefsten Tasten am Rand, bis es keine Noten mehr gab, die er anschlagen konnte.

Stille legte sich über die Kirche.

Jean-Paul öffnete die Augen. Die Kerzen waren abgebrannt. Er drehte den Kopf und erkannte den Umriss eines Fensters hinter dem Altar, durch das sich das erste Morgenlicht stahl. Er hörte, wie Maurice sich räusperte, und dann begann die leise, traurige Melodie von Neuem. Jean-Paul lag still da, verzaubert von der Schönheit der

Musik. Er schloss die Augen und ließ sich von den Noten umfangen. Der Fahrer spielte das Stück noch zwei weitere Male. Jean-Paul hörte zu, bahnte sich einen Weg durch das komplexe Geflecht der Harmonien. Als das Stück zum dritten Mal verklang, rief er laut.

Der Klavierhocker scharrte über die kalten Steinfliesen des Kirchenbodens, und dann war der Fahrer neben ihm. »Was macht das Bein?«, fragte er.

»Tut höllisch weh.«

»Das kann ich mir vorstellen. Ich habe es gestern Abend so gut wie möglich gesäubert, aber die Wunde ist tief.« Maurice kniete sich hin und begann, den Verband zu lösen. »Ich schaue es mir mal an und lege einen neuen Verband. Du darfst das Bein nicht belasten. Ich werde dich hierlassen und nach Hilfe suchen.« Er verstummte. »Das wird wehtun. Gestern Abend bist du ohnmächtig geworden, weshalb du es nicht gemerkt hast.«

»Na dann«, sagte Jean-Paul. Er schnappte nach Luft, als der Fahrer sein Bein mit einem alkoholgetränkten Tupfer reinigte. Wie konnte es sein, überlegte er, dass dieselben Finger, die gerade einem Klavier solche Schönheit entlockt hatten, jetzt solch unbeschreiblichen Schmerz hervorrufen konnten? »Das Klavierstück war schön, das du gespielt hast«, sagte er. »Es ist traurig, aber wunderschön. Ich musste an meine Frau denken.«

»Ist sie auch traurig und wunderschön?«

Jean-Paul schüttelte den Kopf. »Nur wunderschön.«

»Ah, dann bist du ein glücklicher Mann.«

»Wer hat es geschrieben?«

Der Fahrer lächelte. »Ich.«

Jean-Paul steht mit geschlossenen Augen im Jardin du Luxembourg. Er kennt jede Note der wortlosen Melodie, die die Frau zur Beruhigung ihrer Tochter singt. Der kleine Krankenwagenfahrer hat sie vor all den Jahren in der verlassenen Kirche in Nordfrankreich gespielt.

Er wird Verdun niemals entkommen – jeder mühsame Schritt erinnert ihn an das verbogene Metallstück, das er sich an dem Tag aus dem Bein gezogen hat. Doch das Lied ruft etwas anderes in ihm wach. Die leisen, traurigen Töne transportieren ihn zurück: Er riecht wieder die feuchte Kirche, spürt die harte Bank an seinem Rücken. Der Fahrer – der Pianist – ist an seiner Seite und lächelt traurig.

Der Mann hat ihm das Leben gerettet. Wäre er nicht in dem klapprigen Lastwagen aufgetaucht, wäre Jean-Paul auf dem Schlachtfeld verblutet und zusammen mit seinem Zug gestorben, und Anaïs wäre eine weitere junge französische Witwe gewesen.

Wenn er gestorben wäre, wäre sie in Montpellier bei ihren Eltern geblieben und hätte einen anderen kennengelernt. Wenn er gestorben wäre, hätte sie nicht am Karfreitag in der Église Saint-Gervais gesungen, als die deutsche Bombe das Gebäude traf.

Wenn er gestorben wäre, hätte sie überlebt.

»Monsieur?«

Jean-Paul öffnet die Augen.

Das kleine Mädchen hat aufgehört zu weinen, es versteckt sich nicht länger im Rock seiner Mutter und sieht ihn an. Und da, als hätte die Musik sie heraufbeschworen, steht sie vor ihm. Elodie mit ihren grauen Augen.

KAPITEL 32

EINE UNERWARTETE ENTWICKLUNG

An der Place Saint-Sulpice kommt Camille an einem Café vorbei. Jeder der Tische auf dem Gehsteig ist besetzt. Die Menschen unterhalten sich, sehen den Passanten zu und genießen einen *aperitif*. Camille wird bewusst, dass sie den ganzen Tag noch nichts gegessen hat. Sie betritt das Café, setzt sich an den nächstbesten Tisch und bestellt ein Sandwich und nach kurzem Zögern auch ein Glas Weißwein.

Sie lehnt sich zurück und sieht zu der Uhr an der Wand. Der Nachmittag ist fast vorbei. Sie weiß nicht mehr, mit wie vielen Leuten sie heute gesprochen hat. Sie war bei aufgeblasenen Antiquaren in ihren teuren Läden. Sie hat Dutzende *bouquinistes* befragt, die rastlos umherblickenden, wettergegerbten Männer, die an beiden Ufern der Seine an Holzständen alte Bücher verkaufen. Mittlerweile hat sie ihr Auftreten perfektioniert. Sie trägt ihr Anliegen mit ironischer Verzweiflung vor, mit amüsierter Toleranz dem wohlmeinenden Fehler ihres Mannes gegenüber. Nur ein unschuldiges Missverständnis, Eheleute haben aneinander vorbeigeredet. Das passiert uns allen doch ab und zu, *n'est-ce pas?* Und haben Sie zufällig…?

Das Geld, das sie am Morgen aus dem Safe geholt hat, befindet sich noch in ihrer Handtasche. Den ganzen Tag über hat sie nur leere Blicke und Vorträge zur Aussichtslosigkeit ihres Unterfangens geerntet. So ein Notizbuch gibt es nicht, hat man ihr gesagt, immer wieder. Fragen, wo sie sonst noch nachforschen könnte, hatten nur verwirrtes Schulterzucken hervorgerufen.

Camille seufzt. Nachdem sie den ganzen Tag durch die Stadt gefahren ist, ist sie jetzt wieder in ihrem Viertel und fast bereit, sich die Niederlage einzugestehen, ins Hotel zurückzukehren und Olivier zu sagen, was in dem Notizbuch steht. Dann erinnert sie sich an einen Buchladen in der Rue de l'Odéon, ganz in der Nähe. Das soll ihr letzter Versuch für heute sein.

Sie sieht aus dem Fenster. Eine Frau geht vorbei, an der Hand ihren kleinen Sohn. Sie kommen langsam voran, weil der kleine Junge überall stehen bleibt, um verzückt irgendetwas genauer zu untersuchen – einen Vogel, der auf dem Gehsteig pickt, eine weggeworfene Zeitung, die an einem Baumstamm klebt. Jedes Mal, wenn er wieder innehält, geht die Frau neben ihm in die Hocke und spricht ihm leise ins Ohr. Sie erklärt ihrem Kind die Welt. Camille erinnert sich wehmütig an ähnliche Ausflüge mit Marie, kurze Spaziergänge durch das Viertel, ohne genaues Ziel, und wie die gewöhnlichsten Anblicke in den jungen Augen ihrer Tochter zu wundersamen Dingen wurden. Camille wird von dem Verlangen überwältigt, ins Hotel zurückzulaufen und Marie fest an sich zu drücken, doch sie weiß, dass so eine Schwäche nur unwillige Gegenwehr und eine rasche Flucht zur Folge hätte. Heutzutage kann Camille nur eine schnelle Umarmung ergattern, bevor sich ihre Beute wieder entwindet.

Als Marie ein Baby war, versank Camille in einem köstlichen Ozean aus menschlicher Berührung. Der winzige Körper musste gesäubert, angekleidet, untersucht und versorgt werden. Haut an Haut, immer, eine herrliche, überwältigende Gemeinschaft. Sie hatte nie gedacht, dass dieses Glück enden könnte. Sie sieht, wie die Frau dem kleinen Jungen mit der Hand durch die Locken fährt. Genieß es, solange du kannst, denkt sie. Die Zeit schreitet voran, und es gibt kein Zurück.

Als ihr Wein gebracht wird, ist er so kalt, dass das Glas beschlagen ist. Camille trinkt einen undamenhaft großen Schluck und stürzt sich dann auf ihr Sandwich. Sie denkt über ihre Rückkehr ins Hotel nach, fragt sich, wie Olivier wohl darauf reagieren wird, wenn sie ihm vom Inhalt des Notizbuchs erzählt. Ihr wird klar, dass es ihr eigentlich mittlerweile egal ist. Sie hat einen langen Weg zurückgelegt, seit sie vor all den Jahren als frisch verheiratete Frau am Gare de Lyon aus dem Zug gestiegen ist. Damals war sie in allem auf ihren Mann angewiesen. Sie gingen beide von der Annahme aus, dass sie immer falschlag und er immer recht hatte. Camilles Leben bestand aus demütiger Kapitulation und ehefraulichem Gehorsam. Doch die vertrauten Gespräche mit Marcel Proust zu allen Tages- und Nachtzeiten hatten das geändert. Unter der warmen Sonne der Aufmerksamkeit ihres Arbeitgebers hatte ihr Selbstvertrauen Wurzeln geschlagen und war gewachsen. Es dauerte nicht lange, bis sich die neu gefundene Sicherheit auch im häuslichen Bereich zeigte. Wie Marcel Proust freute sich Olivier über Camilles wachsende Unabhängigkeit. Doch im Gegensatz zu dem Schriftsteller hatte seine Freude ihre Grenzen. Eine selbstbewusste, frei denkende Ehefrau war ihm nur bis zu einem gewissen Punkt willkommen.

Olivier hatte auch gelernt, dass es kein Zurück gab.

Sie trinkt noch einen Schluck Wein. Vielleicht war das Monsieur Prousts beständigstes Geschenk, denkt sie. Nicht ihre liebevollen Erinnerungen an die gemeinsame Zeit oder das elende Notizbuch. Sein wertvollstes Geschenk an sie war ihre Unabhängigkeit. Zumindest die kann um keinen Preis der Welt ge- oder verkauft werden.

Als Camille die Buchhandlung betritt, ist der Raum leer bis auf eine junge Frau an einem Schreibtisch, die sich tief über ein ledergebundenes Buch beugt. Camille betrachtet die ausgelegten Bücher und will den Laden schon verlassen, da hier nur englische Titel angeboten werden.

Ein leises Husten ertönt. Die Frau hinter dem Schreibtisch sieht lächelnd zu ihr. »Guten Tag, Madame«, sagt sie. »Kann ich Ihnen helfen?«

»Ich glaube nicht«, antwortet Camille. »Aber vielen Dank.«

»Suchen Sie nach etwas Bestimmtem?«

Sie kann genauso gut nachfragen. »Kaufen Sie auch Bücher an? Oder verkaufen Sie nur?«

»Das kommt auf das Buch an, Madame.«

Die Frau hat ein freundliches Gesicht. Plötzlich ist Camille sehr müde. »Ich suche nach einem Notizbuch«, erklärt sie. »Mein Mann hat es verkauft.« Sie sieht zu Boden. »Es war ein Missverständnis zwischen uns. Er hätte es nicht verkaufen dürfen.«

»Hat das Notizbuch vielleicht zufällig Marcel Proust gehört?«

Camille reißt den Kopf hoch. »Ja!«

»Sie sind Camille Clermont«, sagt die Frau.

Camille kann kaum atmen. »War Olivier hier?«, flüstert sie.

Die Frau kommt zu ihr und streckt die Hand aus. »Sylvia Beach.« Ihr Griff ist fest. »Ja, Ihr Mann kam gestern in den Laden. Er hat mir gesagt, dass Monsieur Proust Ihnen das Notizbuch vor Jahren gegeben hat. Er hat gesagt, Sie hätten ihn gebeten, es zu verkaufen.«

»Das ist eine Lüge!«, braust Camille auf.

»Ja, das dachte ich mir schon«, antwortet Sylvia Beach. »Er konnte mir dabei auch nicht in die Augen sehen.«

Camille seufzt. »Sie haben es ihm also nicht abgekauft?«

»Natürlich habe ich das! Ihr Mann wollte nur einen Bruchteil des eigentlichen Werts dafür. Ich wäre dumm gewesen, wenn ich ihn mit einem solchen Schatz hätte gehen lassen!«

Camille versucht, sich ihre Aufregung nicht anmerken zu lassen. »Haben Sie zufällig hineingelesen?«, fragt sie angespannt.

Sylvia Beach lacht. »O nein, Madame. Ich bin zu beschäftigt, um die Bücher zu lesen, die ich verkaufe.«

Camille holt das Geld aus dem Hotelsafe aus ihrer Handtasche. »Ich möchte es zurückkaufen«, sagt sie. »Ich habe das Geld, jeden Franc. Wie gesagt, mein Mann durfte es nicht verkaufen. Das verstehen Sie sicher.«

»Es tut mir sehr leid«, antwortet Sylvia Beach. »Aber ich kann es Ihnen nicht geben.«

Natürlich. Die Buchhändlerin weiß, wie viel das Notizbuch wert ist. Sie will einen großen Gewinn machen.

»Was, wenn ich Ihnen den doppelten Preis zahle?«, fragt Camille.

»Oh, es geht nicht um Geld, Madame Clermont.« Sylvia Beach lächelt mitfühlend. »Was passiert ist, tut mir leid. Noch ein Grund, wenn ich so sagen darf, weshalb ich froh bin, mir nie Gedanken wegen eines Ehemanns machen zu müssen.«

Camille fühlt sich etwas benommen, und sie bereut das Glas Wein. »Warum können Sie es mir dann nicht geben?«

»Weil ich es bereits verkauft habe.«

Sprachlos starrt sie Sylvia Beach an. »An wen?«

»Ich weiß nicht, ob ich Ihnen das sagen sollte.«

»Oh, bitte, Sie müssen es mir sagen. Ich *muss* das Notizbuch zurückbekommen. Es geht um Leben und Tod.«

Sylvia Beach denkt nach. »Ihnen ist klar, dass, selbst wenn ich Ihnen seinen Namen nenne, er nicht verpflichtet ist, Ihnen das Buch zu verkaufen? Er hat es in gutem Glauben erworben. Rechtlich gehört es ihm.«

Camille nickt. Bei der Vorstellung des Notizbuchs in den Fingern eines Fremden wird ihr übel. »Aber ich muss es versuchen.«

Sylvia Beach holt Stift und Papier vom Schreibtisch und beginnt zu schreiben. »Er ist Schriftsteller, ein Amerikaner. Das ist seine Adresse«, sagt sie. »Es ist nicht weit von hier. Vielleicht ist er zu Hause.«

»Danke«, antwortet Camille, den Tränen nahe. Sie dreht sich um und eilt aus dem Laden.

KAPITEL 33

OSTANATOLIEN 1915: HECTOR

Das drängende Klopfen an der Tür kündigte an, dass das Leben von da an nicht mehr so sein würde wie zuvor. Souren Balakian hört sie immer noch, diese angstvolle Faust auf Holz, selbst nach all den Jahren.

Sein bester Freund Yervant stand schwer atmend vor der Tür.

»Du musst mitkommen«, sagte er. »Ihr alle.«

»Wohin?«, fragte Souren. Hector stand dicht hinter seinem älteren Bruder. Souren war erst siebzehn, doch seit dem Verschwinden seines Vaters war er der Mann im Haus.

»Zum Dorfplatz. Eure Mutter auch.«

Souren schüttelte den Kopf. »Meine Mutter ist krank.«

»Aber sie wollen das ganze Dorf!«

»Sie?«

»*Kasab taburu*«, antwortete Yervant.

Schweigend sahen die beiden Jungen einander an. Souren blickte über die Schulter zu Hector. »Was ist, wenn wir nicht gehen?«

»Sie werden euch finden, das weißt du. Es ist besser, jetzt zu gehorchen, als später gefunden zu werden. Hast du die Geschichten nicht gehört?«

Souren hatte die Geschichten gehört. Sie alle hatten das.

»Ich habe keine Angst vor ihnen«, rief Hector. »Wir sollten den dummen Türken sagen, was wir von ihnen halten.«

»Wir werden gehen«, entschied Souren. »Doch Mutter bleibt hier.« Er zerzauste seinem Bruder das Haar. »Aber hör zu, Hector. Wir werden keinen Ärger machen, hast du verstanden? Wir gehen, weil es so am sichersten ist. Die Türken sind gefährlich.«

Hector war zu aufgeregt, um auf seinen Bruder zu hören. »Los, gehen wir!«, brüllte er und rannte die Straße entlang zum Marktplatz. Souren und Yervant folgten ihm. Ein trockener Wind wehte durch das Dorf und wirbelte kleine gelbe Staubhosen auf. Die engen Straßen kochten in der heißen Nachmittagssonne.

Die Nachricht von der Ankunft der *kasab taburu* hatte sich rasch herumgesprochen. Als die Jungen auf dem Marktplatz ankamen, hatte sich ein Großteil der Dorfbewohner bereits versammelt und drängte sich verängstigt in kleinen Gruppen zusammen. Nachdem Cevdet Beys Männer über Bitlis hergefallen waren, fünfundzwanzig Kilometer weiter östlich, hatten die Bäume am Stadtrand grauenvolle, schwere Früchte getragen – die geschändeten Leichen armenischer Männer.

Doch es gab keine armenischen Männer mehr im Dorf, zumindest keine im kampffähigen Alter. Alle waren vor Monaten in die osmanische Armee eingezogen und eines Nachts ohne Vorwarnung abtransportiert worden, um an der Front im Osten zu kämpfen. Sourens Vater war einer von ihnen. Seitdem hatten sie nichts mehr von ihm gehört.

Die versammelte Menge bestand daher hauptsächlich aus Frauen und Kindern. Souren hielt Hectors Hand, doch sein Bruder riss sich los und rannte zu den anderen Leuten, bis er außer Sicht war. Kurz darauf ritt eine Gruppe Soldaten donnernd auf den Platz. Die Männer hielten vor der Kirche an und stiegen ab. Nur ein pockennarbiger Mann blieb im Sattel sitzen. Er trug einen schwarzen Turban und eine schmutzige Kampfuniform, und an seinem Rücken war ein ganzes Waffenarsenal befestigt – zwei Revolver, ein Schwert, ein Mauser-Gewehr und zwei lange Munitionsgürtel voll dicker Patronen.

»Mein Name ist Kamil Ömer«, rief der Mann. »Ich bin hier in Vertretung eures neuen *vali,* des ehrenwerten Cevdet Bey.«

Yervant stand mit verschränkten Armen neben Souren. Er nickte hinüber zu dem Mann auf seinem Pferd. »Sieh dir nur das Lächeln auf seinem hässlichen Gesicht an. Er bringt uns alle mit Freuden um, und für seine Mühen wird er gut entlohnt werden.« Kamil Ömer hatte wegen diverser Morde im Gefängnis von Artamid gesessen, bis der neue Statthalter ihn entlassen hatte, damit er mit seiner Bande von Schurken die Schmutzarbeit erledigte.

»Er wird uns nicht *alle* töten«, sagte Souren.

Yervant spuckte auf den Boden. »Wir werden ja sehen.«

Kamil Ömer ließ sein Pferd vor der Menge auf und ab laufen. »Ich bringe euch neue Anweisungen des *vali*«, rief er. »Es ist meine Pflicht, dafür zu sorgen, dass sie bis ins kleinste Detail befolgt werden. Das geringste Vergehen ist Verrat am Reich, und die Schuldigen werden dementsprechend bestraft. Ist das klar?«

Die Dorfbewohner nickten. Wenn sie nur Anweisungen befolgen mussten, um zu überleben, bestand noch Hoffnung für sie.

Ömer wirkte zufrieden. »Sehr gut«, verkündete er. »Als Erstes muss jeder Haushalt mit sofortiger Wirkung alle Waffen abgeben.«

Yervant stieß Souren in die Seite. »Es ist leichter, uns abzuschlachten, wenn wir uns nicht wehren können«, flüsterte er.

»Zweitens, meine Männer haben Hunger. Sie brauchen Essen. Wir haben die Erlaubnis des *vali*, von diesem Dorf so viel Verpflegung zu fordern, wie wir für nötig erachten, damit wir das Reich gegen seine Feinde verteidigen können.« Der Türke ließ den Blick über die besorgten Gesichter vor ihm gleiten. »Wir werden heute Nachmittag in eure Häuser kommen und nehmen, was wir brauchen. Wenn ihr versucht, auch nur einen Happen für euch zurückzubehalten, werdet ihr und eure Familie ohne Gnade bestraft. Wenn ich euch von hier entlasse, werdet ihr in eure Häuser zurückkehren und dort auf meine ...«

Kamil Ömer verstummte und fasste sich überrascht an den Kiefer. Das Erstaunen schlug jedoch rasch in Wut um. Langsam senkte er die Hand, und ein dunkelroter

Schnitt wurde an seiner Wange sichtbar. Er stieg von seinem Pferd ab und nahm einen Stein vom Boden auf. »Wer hat den geworfen?«, schrie er.

Die Dorfbewohner starrten ihn in verängstigtem Schweigen an.

Der Soldat zog das lange, gebogene Schwert aus der Scheide auf seinem Rücken. »Ich bin kein Mann, der eine Frage zweimal stellt«, knurrte er. Er marschierte zu der Menge und packte ein kleines Mädchen, das nicht älter als sechs Jahre sein konnte. Er zog sie mit sich und ignorierte die Schreie ihrer Mutter. Unsanft riss der Türke das lange Haar des Mädchens zurück und entblößte mit bösartiger Freude seinen Hals. »Alle zehn Minuten wird ein Kind sterben, bis derjenige, der den Stein geworfen hat, sich stellt«, rief er.

»Warten Sie!«, ertönte da eine Stimme.

Sourens Blut gefror zu Eis.

Kamil Ömer gab das Mädchen frei, das schluchzend in die Arme seiner Mutter rannte, und wandte seine Aufmerksamkeit Hector zu, der vorgetreten war und jetzt trotzig mit vor der Brust verschränkten Armen vor dem Türken stand. Er war zwölf Jahre alt und klein für sein Alter, doch er stellte sich dem schwer bewaffneten Soldaten ohne den leisesten Hauch von Angst. Als Souren zu seinem Bruder eilen und ihn verteidigen wollte, spürte er Yervants Hand auf der Schulter.

»Bleib hier«, zischte sein Freund.

»Ich kann doch nicht einfach …«

»Souren, hör zu.« Yervant sprach leise und drängend. »Dieser Mann ist ein Mörder, und er ist bis an die Zähne bewaffnet. Du hast keine Waffe und in deinem Leben noch nie jemanden geschlagen. Wenn du versuchst, dich einzumischen, wird er dich umbringen. Das ist dir klar, oder? Er sucht doch nach einem Grund, um uns alle abzuschlachten.«

Souren starrte Kamil Ömer an, der seinen Bruder mit einem hungrigen Ausdruck umkreiste.

»Ich soll also einfach hier herumstehen?«, sagte Souren.

»Denk an deine Mutter«, flüsterte Yervant. »Wenn du den Helden spielst, hat sie zwei tote Söhne statt einem. Wer wird sich dann um sie kümmern?«

Kamil Ömer umkreiste Hector immer noch. Man konnte einen kleinen Jungen auf so viele verschiedene Arten töten. Souren sah die Überlegungen hinter den kleinen Augen. Der Türke wollte das meiste aus dieser Gelegenheit herausholen und den Dorfbewohnern eindrücklich demonstrieren, dass er kein Mann leerer Drohungen war. Er sagte etwas zu einem seiner Untergebenen. Der Mann nickte und rannte in die Kirche. Einen Moment später kam er mit einem Holzstuhl und einem Seil zurück. Ömer sah Hector an und deutete auf den Stuhl. Hector setzte sich.

»Ich habe keine Angst vor Ihnen«, rief er.

Ömer gab dem Soldaten weitere Anweisungen, der das Seil um Hectors Oberkörper schlang und die Arme an seine Seiten fesselte.

Yervants Hand lag schwer auf Sourens Schulter und hielt ihn zurück. »*Deine Mutter*«, wiederholte er eindringlich.

Souren schloss die Augen. Er wusste, dass Yervant recht hatte.

Sobald Hector an den Stuhl gefesselt war, ging der Soldat zurück in die Kirche und kam kurz darauf mit einem großen Metallkanister zurück. Er stellte ihn neben dem Stuhl auf den Boden und schraubte den Deckel ab. Hectors Trotz schlug in nackte Angst um. Der Mann goss dem Jungen die durchsichtige Flüssigkeit aus dem Kanister über Rücken und Schultern, bis das Hemd durchweicht war, vorne und hinten, dann machte er mit der Hose weiter. Tränen liefen Hector über die Wangen, doch er gab immer noch keinen Laut von sich. Einige Frauen brachen in hohes, klagendes Jammern aus. Die Soldaten traten mit ihren Gewehren im Anschlag vor, bereit, jeden Aufruhr niederzuschlagen.

Kamil Ömer stand daneben und rauchte träge eine Zigarette. Auf seinen Befehl hin hörte der Mann auf. Souren stieg der beißende Geruch von Kerosin in die Nase. Der Türke trat vor und richtete das Wort an die Menge.

»Damit wir uns hier richtig verstehen«, rief er. »Ich verlange absoluten Gehorsam von jedem Bewohner dieses Dorfes, Männer und Frauen, egal ob alt oder jung. Nichts anderes wird geduldet.« Er sah auf Hector hinab. »Du, Junge, wirst allen dabei helfen, diese Lektion zu lernen.« Fast hätte er Hector eine Hand auf die nasse Schulter gelegt, überlegte es sich dann aber doch anders. Stattdessen zog er lange an seiner Zigarette, sodass die Spitze rot aufleuchtete, und warf sie dann Hector in den Schoß.

KAPITEL 34

DER RAT EINES PRIESTERS

Guillaume liegt auf dem Boden und lauscht den sich entfernenden Schritten der drei Männer, die miteinander streiten, während sie die Treppe hinuntergehen. Er dreht sich zur Seite und hievt sich langsam auf die Knie. Blut und Speichel rinnen ihm aus dem Mundwinkel und tropfen zu Boden. Er kriecht zum Bett, legt sich mühsam darauf und starrt an die Decke.

Draußen auf dem Gang ist es still. Die Männer sind weg – vorläufig. Auch wenn der Riese Arnaud wahrscheinlich vor dem Gebäude Wache stehen und hoffnungsvoll nach Gertrude Stein Ausschau halten wird.

Guillaume dreht den Kopf und sieht verloren zu dem blassen Tapetenrechteck, wo Suzannes Gemälde hing. Über zehn Jahre lang hat das kleine Haus im Wald ihm die Kraft gegeben, jeden neuen Morgen zu ertragen, doch heute hat es ihm buchstäblich das Leben gerettet. Ohne Gertrude Steins sechshundert Francs wäre Guillaume schon tot. Sein ursprüngliches Bedauern wandelt sich zu bitterer Dankbarkeit.

Seufzend steht er auf und geht zu dem kleinen Waschbecken in der Zimmerecke. Vorsichtig wäscht er sich das Blut vom Gesicht und betrachtet sich in dem Spiegel an der Wand. Das Knie des Rattengesichts hat ihm die Nase gebrochen, unter seinen Augen leuchten dunkle Halbmonde.

Wenn Gertrude Stein nicht auftaucht, werden Le Miroirs Männer zurückkommen und ihn endgültig erledigen. Es ist unmöglich vorherzusagen, wie lange ihre Geduld reichen wird. Guillaume weiß, dass er fliehen muss, solange er noch kann. Er zieht sein blutiges Hemd aus und ein sauberes an, betrachtet die im gesamten Raum verstreuten Gemälde, die er alle zurücklassen muss. Zu seiner Überraschung spürt er kein Bedauern. Jetzt geht es allein ums Überleben.

Am Fenster sieht er über die Dächer und Schornsteine. Er löst den Riegel und öffnet es. Die Geräusche der Stadt unter ihm dringen herein. Grunzend vor Anstrengung klettert er aus dem Fenster. Er wirft einen letzten Blick in das Zimmer und lässt sich auf das Schieferdach hinunter. Kurz ringt er um sein Gleichgewicht, dann bahnt er sich den Weg über das unvertraute Terrain der Dächer. Einige Gebäude weiter entdeckt er, was er sucht. Die Spitze einer Eisenleiter ragt über den Dachrand. Guillaume nähert sich ihr ängstlich und mit verkrampftem Magen. Er ist noch nie ein Freund von Höhe gewesen. Langsam und vorsichtig macht er sich Sprosse für Sprosse auf den Weg nach unten.

Endlich erreicht er den Boden. Er befindet sich in einem kleinen, gepflasterten Hof. Eine magere Katze sitzt hinter einem Topf mit einem Rosenbusch und beäugt ihn. Am anderen Hofende sieht er ein Tor. Guillaume öffnet es und tritt in eine leere Gasse, kaum breit genug für einen Menschen. Am anderen Ende laufen Fußgänger vorbei. Er atmet einen Moment durch, erschöpft und entkräftet von seiner Flucht, und geht dann vor zur Straße.

Inmitten der Pariser fühlt er sich sicher. Er schiebt sich durch die Menge und meidet den Blick der Passanten, da sein zerschlagenes Gesicht einige Neugier hervorruft. Beim Gehen hält er Ausschau nach Männern, die vielleicht nach ihm suchen.

Seine Nase schmerzt furchtbar, am liebsten würde er sich nicht mehr bewegen. Doch er muss zum Gare Montparnasse.

Vor sich sieht er eine kleine Kirche. Aus einem Impuls heraus drückt er die Tür auf. Sanfte Lichtstrahlen fallen durch die hohen, schmalen Fenster. Er setzt sich in die hinterste Bank und schließt die Augen.

»Kann ich Ihnen helfen?«

Ein Priester mit Drahtgestellbrille steht am Ende der Bank. Er ist klein und gepflegt, und unter seiner Soutane ragen blank polierte schwarze Schuhspitzen hervor.

»Vergeben Sie mir, Vater«, murmelt Guillaume. »Ich muss mich nur kurz ausruhen.«

»Ihre Nase sieht nicht gut aus«, sagt der Priester.

»Sie hat sich schon mal besser angefühlt«, gibt Guillaume zu.

»Brauchen Sie einen Arzt?«

»Ich glaube nicht. Ich denke, ich werde es überleben.

Außerdem habe ich keine Zeit für einen Arzt. Ich muss nach Montparnasse.«

»Warum?«

»Ich muss einen Zug erreichen.«

»Ach ja? Wohin fährt er denn?«

»Nach Hause.«

»Und wo ist zu Hause?«

»Weit weg von hier. Wo man mich nicht findet.«

Der Priester deutet auf Guillaumes gebrochene Nase. »Laufen Sie vor demjenigen weg, der das getan hat?«

Ein Nicken. »Sie haben mir angedroht, noch Schlimmeres mit mir anzustellen. Viel Schlimmeres.«

»Was haben Sie getan, um das zu verdienen?«

»Ich habe Schulden nicht zurückgezahlt.«

»Das klingt nicht gut.« Der Priester setzt sich. »Haben Sie wirklich keine andere Wahl, außer Paris zu verlassen?«

»Wenn ich könnte, würde ich bleiben, glauben Sie mir. Aber ich habe keine andere Möglichkeit. Das haben sie mir sehr klar vermittelt.«

»Haben Sie schon versucht zu beten?«

Guillaume schnaubt. »Wofür?«

»Führung? Ein Wunder?«

»Für beides ist es ein wenig zu spät, fürchte ich.«

»Oh, es ist nie zu spät.«

»Ich bewundere Ihren Optimismus«, sagt Guillaume.

Der Priester zuckt mit den Schultern. »Sie nennen es Optimismus, ich nenne es Glauben.«

Die Männer schweigen.

»Haben Sie Familie in Paris?«, fragt der Priester schließlich. »Werden Sie jemanden zurücklassen?«

Ein kaum merkbares Zögern. »Ich habe eine Tochter.«

»Sie kommt nicht mit Ihnen?«

Guillaume schließt die Augen. »Sie weiß nicht, dass es mich gibt.«

»Wie kann das sein?«

Und so erzählt Guillaume dem Priester vom Cirque Medrano, den Akrobatinnen und Suzanne Mauriac. Er erklärt, dass er seit zehn Jahren jeden Morgen in der Rue Nicolet steht und sie aus der Entfernung beobachtet. Der Priester hört schweigend zu. Während Guillaume spricht, breitet sich Wärme in ihm aus. Er hat noch nie jemandem von Suzanne erzählt, doch die Worte laut ausgesprochen zu hören erfreut sein Herz.

»Wie heißt Ihre Tochter?«, fragt der Priester, nachdem er fertig gesprochen hat.

»Ich weiß es nicht«, gesteht Guillaume.

»Dann darf ich Ihnen vielleicht einen Rat geben?«

»Bitte.«

»Bevor Sie in den Zug steigen, besuchen Sie sie.«

»Aber ich habe noch nie mit ihr gesprochen!«

»Umso mehr Grund, es jetzt zu tun.«

»Was soll ich denn nach all dieser Zeit sagen?«, fragt Guillaume.

»Das ist egal. Sagen Sie ihr, dass Ihnen ihr Kleid gefällt, was auch immer. Sprechen Sie einfach mit ihr. Sehen Sie ihr in die Augen und sagen Sie ein paar Worte. Fragen Sie sie wenigstens nach ihrem Namen.« Der Priester hält inne. »Tun Sie es aber nicht für sie. Tun Sie es für sich. Sie sind ihr Vater.«

Die Vorstellung, mit seiner Tochter zu sprechen, erfüllt Guillaume sowohl mit Freude als auch mit Angst. Nachdenklich lehnt er sich zurück. »Ich weiß nicht«, sagt er.

»Sie werden es bereuen, wenn Sie es nicht tun«, erwidert der Priester.

Guillaume berührt seine Brust. »Hier drin haben sich bereits zehn Jahre Bedauern angestaut. Jeden Morgen, wenn ich sie von mir weggehen sehe, wird es ein wenig mehr.«

Der Priester nickt. »Ich habe eine Theorie. Sie ist hier nicht besonders beliebt, aber ich jedenfalls glaube daran.« Er schweigt einen Augenblick. »Ich glaube, dass Gott will, dass wir glücklich sind.«

Guillaume stößt einen Laut aus. »Ist es denn nicht wichtiger, ein guter Mensch zu sein, als glücklich?«

»Manche denken das«, stimmt der Priester zu. »Aber ich glaube nicht, dass Gott uns auf diese Erde gebracht hat, damit wir unglücklich sind. Wir bekommen nicht unendlich viele Chancen auf das Glück. Ich finde, wir sollten jede einzelne davon ergreifen.«

»Aber was ist, wenn sie nichts mit mir zu tun haben wollen? Dann wäre ich sehr viel *weniger* glücklich.«

Der Priester sieht ihn an. »Weniger glücklich als jetzt?«

Guillaume schweigt. Er denkt an Suzanne und seine Tochter, wie sie vor ein paar Stunden Hand in Hand den Boulevard Saint-Michel entlanggegangen sind. Sein Bedauern, als sie in der Menge verschwunden sind, seine Gelegenheit zu einem letzten Abschied verloren war.

Der Priester hat recht. Vielleicht hat er noch eine letzte Chance.

»Hören Sie«, sagt der Mann. »Ab und zu muss man sich ins Ungewisse stürzen. Dafür hilft ein wenig Glaube. Oder Hoffnung, wenn Ihnen das lieber ist.« Er steht auf. »Bleiben Sie so lange wie nötig. Aber besuchen Sie bitte Ihre Tochter, bevor Sie die Stadt verlassen. Klopfen Sie an ihre Tür und sehen Sie, was passiert. Finden Sie um Himmels willen wenigstens ihren Namen heraus.« Dann fügt er hinzu: »Außerdem, was haben Sie schon zu verlieren?«

Darauf weiß Guillaume keine Antwort.

KAPITEL 35

EIN NEU ZUSAMMENGESETZTES HERZ

»Monsieur? Geht es Ihnen gut?«

Nicht Elodie spricht, sondern die Frau hinter ihr. Jean-Pauls Inneres ist in Aufruhr, er kann den Blick nicht von seiner Tochter abwenden. Er kennt diese Augen so gut. So lange hat er darauf gewartet, sie wiederzusehen. Jeden Tag hat er die Straßen von Paris abgesucht und nach dieser tiefen Verbindung gesucht, dem unzerreiß-baren Band über Generationen hinweg. Jetzt, da der Moment gekommen ist, vergisst er fast zu atmen.

»Monsieur? *Tout va bien?*«

Er reißt sich von Elodie los. Die Frau starrt ihn be-sorgt an, sie hat die Arme schützend um die Schultern des Mädchens geschlungen.

»Wie bitte?«, fragt er mit trockener Kehle.

»Geht es Ihnen gut? Sie wirken, als hätten Sie einen Geist gesehen.«

Jean-Paul blinzelt. »Dieses Lied, das Sie gesungen haben«, sagt er schließlich. »Es hat nur einige Erinnerun-gen zurückgebracht.«

Die Frau lächelt. »Hoffentlich gute.«

»Alte.« Er erlaubt sich, wieder seine Tochter anzusehen. »Wie heißt du?«, fragt er sie. Drei kleine Wörter, doch seine Stimme bricht dabei.

»Arielle«, antwortet das Mädchen.

Nein, will er sagen. Nein, das stimmt nicht.

»Das ist ein hübscher Name«, bringt er heraus.

»Wir haben das Puppentheater angeschaut«, sagt die Frau. »Aber diese letzte Szene, mit dem kleinen Jungen...« Sie zieht das Mädchen enger an sich.

Jean-Paul nickt mitfühlend. Natürlich wäre Elodie darüber traurig. Anaïs hat Gewalt gehasst. »Es ist nur eine Geschichte«, sagt er sanft zu ihr. »Du musst nicht traurig sein.«

»Ah, aber sie empfindet alles so stark, die Kleine«, sagt die Frau und streicht dem Mädchen übers Haar. »Was für eine Fantasie sie hat! Selbst Märchen sind für dich wahr, *n'est-ce pas?*«

Elodie senkt den Blick und nickt.

Die Frau wendet den Kopf zum Puppentheater. Der bärtige Puppenspieler ist immer noch nicht zu sehen, und die Grasfläche vor dem Zelt ist leer. »Scheint so, als wäre die Vorführung vorbei, Arielle.«

Geh nicht, denkt Jean-Paul. Bleib für immer.

»Vielleicht sollten wir dir irgendwo ein Stück Kuchen besorgen«, sagt die Frau. »Das wird dich aufmuntern, was?«

Als das Mädchen den Kopf zu seiner Mutter dreht, erstrahlt ihr Gesicht in einem Lächeln so voller Freude und Schönheit, dass Jean-Paul nicht wegsehen kann. Die

Frau grinst ebenfalls – und in diesem Moment zerspringt sein Traum.

Die Fältchen in ihren Augenwinkeln, das freudige Zucken der Lippen, die hinaufgezogenen Mundwinkel – das eine Lächeln ist das perfekte Abbild des anderen.

Diese zwei Schönheiten sind tatsächlich Mutter und Tochter.

Jean-Paul weicht die Farbe aus dem Gesicht. Was für ein Dummkopf er doch ist! Erinnerungen aus früheren Zeiten haben ihn verhext. Die Melodie, die sich aus der Vergangenheit manifestiert hatte – aus der dunklen Kirche in den sonnenbeschienenen Park, von einem unsichtbaren Klavier auf die Lippen einer Fremden –, hat ihn getäuscht. Sie hat ihn in einen Abgrund aus unstillbarer Sehnsucht gestürzt – geflüsterte Fantasien, von denen er so verzweifelt wünscht, sie wären Wirklichkeit. Er sieht auf das Mädchen hinab, das Kind, das doch nicht seine Tochter ist. Sein Herz zerspringt in eine Million winziger Stücke und setzt sich dann wieder zusammen, rekonfiguriert sich, ein wenig größer als zuvor.

»Du solltest Schokoladenkuchen essen«, rät er feierlich. Sie lacht.

Die Frau nimmt die Hand ihrer Tochter. »*Alors,* dann also Schokoladenkuchen!«, verkündet sie. Sie lächelt Jean-Paul an. »Unterschätzen Sie nie Ihre Erinnerungen, Monsieur«, sagt sie. »Wenn man nicht auf sie aufpasst, können sie grausam sein.«

Die Kerzen flackern in der verlassenen Kirche. Seine kleine Tochter liegt in seinem Arm.

»Wie wahr«, stimmt er zu. Er geht in die Hocke,

sodass sein Gesicht gleichauf mit Arielles ist. »Iss ein extragroßes Stück Kuchen, junge Dame!«, sagt er. »Oder auch zwei.«

»Das werde ich!« Sie kichert.

»Schönen Nachmittag noch«, wünscht ihre Mutter, als sie aufbrechen.

»*Vous aussi.*« Jean-Paul neigt den Kopf in ihre Richtung. Sie lächelt ein letztes Mal, bevor sie sich umdrehen und gehen. Er sieht ihnen nach. Das kleine Mädchen, angestachelt von der Aussicht auf Kuchen, gestikuliert aufgeregt, während sie auf den Parkausgang zugehen. Die Frau zieht ein Bein leicht nach. Sie beugt sich zu ihrer freudig plappernden Tochter, ist gefangen in ihrer Umlaufbahn. Ihr ganzer Körper neigt sich beim Gehen zu dem Mädchen hin. Immer näher kommt sie ihr, ohne etwas dagegen tun zu können. Eine physische Anziehungskraft, der sie nicht widerstehen kann, wie eine Kompassnadel, die einfach nach Norden zeigen muss. Der Körper folgt der Liebe, dreht sich zu ihr in sichtbarer Hingabe. Jean-Paul denkt, dass er noch nie etwas Liebreizenderes gesehen hat.

Die Nachmittagssonne macht sich an ihren langsamen Abstieg über den wolkenlosen Himmel.

KAPITEL 36

PARIS 1922: DER ZWEITE VERRAT

Nicht lange nach Kriegsende verkaufte Marcel Prousts Großtante das Haus am Boulevard Haussmann an eine Bank, worauf Camilles Arbeitgeber – entsetzt von der Aussicht auf einen nie endenden Strom neugieriger Kunden, die ständig ein und aus gingen und seinen Frieden störten – in eine kleinere Wohnung in der Rue Hamelin zog.

Proust arbeitete zu diesem Zeitpunkt mit wachsender Intensität und verzichtete auf nahezu alle Verabredungen, während er fieberhaft sein Manuskript schrieb und korrigierte. Er gönnte sich keine Pause, ständig läutete die Glocke, damit Camille ihm frische Flaschen mit heißem Wasser und Tassen mit *café au lait* brachte.

Die Kamine in der neuen Wohnung waren schmal und schlecht gebaut. Jedes Mal, wenn Camille Feuer machte, quoll Rauch ins Zimmer und verursachte bei Monsieur Proust einen unkontrollierbaren Hustenanfall. Deshalb wurde kein Feuer mehr angezündet. Während des Winters 1921 war die Wohnung eiskalt. Wochenlang litt Proust an hohem Fieber. Camille brachte ihm Pullover, die er sich beim Arbeiten über die Schulter legte. Manchmal war er so schwach, dass er kaum den Stift halten konnte.

Er war überzeugt davon, im Sterben zu liegen, und wollte vor dem Ende unbedingt sein Buch fertigstellen. Er ruhte nicht, er aß nicht. Camille flehte ihn an, einen Arzt aufzusuchen, doch er weigerte sich, sagte tadelnd, er könne keine Zeit für solche Trivialitäten verschwenden. Bei der Arbeit rang er nach Atem, er war blass und zitterte in der Kälte.

Eines Tages im Frühling sah Camille allerdings überrascht, dass er aufrecht im Bett saß, mit einem Funkeln in den Augen, das sie seit Monaten nicht gesehen hatte.

»Da sind Sie ja«, sagte er lächelnd. »Kommen Sie her und schauen Sie, was ich gerade geschrieben habe.«

Sie ging zum Bett. Proust zeigte ihr ein Stück Papier, auf dem ein einziges Wort stand: *Fin*.

Camille schnappte nach Luft. »Sie sind fertig, Monsieur? Wirklich?«

»Nun, es gibt immer noch viel zu tun.« Er deutete auf die Papierstapel auf dem Bett. »Korrekturen, Überarbeitungen, Verbesserungen.« Er lächelte matt. »Paul Válery hat einmal gesagt, dass Gedichte nie fertig sind, nur aufgegeben. Ich glaube, das trifft auch auf Romane zu.«

Und tatsächlich begann Proust am nächsten Tag, sein Manuskript noch hektischer als bisher zu verbessern.

Die Bäume vor dem Haus sorgten für ständige Feuchtigkeit in der Wohnung, die sein Asthma unerträglich machte; trotzdem arbeitete er und hustete und keuchte unter einem Berg Papier. An einem kalten Abend im Oktober verkühlte er sich, und innerhalb weniger Tage glühte sein Körper vor Fieber.

Da stimmte er endlich zu, seinen alten Arzt Doktor Bize kommen zu lassen.

Die Diagnose lautete: Lungenentzündung. Doktor Bize gab dem Patienten eine Spritze, die ihn beleben sollte. Kurz nachdem der Arzt gegangen war, läutete Monsieur Proust die Glocke. Er lag im Bett, den Körper zur Wand gedreht, und rührte sich nicht, als Camille ins Zimmer kam. »Sie müssen mir etwas von äußerster Wichtigkeit versprechen«, sagte er gedämpft ins Kissen.

»Natürlich, Monsieur.«

»Sie dürfen niemals, unter gar keinen Umständen zulassen, dass irgendwer mich noch einmal mit einer Nadel sticht. Haben Sie verstanden?«

»Aber was, wenn der Arzt es für das …«

»Camille.« Das Wort hing vorwurfsvoll und verzweifelt in der Luft. »Versprechen Sie mir diese eine Sache?«, fragte er leise. »Kann ich Ihnen vertrauen?«

»Sie wissen, dass Sie mir vertrauen können, Monsieur«, antwortete sie. Dann dachte sie an das Notizbuch, das tief vergraben in ihrem Koffer lag. Sie war erleichtert, dass er sie nicht ansah. Er hatte schon immer genau gewusst, was sie dachte.

»Ja, Camille«, murmelte Marcel Proust. »Ich weiß, dass ich Ihnen vertrauen kann. Ich wollte nur, dass Sie es sagen.«

Ihr war schlecht vor Scham. »Keine Spritzen mehr«, versicherte sie.

»Danke.« Er schauderte. »Diese Nadeln! Ich ertrage lieber alles, als das noch einmal durchzumachen.«

»Und die anderen Medikamente?«, fragte Camille. Der Arzt hatte ihr auf dem Weg nach draußen eine lange Liste mit Rezepten gegeben.

»Besorgen Sie sie ruhig, und dann sehen wir weiter.«

Doch Monsieur Proust nahm die Arzneien nicht, die Camille aus der Apotheke holte, alles Bitten war vergebens.

Sein Gesundheitszustand verschlechterte sich. Sein Gesicht wurde blass und abgezehrt, und er hungerte weiter, nahm fast nur Kaffee zu sich. In ihrer Verzweiflung bat Camille Monsieur Prousts Bruder, herzukommen und dem Patienten ins Gewissen zu reden. Robert Proust kam noch am selben Tag, platzte ins Schlafzimmer seines Bruders und führte eine kurze, aber umfassende Untersuchung durch, bei der er die Tirade schillerndster Drohungen ignorierte, die Camille durch die Tür hörte.

Bald darauf kam Robert zu ihr in die Küche. Er ließ sich schwer auf einen Stuhl sinken und legte seinen Hut vor sich auf den Tisch.

»*Et alors?*«, fragte Camille.

»Es sieht nicht gut aus. Das Atmen fällt ihm sehr schwer. Die Lungenentzündung hat zu einer verstärkten Entzündung der Bronchien geführt.« Robert Proust starrte auf den Tisch. »Marcel hat sich so lange nicht behandeln lassen, dass sich auch weitere Infektionen eingenistet haben. Auf seiner Lunge sitzt ein Abszess, der eine Blutvergiftung ausgelöst hat, denke ich.« Er sah sie an. »Ich fürchte, wir haben zu lange gewartet.«

Danach kümmerten sich Robert und Camille zusammen um den kranken Mann. Proust arbeitete weiter an seinem Manuskript, halb im Delirium durch das Fieber, das seinen Griff nicht lockern wollte. Mitte November war klar, dass das Ende bevorstand. Camille rief wieder Doktor Bize. Proust lag bewusstlos unter einem Stapel Decken, nur ein geschwollener, leichenblasser Arm hing schlaff aus dem Bett. Der Arzt fragte Camille, ob er dem Patienten eine Spritze mit Kampferöl geben durfte.

Sie sah zum Bett. Ihr geliebter Arbeitgeber lag im Sterben, das wusste sie. Sie wollte nur seinen Schmerz lindern, doch er hatte sie angefleht, beschworen, nie wieder eine Nadel in seine Nähe zu lassen.

Versprechen Sie mir diese eine Sache?

Sie wissen, dass Sie mir vertrauen können, Monsieur.

Sie wandte sich an den Arzt. »Wird es helfen?«, fragte sie.

»*Bien entendu*«, erwiderte Doktor Bize mit einem Nicken.

Marcel Proust lag bewegungslos und dem Tod nahe unter den Decken.

Versprechen Sie mir diese eine Sache?

Camille liebte ihn. Sie wollte seine Wünsche respektieren. Doch vor allem wollte sie ihm Schmerzen ersparen.

»Madame Clermont?«, fragte der Arzt. »Soll ich ihm die Spritze geben?«

Sie versuchte, etwas zu erwidern, brachte jedoch keinen Ton heraus. Schließlich nickte sie kaum merkbar.

Der Arzt bereitete die Behandlung vor. Es war totenstill. Camille sah zu, wie er mit den Fingern gegen die Spritze schnippte. Die Nadel war lang und glänzte im Halbdunkel des Schlafzimmers.

Camille schlug die Decken zur Seite und wandte den Blick ab, als Bize das Medikament in Marcel Prousts Oberschenkel injizierte. Nach einem Moment drehte sich der Patient um und sah ihr in die Augen. Er griff nach ihrem Arm. »Oh, Camille«, flüsterte er. Dann presste er seine zerbrechlichen Finger in ihre Haut.

Sie wollte, dass er mit aller Kraft zudrückte. Doch stattdessen fiel sein Arm schwach zur Seite. Schweigend sahen sie einander an. Nach all den Worten, die sie ausgetauscht hatten, gab es jetzt nichts mehr zu sagen.

Ein paar Minuten später brachte Camille Doktor Bize aus der Wohnung. Als sie ins Schlafzimmer zurückkam, war Robert Proust über seinen Bruder gebeugt und sprach leise mit ihm.

Robert und Camille standen nebeneinander an Marcel Prousts Bett. Sein Gesicht war geisterhaft und halb unter einem dichten dunklen Bart verborgen. Er sah sie unverwandt an.

Kein Wort wurde gesprochen.

Dann trat Robert Proust vor und schloss sanft die Augen seines Bruders.

»Ist er tot?«, flüsterte Camille.

»Ja. Es ist vorbei.«

Die Tage nach Marcel Prousts Tod waren nur durch die betäubende Last der vielen Aufgaben zu ertragen. Camille war zu beschäftigt, um zu trauern. Sie und

Robert empfingen unzählige Trauergäste in der Wohnung, die dem großen Mann ihre letzte Aufwartung machen wollten. Überhebliche Aristokraten und bedeutende Männer des Wortes standen an seinem Bett und weinten. Berühmte Künstler zeichneten das Gesicht des toten Mannes. Man Ray fotografierte ihn. Von morgens bis abends war die Wohnung voll von Besuchern, die lautstark forderten, sich verabschieden zu dürfen. Camille wusste, dass Monsieur Proust von dem chaotischen Spektakel abgestoßen gewesen wäre. Er hatte immer nur Ruhe und Frieden gewollt, Zeit zum Schreiben. In den seltenen Momenten der Stille saß sie am Totenbett ihres Arbeitgebers. Sein Gesicht war gelassen, endlich entspannt.

Sie half Robert, die Beerdigung zu organisieren, und saß neben ihm auf dem Beifahrersitz im ersten Wagen des Beerdigungszugs. Das kleine Kreuz aus Blumen, das sie ausgesucht hatte, lag in der Mitte des Sargdeckels.

Einige Tage nach der Beerdigung ging Camille an einem Buchladen in der Rue Hamelin vorbei. Das Schaufenster war erleuchtet und verbreitete einen warmen Schein an diesem dunklen Wintertag. Jedes Buch, das Marcel Proust geschrieben hatte, war ausgestellt, zu Gruppen von je drei Bänden arrangiert. Camille starrte auf diesen Tribut und weinte.

An diesem Abend wartete sie, bis Oliviers Schnarchen seinen vertrauten Rhythmus eingenommen hatte, und schlich sich dann aus dem Bett. Ihr Koffer war in einem Schrank am anderen Ende des Flurs verstaut, weit weg vom Schlafzimmer. So leise wie möglich nahm sie ihn heraus und betete, dass sie ihren Mann oder ihre Tochter nicht weckte. Sie öffnete die Schnallen und griff unter die Bettwäsche und die Decken, die ihr Geheimnis so lange bewahrt hatten.

Sie zog das Notizbuch aus seinem Versteck und sah es an, dann schlug sie es auf und steckte die Nase in die moderigen Seiten, atmete tief ein. Der Geruch nach altem Papier brachte sie sofort zurück in die merkwürdige, vollgestopfte Wohnung am Boulevard Haussmann.

Mit vor Schuldgefühlen ungeschickten Fingern blätterte Camille schließlich weiter. Die Schrift war ihr vertrauter als ihre eigene. Sie kannte die nervöse Topografie jedes Buchstabens, jede kräftige Schleife, jeden gezackten Strich. Die Wörter neigten sich nach rechts, als wollten sie unbedingt erfahren, wie jeder Satz endete.

Eine trübe Glühbirne erleuchtete den Flur. Camille setzte sich auf den Boden und begann zu lesen. Jeder Satz war eine kleine Wiederauferstehung, der still die vielen Gespräche heraufbeschwor, die sie Tag und Nacht geführt hatten. Als sie die erste Seite umblätterte, fiel eine Träne auf das steife Papier und verwischte die Schrift. Die Wörter versanken in sanfter Vergessenheit, für immer verloren durch ihre Trauer.

Jeden Abend wartete Camille, bis Olivier eingeschlafen war, und entfloh dann in die Vergangenheit. Sie erlaubte sich nie mehr als ein paar Seiten, um die Freude, seine Worte zu lesen, so lange wie möglich auszukosten. Jedes Mal empfand sie leise Gewissensbisse, wenn sie das Notizbuch aufschlug. Sie stellte sich vor, wie Marcel Proust vom Himmel auf sie herabschaute, mit einem enttäuschten Stirnrunzeln auf seinem freundlichen, runden Gesicht, und ihr wurde das Herz schwer. Dennoch bereute sie nie, das Buch aus dem Herdfeuer gerettet zu haben. Ein kleines Stück nur wollte sie von ihrem alten Freund und Arbeitgeber besitzen, ganz für sich allein. Seine Worte wurden ihre Zuflucht: Wenn die Trauer unerträglich wurde, zog sie sich in die Wärme der Erinnerungen zurück.

Und dann, eines Nachts, las sie es:

Camille hat mir heute Abend eine interessante Geschichte erzählt.

Da stand es, vor ihr auf dem Papier: ihr Geheimnis. Das er unbedingt von ihr hatte erfahren wollen. Von dem er versprochen hatte, es keinem Menschen zu erzählen.

Zwei ordentliche Absätze, die kein Detail aussparten.

Sie stöhnte erstickt auf vor Entsetzen.

Er war ein Dieb, ein Pirat. Er plünderte das Leben anderer Menschen für seine Zwecke. *Ich würde Ihr Vertrauen nie missbrauchen.*

Camille hatte ihm geglaubt.

Erst war da Unglaube, dann Trauer, dann Wut.

Dann panische Angst.

Es war schlimm genug, ihr düsterstes Geheimnis auf den Seiten eines privaten Notizbuches lesen zu müssen. Doch wenn Marcel Proust es in seinen Roman eingearbeitet hatte, dann bekam es die ganze Welt zu sehen.

Menschen würden es lesen und sich Fragen stellen. Jemand würde Ermittlungen fordern. Camille hörte bereits das schwere Klopfen an der Tür.

Drei Bände von *Auf der Suche nach der verlorenen Zeit* waren bei Marcel Prousts Tod noch unveröffentlicht. Sein Bruder hatte die verbliebenen Manuskripte aus der Rue Hamelin mitgenommen und überwachte die Publikation. Camille hatte jahrelang in nächster Nähe dieser ganzen Aufzeichnungen gelebt, jedoch nie viel über die Worte auf den Seiten nachgedacht, die durcheinander auf dem Bett ihres Arbeitgebers ausgebreitet lagen. Jetzt verfluchte sie sich, weil sie nicht besser aufgepasst hatte. Ihr blieb nichts anderes, als zu warten. Immer, wenn ein neuer Band erschien, blätterte sie hektisch durch die Seiten und suchte nach verräterischen Sätzen, die sie in den Abgrund reißen würden. Doch sie fand nichts.

Es gab nur die beiden Absätze in dem Notizbuch.

Camille wusste, dass sie diesen letzten Beweis vernichten sollte, doch sie brachte es nicht über sich. Das Notizbuch enthielt zu viele lieb gewonnene Erinnerungen. Außerdem wusste niemand, dass es überhaupt existierte.

Ihr Geheimnis war sicher.

KAPITEL 37

BUßE ODER GEDENKEN

Souren hat Jahre gebraucht, um das Finale seiner Puppenvorführung zu perfektionieren.

Das Schwerste ist, das Feuer zu entzünden, während beide Hände in Puppen stecken. Ein zusätzlicher, mit Kerosin getränkter Streifen Stoff, den die Zuschauer nicht sehen, hängt am Rücken der Tunika des Jungen. Souren muss die Puppe dann nur über die Kerze halten, die unter der Bühne brennt. Sobald der Stoffstreifen die Flamme berührt, wird die Feuersbrunst in Gang gesetzt.

Nach vielen Versuchen hat er gelernt, wie lange er die brennende Puppe in der Hand halten kann. Der Handschuh, den er darunter trägt, gewährt ihm wertvolle zusätzliche Sekunden. Wenn er die Hitze nicht mehr aushält, lässt er die Puppe in den Eimer Wasser zu seinen Füßen fallen. Die Tunika ist dann zu Asche verbrannt.

Dank täglicher Wiederholung und Übung – so beendet er die Vorführung immer – gelingt Souren die letzte Einlage mit makelloser Präzision. Alles ist bis auf die

Sekunde genau abgestimmt. Das Feuer, das Hector so wild verschlingt, brennt in Wirklichkeit kontrolliert.

Nach all diesen Jahren besteht keine Gefahr mehr, kein Risiko.

Souren sieht zu, wie die Flammen seine Faust umschließen. Winzige schwarze Rauchfäden kräuseln sich nach oben. Er starrt auf die brennende Puppe. Für wen tötet er seinen Bruder immer wieder? Ist dieses tägliche Ritual ein Akt der Buße oder des Gedenkens? Die Flammen, die Hector Tag für Tag verschlingen, brennen seine eigenen Wunden aus, betäuben seinen Schmerz und halten diese Mischung aus Trauer und Sehnsucht noch ein wenig länger in ihm gefangen.

Die Puppe brennt, und er hört immer noch die Schreie der Dorfbewohner, schmeckt immer noch den beißenden Qualm in seiner Kehle, spürt immer noch Yervants Hand auf seiner Schulter. Er will nicht vergessen. Seine Erinnerungen sind alles, was ihm noch geblieben ist.

Doch an diesem Nachmittag hört er auch Younis' Worte: *Ich würde für meine Brüder mein Leben geben.*

Sie lauern im Hintergrund wie stille Mörder.

Souren ist nicht für Hector gestorben. Millionen Herzschläge später ist er immer noch hier. Buße oder Gedenken? Vielleicht ist es gar nicht wichtig. Er sieht auf die brennende Puppe.

Was für ein Bruder ist er, dass er danebengestanden hat, während Hector verbrannte? Was für ein Mann?

Der Tag war überwältigend. Der alte Armenier, der ihn ängstlich angesehen hat. Das Gemälde im Fenster des Buchladens. Seine Puppen, deren Worte niemand versteht.

Verpasste Verbindungen bei jedem Schritt.

Er bekommt keine Luft.

Seine Hand wird heiß. Das Feuer hat die Tunika verschlungen, jetzt brennt Hectors Holzkopf. Souren hätte die Puppe schon in den Eimer Wasser fallen lassen sollen, doch er kann sich nicht bewegen. Sein Zeigefinger, der im Kopf der Puppe steckt, wird immer heißer. Die Hitze breitet sich über seine Handfläche und den Handrücken aus. Plötzlich ist da ein atemberaubender Schmerz: Der Handschuh hat Feuer gefangen, seine Hand ist von sengender Hitze umgeben. Nein: Das ist nicht nur Hitze. Sourens Haut brennt. Die Flammen graben sich in sein Fleisch. Brüllend schießt der Schmerz den Arm entlang und durch seinen gesamten Körper, doch Souren steht einfach nur da. Das Feuer frisst sich immer tiefer in seine Hand, durch die Muskeln unter der verkohlten Haut. Ein Gedanke durchdringt die Qual: *Das* ist Buße.

Endlich siegt der Selbsterhaltungstrieb über die Lähmung. Sourens Hand taucht in den Eimer Wasser zu seinen Füßen. Was von der Puppe übrig ist, fällt in verkohlten Aschestücken von ihm ab. Das Feuer ist sofort gelöscht – ein leises Zischen, dann Stille. Die Überreste des Handschuhs zerfallen im Wasser und treiben als schwarze, faserige Wolke an die Oberfläche.

Die Menge vor dem Zelt zerstreut sich. Schon bald wird ihre Erinnerung an die Vorführung verblassen und nur noch ein winziger Fleck auf der Leinwand ihres Lebens sein.

Souren denkt an seinen Bruder, versucht, sich den sengenden Schmerz in seiner Hand im ganzen Körper vorzustellen, und scheitert. Viele Male hat er sich im Lauf der Jahre gefragt, wie sehr Hector vor seinem Tod gelitten hat. Jetzt ist ihm klar, dass er es niemals wissen wird. Er taucht die Hand wieder ins Wasser, was den Schmerz ein wenig lindert, doch nur kurz. Jeder angegriffene Nerv und jeder beschädigte Muskel ist wie eine pulsierende Sonne. Zischend holt er durch zusammengebissene Zähne Luft, als er die Hand bewegt und immer wieder aus dem Wasser zieht, wobei er versucht, den Schmerz in Schach zu halten. Seine Finger sind schwarze, von den Flammen verwüstete Wächter.

Er weiß nicht, wie lange er hinter der Bühne bleibt. Er fühlt nur noch Schmerz. Luft wird zum Feind. Außerhalb des Wassers schreit sein verkohltes Fleisch.

Ungeschickt reißt er das Kostüm von der nächstbesten Puppe und wickelt es als Behelfshaut fest um seine Hand. Dann fügt er noch eine zweite Lage Stoff dazu, eine dritte. Es brennt höllisch, doch alles ist besser, als die Wunde offen der ätzenden Luft auszusetzen. Mit seiner guten Hand legt er die Puppen zurück in die Koffer. Um Hectors Überreste kümmert er sich nicht. Mit Mühe baut er das Theater ab, schraubt das Gestänge auseinander und faltet die Markise. Dann offenbart sich ein neues Problem: Er kann nicht beide Koffer tragen. Nach kurzer Überlegung nimmt er den Koffer mit dem Zelt und bringt ihn zu der Hütte am Parkeingang, wo er ihn neben dem Eimer versteckt. Bis morgen wird er hier sicher sein.

Die Puppen wird er auf keinen Fall zurücklassen.

Souren schließt den kleineren Koffer. Der Schmerz in seiner Hand wird stärker. Er weiß, dass er einen Arzt aufsuchen muss, doch es gibt einen schnelleren Weg, um die Qualen zu betäuben. Er geht aus dem Park auf die Rue de Vaugirard. Die erste Bar, die er sieht, ist bis auf ein paar besetzte Tische leer. Der Abendansturm lässt noch auf sich warten. Souren setzt sich und stellt den Koffer auf den Stuhl neben sich. Außer den Puppen befindet sich darin ein Stoffsäckchen mit Münzen. Das Publikum war heute großzügig. Er legt den Beutel vor sich auf den Tisch.

Ein Kellner kommt. Souren verbirgt die verletzte Hand und schiebt den Beutel über die Tischplatte.

»Cognac«, flüstert er.

Der Kellner bringt ihm schweigend ein Glas Cognac und nimmt aus dem Beutel die entsprechende Anzahl Münzen, bevor er wieder zur Bar zurückkehrt.

Souren ist ein stiller Trinker. Er hält seine verwundete Hand weiterhin versteckt, während er ein Glas nach dem anderen langsam leert. An den Tischen voll geselliger Gäste um ihn herum achtet niemand auf den grübelnden Mann. Im Lauf der nächsten Stunden trinkt er sich in stumme Benommenheit.

Der Alkohol hat den Schmerz in Sourens Hand ein wenig betäubt, ihn jedoch auch seines Selbstschutzes beraubt. Hilflos treibt er zurück nach Anatolien, zu den Erinnerungen, die ihn erbarmungsloser zerreißen, als es seine zerstörte Hand jemals könnte. Er sieht seinen Vater, ehe man ihn an die Front verschleppt, ehe man ihn mitten in der Nacht mit vorgehaltenem Bajonett aus dem Bett holt. Er sieht, wie seine Mutter ihr verschmutztes Kleid auszieht und es ihm über den Kopf streift, wie sie ihn anfleht zu fliehen. Und er sieht den stummen Schrei seines Bruders, sein panisches Gesicht, halb verborgen hinter einer Wand aus Feuer.

Sourens Schuldgefühle sind vernichtend. Gallenbittere Selbstverachtung bricht tief in seinem Inneren auf, und er schnaubt höhnisch. Souren Balakian, der Puppenspieler! Alleinunterhalter der wohlgenährten Bürger von Paris! Seine Geschichten bedeuten den Zuschauern nichts, die ihren Nachmittagsspaziergang müßig für ein wenig Ablenkung unterbrechen. Die Kinder rufen und klatschen, doch dann kehren sie in ihr bequemes Leben zurück, und die Warnungen der Puppen stoßen auf taube Ohren.

Die Franzosen wissen überhaupt nichts, wird ihm klar. Plötzlich hasst er sie alle, jeden von ihnen. Souren sieht von seinem Glas auf und mustert die anderen Gäste. Was für ein unvorstellbares Glück sie haben, hier geboren zu sein, und nicht einem ist dieses Glück bewusst! Er denkt an den Gestank der Leichen, die hoch aufgestapelt am Ufer des Euphrat lagen, und Neid tobt in seinem Bauch. Wenn ein Franzose stirbt, zieht man ihm seinen besten Anzug an, bestattet ihn in einem schönen Sarg, und ein polierter Stein kennzeichnet sein Grab. Souren weiß nicht, wo oder wann oder wie seine Eltern gestorben sind. Für sie und Hector gibt es keine Grabsteine, nur die, die er selbst tief in sich vergraben hat.

Souren hält es keine Minute länger unter diesen leutseligen Männern aus, die ihre Gläser in Händen halten und tief ins Gespräch vertieft die Köpfe zusammenstecken. Er muss hier raus. Plötzlich überfällt ihn das Bedürfnis, mit Younis zu sprechen, der versteht, was es heißt, an diesem Ort ein Fremder zu sein. Doch es ist spät, der Laden schon geschlossen. Younis wird zu Hause sein, geduldig seine Brüder und Schwestern im Zaum halten und sich um seinen Vater kümmern. Souren stellt sich vor, wie sein Freund irgendwo in Belleville in einer Küche steht und schimpfend und lachend für Ordnung sorgt. Younis mag zwar Hunderte Kilometer von Tunis entfernt leben, doch hier ist er aufgehoben inmitten seiner Familie und ihrer Wärme, und das ist ein eigenes Hoheitsgebiet.

Er braucht jemanden, der seine Hand verarztet, den Schmerz lindert, doch er kann sich an niemanden wenden. Er überlegt, Arielles Mutter um Hilfe zu bitten, doch dann fällt ihm ein, dass sie heute Abend zu einem Jazzkonzert gehen wollte. Er schließt die Augen, dann denkt er: Thérèse.

Vielleicht wäre ihr Körper eine willkommene Ablenkung von seiner Verletzung.

Souren trifft eine Entscheidung. Er verstaut den jetzt viel leichteren Sack mit Münzen in dem Koffer, dann steht er auf und geht auf unsicheren Beinen zwischen den Tischen hindurch auf die Straße.

KAPITEL 38

ARIELLE

Was hat er schon zu verlieren?

Guillaume Blanc sitzt in der hintersten Kirchenbank und wartet auf eine Antwort auf die Frage des Priesters. Nichts offenbart sich ihm. Was wäre das Schlimmste, was passieren könnte? Das Spiel ist aus. Er wird nach La Rochelle fahren. Hier gibt es nichts mehr für ihn.

Dann trifft er eine Entscheidung. Er wird seine Tochter besuchen.

Nur ein paar Worte, die er mitnehmen kann, mehr will er nicht.

Und einen Namen.

Guillaume ist noch nie im Leben so müde gewesen. Erschöpft steht er auf und verlässt mit langsamen Schritten die Kirche.

Der Abend ist auf grausame Weise vollkommen.

Paris ist zu schön, um es in Worte fassen zu können. Das Kopfsteinpflaster von Montmartre glänzt golden im verblassenden Sonnenlicht. An den Straßen werfen die Häuser lange Schatten. Lachende und rufende Kinder schwärmen über die Gehsteige. Guillaume stellt sich vor, wie seine Tochter mit ihren Freundinnen die Straßen entlanghüpft, und die letzten zehn Jahre stürzen auf ihn herab. Ihre halbe Kindheit ist schon vorbei. Hilflos trauert er um die unzähligen Momente, die er verpasst hat, und die unzähligen, die noch kommen werden. Das Gewicht seines Kummers zwingt ihn in die Knie.

Endlich erreicht Guillaume die Rue Nicolet, doch statt seinen üblichen Beobachtungsposten auf der anderen Straßenseite einzunehmen, geht er zur Eingangstür von Suzannes Wohnhaus. Er überfliegt die Namen neben den glänzenden Messingklingelknöpfen. Da: *Mauriac*. Er wagt es nicht, auf den Knopf zu drücken, aus Angst, dass man ihn nicht hineinlässt, wenn er seinen Namen nennt. Stattdessen wartet er. Endlich klickt das Schloss, und ein junges Paar tritt auf die Straße. Guillaume schlüpft ins Haus, bevor sich die Tür wieder schließt, und geht langsam die Treppe hinauf. Suzannes Wohnung liegt am hintersten Ende des Flurs. Er steht vor der Tür und lauscht, doch er hört nur sein Herz, das so laut wie die Sirene eines Feuerwehrautos gegen die Rippen hämmert.

Er klopft.

Zuerst ist nichts zu hören. Dann nähern sich leise Schritte. Die Tür wird geöffnet, und das Mädchen steht vor ihm. Sie lächelt.

»Hallo«, sagt sie.

Guillaume sieht auf sie hinab. Nach all den Jahren, die er seine Tochter aus der Ferne beobachtet hat, muss er sich beherrschen, sie nicht anzustarren. Er würde sie am liebsten in sich aufsaugen, jeden Millimeter von ihr erforschen. So viel verlorene Zeit hat er aufzuholen, und er weiß jetzt schon, dass er dieses Rennen nie gewinnen wird. »Hallo«, erwidert er. »Wie heißt du denn?«

»Arielle«, antwortet das Mädchen.

Arielle!

»Was ist mit Ihrem Gesicht passiert?«, fragt sie.

»Meinem Gesicht? Oh.« Guillaume hat seine gebrochene Nase vergessen. »Ich bin die Treppe hinuntergefallen«, erklärt er. »Es ist nicht schlimm.«

»Wie heißen Sie?«

»Guillaume.« Das Mädchen hat Suzannes graue Augen. Er räuspert sich. »Ich bin ein Freund deiner Mutter. Ist sie zu Hause?«

»Nein«, antwortet Arielle.

Kurz durchzuckt ihn Schmerz.

»Du bist ganz allein hier?«

»O nein. Oder, ja. Ich gehe gleich nach unten, um bei Madame Leloup zu Abend zu essen. Sie ist die Concierge. Manchmal passt sie auf mich auf, wenn *maman* ausgeht.« Arielle mustert ihn. »Ich will aber eigentlich gar nicht zu ihr«, gesteht sie leise.

»Warum denn nicht?«

»Weil sie eine *schreckliche* Köchin ist«, flüstert das Mädchen.

Guillaume legt gespielt erschrocken die Hand vor den Mund. »Ich verrate es niemandem, versprochen«, flüstert er zurück. Beim Anblick seiner Tochter fürchtet er, ihm könnte gleich das Herz stehen bleiben vor überwältigender Liebe zu diesem kleinen Mädchen. Er will alles über sie wissen. »Was isst du am liebsten?«, fragt er.

Arielle beißt sich auf die Lippe, während sie überlegt. »Heute Nachmittag habe ich Schokoladenkuchen gegessen, und er war *köstlich!*«, verkündet sie. »Wahrscheinlich also das.«

»Den mag ich auch sehr gern«, sagt Guillaume.

Sie strahlt ihn an. »Wir haben heute Nachmittag ein Puppentheater angeschaut. Mein Freund Souren hat es gemacht. Er kann sehr gut mit Handpuppen umgehen.«

»Ah, wie schön!«, ruft Guillaume.

»Aber am Ende ist ein kleiner Junge gestorben, und da musste ich weinen, und deshalb habe ich Schokoladenkuchen bekommen.« Arielle verstummt. »Sonst darf ich keinen Schokoladenkuchen essen«, sagt sie traurig.

Guillaume späht über sie hinweg. »Wann kommt deine Mutter denn…«, beginnt er, und dann verschlägt es ihm die Sprache.

Er starrt in die Wohnung und kann keinen klaren Gedanken fassen.

In einem Rahmen an der Flurwand hängen seine Skizzen der Grabengel.

Guillaume kann kaum atmen. Die ganze Zeit, denkt er fassungslos. *Die ganze Zeit* hat sie meine Zeichnungen angesehen.

»Monsieur?«, fragt Arielle. »Geht es Ihnen gut?«

Guillaume bemüht sich angestrengt, die Fassung zu wahren und seine Aufmerksamkeit wieder auf das Mädchen zu richten, während sein Gehirn fieberhaft alles, was er jemals gewusst hat, neu ordnet.

»Weißt du, wann deine Mutter wieder zu Hause sein wird?«, fragt er.

Arielle schüttelt den Kopf. »Sie hat gesagt, sie will einen berühmten Musiker mit seiner Band anschauen. Er spielt Saxofon.«

Beim Anblick der Grabengel sind Guillaume unzählige Dinge durch den Kopf geschossen.

Die ganze Zeit, denkt er erneut.

Ist das Hoffnung, was er verspürt?

Plötzlich macht er sich nicht mehr so viele Sorgen wegen des Rattengesichts und seiner Gehilfen.

Vielleicht ist das eines dieser Wunder, von denen der Priester gesprochen hat.

»Weißt du, wohin sie heute Abend gegangen ist?«, fragt er.

Arielle nickt. »Sie hat mir den Namen und die Adresse aufgeschrieben.« Sie verschwindet und kommt einen Moment später mit einem Zettel in der Hand zurück, den sie Guillaume hinhält. »Hier«, sagt sie. »Es heißt *Le Chat Blanc.*«

Guillaumes Lächeln verrutscht kaum wahrnehmbar.

KAPITEL 39

NEUE HOFFNUNG

Jean-Paul Maillard drückt die schwere Holztür seines Hauses auf und tritt ein. Er wartet, bis die Tür hinter ihm ins Schloss fällt und den geschäftigen Lärm des Viertels aussperrt. Das gehetzte Heulen der vorbeifahrenden Autos, die Schreie herumrennender Kinder, das langsame, rhythmische Hämmern eines unsichtbaren Handwerkers – jetzt ist das alles nur noch eine gedämpfte Geräuschcollage, nicht mehr nur einen Schritt, sondern eine ganze Welt entfernt. Jean-Paul liebt diesen Moment. Er genießt die ruhige Würde, die im Übergang zwischen der Stadt da draußen und seinem privaten Leben in diesem Haus liegt. Paris ist immer da, es wartet auf ihn auf der anderen Seite der Tür. Doch wie schön ist es, das alles hinter sich zu lassen und nach Hause zu kommen.

Er geht die Treppe nach oben zu seiner Wohnung und hängt den Mantel auf. Auf der anderen Seite des Wohnzimmers steht sein Schreibtisch. Ein Foto von Anaïs und Elodie hängt an der Wand. Anaïs beugt sich lachend vor und küsst das Baby auf die Nase. Elodies winzige

Finger greifen nach ihrer Mutter. Das Foto hatte in einem Schrank jahrelang Staub angesetzt, weil er nicht anschauen wollte, was er verloren hat. Inzwischen saugt er hungrig jedes Detail des Bildes auf. Diese zwei geliebten Gesichter wecken jetzt leises Staunen in ihm.

Jean-Paul denkt an das kleine Mädchen im Jardin du Luxembourg. Wie war ihr Name? Arielle. Er schließt die Augen.

Arielle, ja. Nicht Elodie.

Erinnerungen, Sehnsucht und Hoffnung hatten ihn aus dem Nichts heraus überfallen. Einen schwindelnden Moment lang war die Zeit stehen geblieben, als er in diese grauen Augen sah, und die letzten zehn Jahre waren auf einmal ausgelöscht gewesen. Kurzzeitig war seine Welt wiederhergestellt, wider jede Hoffnung, jedes Verstehen – und dann hatten Mutter und Tochter auf genau die gleiche Weise gelächelt, und seine Träume waren so schnell verpufft, wie sie gekommen waren. Er denkt daran, wie die beiden sich auf die Suche nach Schokoladenkuchen gemacht haben, wie jede völlig in der Existenz der anderen aufging. Er denkt daran, wie sich die Mutter liebevoll zu ihrer Tochter hinabgeneigt hat. Eine neue Erkenntnis dämmert ihm: Wo auch immer Elodie ist, sie ist nicht allein. Irgendjemand wird bei ihr sein, der aus rettungsloser Liebe zu diesem Kind ein wenig schief läuft.

Leise summt er die wunderschöne Melodie, die ihn in die verlassene Kirche bei Verdun zurücktransportiert hat. *Unterschätzen Sie niemals Ihre Erinnerungen, Monsieur,* hat Arielles Mutter zu ihm gesagt. Die Gefahr besteht nicht, Erinnerungen sind alles, was er noch hat. Er berührt das Foto. Wo ist seine Tochter gerade?

Seine Fingerspitzen hinterlassen eine hauchzarte Spur auf dem Glas.

Seine Schreibmaschine wartet. Jean-Paul setzt sich an den Tisch und spannt ein neues Blatt Papier in den schwarzen Schlund der Maschine. Er nimmt seine Notizen zum Interview mit Josephine Baker zur Hand, eine hastig hingekritzelte Beschreibung der Wohnung – die opulente Unordnung, die kitschige Einrichtung, die Sittiche –, und beginnt zu tippen.

Ein paar Stunden später ist der Boden rund um den Schreibtisch eine Landschaft aus beiseitegeworfenem Papier. Jean-Paul starrt auf den einen halbherzigen Absatz auf der Seite vor sich und zieht sie dann aus der Maschine, um sie zu zerknüllen und zu den anderen auf den Boden fallen zu lassen. Zu diesem Artikel findet er einfach keinen Zugang. Josephine Bakers Geschichte hat alles – eine Kindheit in Armut, den Triumph über Widrigkeiten, Talent und Schönheit. Er denkt an sie, die von teuren Dingen umgeben ist und von Männern verfolgt wird, an deren Namen sie sich nicht erinnert. Die roten Rosen, die sie so leichtfertig verschenkt hat. Er seufzt. Sie saß am Rand des riesigen Sofas und lächelte ihn an, und er war so verzaubert von ihr wie jeder andere auch. Was er von ihr weiß, ist genau das, was sie ihn wissen lassen wollte. Sie ist der berühmteste Mensch von Paris, doch ihre Popularität ist eine Maske. Das blendende Lächeln ist eine Rüstung, hinter der sie sich versteckt.

Er steht auf und geht durch das Zimmer zum Grammophon. Kurz darauf erfüllt die vertraute Klarinette den Raum. Während Gershwins Musik majestätisch vorwärtsgaloppiert, denkt Jean-Paul an einen anderen George – den unsichtbaren Komponisten aus New Jersey, der über Shakespeare and Company wohnt und schrecklichen Lärm auf seinem Klavier veranstaltet. In Trenton hätte er so etwas nie geschrieben, da können Sie sicher sein, hat Sylvia Beach gesagt.

All diese Amerikaner in Paris! Josephine Baker versteht er – genau wie Sidney Bechet und Lloyd Waters. Frankreich hat sie von ihrer Hautfarbe befreit. Aber was ist mit den anderen Amerikanern in Paris? Wovor sind sie geflohen?

Jeder strebt irgendwohin, hat er heute Morgen zu Josephine Baker gesagt. Vielleicht ist es so einfach, denkt er. Wir blicken immer zum Horizont und suchen nach dem nächsten Abenteuer. Und diejenigen, die gefangen sind, träumen hilflos und wie besessen: *Rhapsody in Blue* erfüllt sein Herz immer noch mit Sehnsucht nach New York.

Sein Notizbuch liegt wie üblich auf dem Tisch. Elodies Geschichte ist immer in Reichweite. Jean-Paul denkt an Josephine Bakers Angebot, sie Ernest Hemingway gegenüber zu erwähnen. Am Morgen hat er diese Idee verworfen – die Geschichte gehört ihm allein. Doch jetzt überlegt er.

Was, wenn er Hemingway um Hilfe bitten würde? Plötzlich überschlägt sich seine Fantasie, und er kann nicht widerstehen.

Er wird Hemingway seinen Roman geben. Dann wird er ein paar Tage später von dem Amerikaner eine begeisterte Nachricht erhalten und eine Einladung zum Mittagessen. Bei Steak und Austern wird er bescheiden zuhören, wie der berühmte Schriftsteller ihm erklärt, was für ein Meisterwerk er da geschrieben hat. Dank Hemingways enthusiastischer Unterstützung werden sich die Verleger um sein Buch streiten. Es wird Treffen mit Verlagsredakteuren geben und Verträge. Geld, vermutet er, auch wenn ihm das nicht wichtig ist.

Jean-Paul stellt sich einen Berg Bücher vor und wie Elodies Leben zwischen den Deckeln eines jedes einzelnen hervorbirst. Seine Tochter, die tausend, zehntausend Mal wiederaufersteht!

Und dann.

Vielleicht wird Elodie eines Tages das Buch in die Hand nehmen.

Vielleicht wird sie es lesen und sich selbst in den Seiten wiedererkennen.

Vielleicht wird er dann nicht länger nach ihr suchen müssen.

Vielleicht wird sie von sich aus nach ihm suchen.

KAPITEL 40

EINE VERSCHMÄHTE FRAU

Camille eilt die Rue de l'Odéon entlang, den Zettel, den Sylvia Beach ihr gegeben hat, fest in der Hand. Die Adresse ist in der Nähe des Buchladens, und Camille sieht keinen Grund, Zeit zu verschwenden.

Sie entfaltet den Zettel, auf dem steht:

ERNEST HEMINGWAY
6 RUE FÉROU

Ein Schriftsteller, hat Sylvia Beach gesagt. Camille hat noch nie von ihm gehört. Erschrocken merkt sie, wie ihr eine Träne über die Wange läuft.

Ernest Hemingway wohnt gleich um die Ecke zur Rue des Canettes, wo ihr Mann sich wahrscheinlich fragt, ob sie je zurückkommen wird.

Camille will unbedingt Marie fest an sich drücken.

Die Tür zur Hausnummer 6 in der Rue Férou ist angelehnt. Camille tritt in das kühle, dunkle Gebäude und geht die Treppe nach oben.

Vor Hemingways Wohnung hält sie einen Moment inne, holt tief Luft und klopft. Ob er überhaupt Französisch spricht?, fragt sie sich. Wenn nicht, dann kann er die Worte gar nicht lesen, vor denen sie so Angst hat. Camilles Englisch ist passabel – die meisten Hotelgäste versuchen nicht einmal, Französisch zu sprechen, sie gehen einfach davon aus, dass man sie schon versteht, wenn sie laut genug reden –, doch ihr Magen verkrampft sich trotzdem vor Sorge.

Eine Frau öffnet die Tür, eine Zigarette in der einen und ein Glas Rotwein in der anderen Hand. Sie trägt lange, ausgestellte Hosen und eine Seidenbluse, beides blendend weiß, und keine Schuhe. Ihr dunkles Haar ist sehr kurz geschnitten, fast wie bei einem Mann, mit einem dicken Pony, der ihr schräg über die Stirn fällt. Es verleiht ihr eine maskuline Aura, trotz der eleganten Kleidung. Sie lehnt sich gelangweilt an den Türrahmen und nimmt einen langen Zug aus ihrer Zigarette.

»*Oui?*«

Camille wirft einen Blick auf die Hand mit dem Weinglas und sieht den Ehering. »Madame Hemingway?«

Die Frau bestätigt das mit einer leichten Neigung ihres Kopfes. Sie lässt Camille nicht aus den Augen. »Sprechen Sie Englisch?«, fragt sie.

Camille nickt. »Ein wenig, ja.«

Die Augen der Frau sind dunkel und ausdruckslos. Camille umklammert fest ihre Handtasche.

»Wie kann ich Ihnen helfen?«

»Mein Name ist Camille Clermont.« Camille lächelt breit. »Ich würde gern mit Ihrem Mann sprechen.«

Die Frau lacht bitter auf. »Das würde ich auch gern, Madame. Ich habe ihn nicht gesehen, seit er heute Morgen aus der Wohnung gewankt ist.«

Camilles Lächeln verblasst. »Er ist nicht da?«

»Nein.«

»Schreibt er irgendwo?«

»Das bezweifele ich doch sehr.«

»Wissen Sie, wo ich ihn finden könnte, Madame Hemingway?«

»Nennen Sie mich Pauline«, sagt die Frau und trinkt von ihrem Wein. »Es tut mir leid, ich weiß nicht, wo mein Mann ist. Wir sind erst vor ein paar Wochen aus unseren Flitterwochen heimgekehrt, aber ich sehe ihn kaum noch. Er sagt, er hat während unserer Abwesenheit seine Freunde vermisst, und jetzt ist er damit beschäftigt, alles nachzuholen.« Sie hält inne. »Sehr beschäftigt.«

»Wissen Sie, wann er zurück ist?«

»Wenn die letzten paar Nächte ein Indikator sind, erst sehr spät, und dann wird er sturzbetrunken sein.«

Camille starrt sie erschrocken an.

»John Dos Passos ist in der Stadt«, fährt Pauline Hemingway fort. »Mein Mann sagte mir, dass Schriftsteller ihren Freiraum brauchen, wenn sie sich treffen. Ohne störende Frauen, verstehen Sie.«

Camille nickt, auch wenn sie es nicht versteht. Sie hat noch nie von John Dos Passos gehört.

»Vielleicht sollte ich mich nicht beschweren.« Pauline seufzt. »Wahrscheinlich bin ich allein sowieso besser dran. Ernest ist sehr schlecht gelaunt, seit wir von unserer Hochzeitsreise zurückgekehrt sind und er gemerkt hat, dass er Lindberghs Ankunft auf dem Flughafen Le Bourget verpasst hat. Er findet, er hätte dabei sein müssen. Ein Zeuge dieses historischen Ereignisses sein oder so ein Schwachsinn.« Sie beugt sich verschwörerisch vor und grinst schief. »Er erträgt es nicht, dass Lindbergh jünger ist als er und besser aussieht *und* so viel berühmter ist. Er ist fuchsteufelswild deswegen. Und offensichtlich ist alles meine Schuld. Als ob ich ihm eine Pistole an den Kopf gehalten und ihn gezwungen hätte, mich nach Südfrankreich zu entführen!« Die Frau lacht wieder verbittert auf. »Jetzt bin ich also hier, allein gelassen von meinem frischgebackenen Ehemann, muss mich allein durchschlagen, mit nichts als zwei Flaschen mittelmäßigem Burgunder als Gesellschaft.« Sie hält ihr Glas Wein hoch und mustert es aufmerksam.

»Ich muss Ihren Mann wirklich finden«, sagt Camille. Pauline sieht sie an. »Was wollen Sie von ihm?«

»Er war heute bei Shakespeare and Company. Mademoiselle Beach hat ihm aus Versehen etwas verkauft, das mir gehört. Ich wollte es von ihm zurückkaufen.«

»Ah, die reizende Sylvia. Dann war es ein Buch, nehme ich an?«

»Ein Notizbuch, nichts Besonderes. Aber wichtig für mich.«

»Es tut mir leid, dass ich Ihnen nicht helfen kann. Er könnte überall sein. Für Ernest ist Paris ein riesiger Spielplatz.« Pauline macht eine unsichere Geste, die die Stadt außerhalb der Wohnungswände meint. »Hinter jeder Ecke lauern so viele Vergnügungen, und er sieht nicht ein, warum er auch nur auf eine einzige davon verzichten sollte.«

»Könnten Sie mir sagen, wo er für gewöhnlich gern hingeht?«, fragt Camille.

»Sie können es in den Bars von Montparnasse versuchen.«

Camille wird das Herz schwer. Davon muss es Tausende geben. »Danke«, sagt sie und wendet sich zum Gehen.

»Warten Sie. Gerade ist mir etwas eingefallen. Kennen Sie das *Le Chat Blanc?*«

Camille schüttelt den Kopf.

»Das ist ein Jazzclub in Montmartre. Diese Woche spielt Sidney Bechet dort. Ernest hat gesagt, dass er vielleicht heute Abend mit John hingeht.« Sie trinkt ihr Glas aus. »Ich habe Bechet einmal spielen hören, in Aix, das war großartig. Aber glauben Sie, es fällt meinem Ehemann ein, seine frisch angetraute Frau zu fragen, ob sie ihn sich noch einmal anschauen möchte? Glauben Sie, er denkt daran, mich in seine Abendpläne einzubeziehen?«

Camille schweigt.

Die frischgebackene Mrs Hemingway betrachtet ihr Weinglas. »Wie auch immer, ja. *Le Chat Blanc*«, sagt sie. »Halten Sie einfach Ausschau nach den beiden lautesten Amerikanern im Raum.«

»Sie haben mir sehr geholfen«, murmelt Camille.

»Ich hoffe, Sie bekommen Ihr kleines Buch zurück.«

»Danke.« Camille dreht sich um und geht zurück zur Treppe. Sie spürt Pauline Hemingways Blick in ihrem Rücken, während sie den Flur entlangeilt.

»Wenn Sie meinen Mann finden«, ruft ihr die Amerikanerin nach, »sagen Sie ihm, er soll austrinken und nach Hause kommen!«

KAPITEL 41

LE CHAT BLANC

Endlich, da ist die Rue des Abbesses.

Souren Balakian geht unsicher mit dem Koffer in der Hand die Straße entlang. Der behelfsmäßige Verband schützt seine verbrannte Hand vor der schneidenden Abendluft. Der Cognac hat geholfen, doch der Schmerz ist immer noch überwältigend. Er weiß, er gehört ins Krankenhaus, aber kein Arzt kann seine Reue behandeln oder sein gebrochenes Herz heilen.

Es ist ein warmer Abend. Die Laternen brennen und werfen kleine Lichtpfützen auf die Straßen. Die Gehsteige sind dicht bevölkert, doch Souren nimmt die Menschen nicht wahr. Beim Gehen denkt er nur an Thérèse. In der Bar in der Rue de Vaugirard hat ihm ihr Körper vorgeschwebt, doch dieses Verlangen ist verschwunden. Jetzt will er einfach nur Trost und Freundlichkeit.

Er weiß nicht, ob man so etwas kaufen kann und was es kosten könnte.

Als das *Le Chat Blanc* in Sicht kommt, geht er schneller. Vor dem Eingang zu dem Club wartet eine Menschentraube. Ein paar Schritte daneben lehnen Frauen halb im Schatten an der Mauer. Souren stellt den Koffer ab und mustert ihre Gesichter.

Nach einem Moment tritt Thérèse vor. »Suchst du mich, *chéri?*« Ihr Lächeln verblasst, als sie seinen gequälten Gesichtsausdruck sieht. »Was ist los?«

Souren hält die Hand hoch, die immer noch mit den Puppentuniken verbunden ist. »Ich habe mir die Hand verbrannt«, sagt er.

Thérèse runzelt die Stirn. »Warum bist du hergekommen?«

Souren weiß, dass ein Mann sie irgendwo im Dunkeln beobachtet.

»Ich brauche dich«, antwortet er.

»Nein, du brauchst ein Krankenhaus.«

Aus dem Augenwinkel sieht Souren, wie sich etwas bewegt. »Bitte«, flüstert er. »Lass uns nach oben gehen. Nimmst du mich mit? Nur für eine Weile?«

Thérèse legt ihm eine Hand auf den Arm. »Ich bin kein Arzt.«

»Ich brauche keinen Arzt.«

Sie sieht ihn lange an. »Hast du Geld?«

Er nickt.

»Na gut«, sagt sie seufzend. »Gehen wir.«

Die Musik ist himmlisch. Jean-Paul sitzt an einem Tisch weit vorne. Sidney Bechet steht in einem hellbraunen, doppelreihigen Anzug auf der Bühne, die Augen geschlossen, das Instrument hoch erhoben. Schweißtropfen glänzen auf seiner Stirn, während seine Finger über die silbernen Tasten des Saxofons fliegen. Er wirkt synkopierte Zauber, faszinierende Aneinanderreihungen aus Rhythmus, Melodie und Swing. Der satte, honigsüße Klang des Saxofons erfüllt den niedrigen Raum. Hinter ihm spielt sich die Band die Seele aus dem Leib. Der Bass rumpelt. Die Hi-Hat schnappt in kurzen, harten Abständen zu. Die Posaune steuert eine liebliche Gegenmelodie bei. Alle bewegen sich im Gleichklang bei *Muskrat Ramble,* einem fröhlichen, schwungvollen Stück.

Jean-Paul nippt an seinem Getränk. Es war ein langer Tag. Er sieht auf seine Uhr und fragt sich, wo Josephine Baker bleibt. Leichtes Unbehagen macht sich in ihm breit. Vielleicht hat sie ihre Einladung vergessen. Vielleicht wollte sie einfach nur etwas Nettes sagen.

Das Lied endet, und Applaus brandet auf. Sidney Bechet hält sein Saxofon triumphierend in die Höhe und grinst breit und verschmitzt. Er mustert die Menge und lässt den Blick besonders lange auf den schönen Frauen ruhen. Jean-Paul beobachtet ihn. Der Bandleader ist bekannt für seinen großen Appetit. Er wirkt völlig entspannt vor einem Raum voller Fremder. Er tut genau das, wozu er bestimmt ist, und genießt jeden Moment. Bechet sagt etwas zur Band, dann dreht er sich zum Publikum und kündigt den *Salty Dog Blues* an. Die Band stimmt das neue Stück an, ein heiseres Klagelied voll Sehnsucht und Bedauern. Die Zuschauer können den Blick nicht von dem Saxofonisten abwenden – bis auf eine Frau, die ein paar Tische weiter allein sitzt, mit straffem Rücken und von der Bühne abgewandtem Kopf, ein halb ausgetrunkenes Glas Weißwein vor sich.

Sie scheint die Musik kaum zu bemerken und hat den Blick auf etwas oder jemanden auf der anderen Seite des Raums gerichtet.

Die Band spielt schneller. Der Pianist hämmert mit inbrünstiger Verzweiflung in die Tasten. Die Posaune flirrt. Das Saxofon jault. Die verzauberte Menge lässt sich von der Musik mitreißen, will keine Note verpassen. Jean-Paul sieht wieder zu der Frau, die die Bühne immer noch ignoriert. Er folgt ihrem Blick.

Auf der anderen Seite des Clubs sitzt Ernest Hemingway zusammen mit einem anderen Mann.

Guillaume Blanc steht in der Warteschlange vor dem Club. Jedes Mal, wenn die Tür geöffnet und ein weiterer Gast eingelassen wird, hört er die Musik. Sein Herz schlägt so laut wie das Schlagzeug auf der Bühne.

Während er langsam vorrückt, wächst in ihm das bittersüße Bedauern. All die Jahre hingen seine Grabengel an Suzanne Mauriacs Wand! Er trauert schon jetzt um jeden Tag, den er sich von ihr ferngehalten hat, und der Schmerz dringt bis tief in seine Knochen. Ihn quält die Vorstellung eines Paralleluniversums, in dem er nicht so lange gewartet hätte.

Er kann Paris nicht verlassen, ohne vorher mit ihr gesprochen zu haben.

Vor ihm lehnen sich ein Mann und eine Frau aneinander, ihre Gesichter berühren sich beinahe, und sie lachen leise über etwas. Sie halten sich an den Händen.

Guillaume kommt ein schrecklicher Gedanke – so furchtbar, dass er einen Moment lang vergisst zu atmen.

Was, wenn Suzanne mit jemandem hier ist?

Eine Welle der Übelkeit. Guillaume denkt an Arielles wunderschönes Gesicht und die Worte des Priesters: *Wir bekommen nicht unendlich viele Chancen auf das Glück.*

Er muss sie sehen. Wenn Suzanne nicht allein ist, dann dreht er einfach um und geht wieder.

Langsam bewegt sich die Schlange voran. Guillaume sieht verstohlen zu der kleinen Gruppe Prostituierter in der Nähe. Ihre Zigaretten glühen, während sie aus dem Halbdunkel heraus die Wartenden beobachten. Thérèse steht nicht an ihrem üblichen Platz.

Ein besorgtes Schaudern. Er wünschte, Suzanne wäre überall, nur nicht hier. Guillaume bereut, Brataille in die unerbittlichen Fäuste von Léon und seinen Schlägern geschickt zu haben. Er will nicht sehen, wie der Kunsthändler seine wohlverdiente Strafe bekommt.

Endlich ist er an der Spitze der Schlange angelangt. Guillaume bezahlt den Eintritt mit seinen letzten Münzen und geht hinein. Am anderen Ende des Raums ist die Band in vollem Gange. Vor der Bühne befindet sich eine Tanzfläche, um die Tische und Stühle stehen. Auf jedem steht eine einzelne Kerze, die mehr Schatten als Licht spendet. Guillaume muss die Gesichter des Publikums sehen, weshalb er näher an die Bühne geht, um die Zuschauer besser erkennen zu können.

Und da, fast ganz hinten, sitzt Suzanne mit geschlossenen Augen. Sie bewegt sich sanft zur Musik und lächelt leicht.

Sie ist allein.

Ernest Hemingway legt den Arm um die Schulter seines Freundes und brüllt ihm etwas ins Ohr, versucht, die Musik zu übertönen. Der andere Mann nimmt das Notizbuch, das vor ihm auf dem Tisch liegt, und blättert es beiläufig durch. Camille fixiert die Finger des Fremden auf den Seiten. Die Musik ist nur noch ein Echo am Rand ihres Bewusstseins.

Seit Ewigkeiten sitzt sie schon hier.

Dank Pauline Hemingways Rat, nach den zwei lautesten Amerikanern im Raum Ausschau zu halten, hatte Camille ihre Beute schon entdeckt, noch bevor sie sich an einen Tisch gesetzt hat. Die beiden sind auch nicht zu übersehen. Sie lachen laut und lang und ziehen verärgerte Blicke der Gäste an den Nachbartischen auf sich. Den Männern ist das völlig egal. Camille denkt an Hemingways frisch angetraute Ehefrau, die allein in der Wohnung in der Rue Férou sitzt und sich einsam in die Teilnahmslosigkeit trinkt. Sie würde gern zu ihm hinmarschieren und ihm sagen, dass er nach Hause gehen soll. Stattdessen sitzt sie wie gelähmt auf ihrem Stuhl. Sie beobachtet, wie die beiden Männer das Notizbuch zwischen sich hin- und herwandern lassen, und versucht, den Mut aufzubringen, sie anzusprechen. Camille sieht zu dem Glas Wein vor sich und weiß nicht mehr, ob es ihr zweites oder ihr drittes ist. Ihr ist besorgniserregend schwindelig.

Sie nimmt das Glas und trinkt es in einem Zug aus.

Mit dem Koffer in der Hand folgt Souren Thérèse die Treppe an der Hinterseite des Clubs hinauf. Im zweiten

Stock biegen sie in einen langen Flur ein, der auf beiden Seiten von nummerierten Türen gesäumt ist. Die Musik dringt von unten herauf. Thérèse bleibt vor der Nummer acht stehen und öffnet die Tür. Souren folgt ihr. Das Zimmer ist klein, mit einem langen Spiegel an einer Wand, einer Kommode, einem Teppich und einem Bett. Im Kamin glühen die Reste eines Feuers. Auf dem hölzernen Kaminsims steht eine große Messinglampe. Dicke Vorhänge verhüllen die Wände.

Er war schon oft hier. Jetzt setzt er sich aufs Bett und sieht zu, wie Thérèse im Raum umhergeht und Kerzen anzündet. Danach setzt sie sich neben ihn.

»Darf ich mal sehen?«, fragt sie und deutet auf seine verletzte Hand.

Souren nickt, und Thérèse wickelt vorsichtig den ersten Verband ab. Er wendet den Blick ab.

»Ah, *mon dieu*«, haucht Thérèse. »Wie ist das passiert?«

»Es hat gebrannt«, flüstert Souren. »Meine Hand ...«

»Still, nicht reden.« Thérèse steht auf und sucht nach etwas in der Kommode. »Erst einmal brauchst du einen frischen Verband.« Sie zieht einen roten Seidenschal heraus. »Hier. Das wird reichen müssen.« Sie setzt sich wieder neben ihn aufs Bett, nimmt seine Hand und mustert sie aufmerksam. »Ich kann nicht viel für dich tun, *chéri*«, sagt sie. »Du brauchst einen Arzt.«

Doch Thérèse gibt ihm etwas Wertvolleres als die beste ärztliche Versorgung. Als ihn das letzte Mal jemand mit solcher Freundlichkeit angesehen hat, war er kaum mehr als ein Junge: Françoise, die am Bett ihres toten Sohnes saß, den Fremden fütterte und ihm Französisch beibrachte. Seit er sich aus dem Haus in die mondbeschienene Nacht geschlichen hat, war die Welt ein unerträglich einsamer Ort für ihn.

Thérèse hält sanft sein Handgelenk und wickelt den Schal fest um die böse zugerichteten Finger. Sie stimmt ein Lied an, ihre Stimme ist sanft und voller Licht.

Souren Balakian bricht in Tränen aus.

Jean-Paul beobachtet Ernest Hemingway und seinen Begleiter. Auf dem Tisch vor den zwei Männern liegt ein schwarzes, ledergebundenes Büchlein. Immer wieder nimmt einer der beiden es auf und liest ein wenig darin. Die Männer halten die Kellner beschäftigt, holen sie zu sich hinter Wolken aus Zigarettenrauch und bestellen weitere Getränke.

Die Band spielt jetzt ein lautes, schnelles Stück. Der Posaunist ist in die Mitte der Bühne getreten und trägt ein lebhaftes Solo vor. Sidney Bechet steht an der Seite, klopft den Takt mit dem Fuß mit und nickt mit dem Kopf. Jean-Paul sieht wieder zum anderen Ende des Raums. Ein großer schwarzer Mann steht jetzt bei Hemingway und seinem Begleiter am Tisch und hat jedem der beiden eine riesige Hand auf die Schulter gelegt. Er lacht über etwas, das Hemingway gesagt hat. Jean-Paul vermutet, dass es sich um Lloyd Waters handelt, den Kriegshelden, der nach Kriegsende in Frankreich geblieben ist. Die drei Männer reden laut gegen die Musik an. Wenn Amerikaner sich schon Tausende Kilometer von ihrer Heimat entfernt so benehmen, als gehörte ihnen die Welt, wie ist es dann erst in ihrem eigenen Land? Jean-Paul sieht auf die Uhr und fragt sich wieder, wann Josephine Baker wohl auftauchen wird.

Er kann nichts tun, außer zu warten.

»Guten Abend«, sagt Guillaume. Er bringt die Worte kaum über die Lippen. Irgendwie haben ihn seine Füße zwischen den Tischen hindurchgetragen, und jetzt steht er vor Suzanne. Sie blickt zu ihm auf, erkennt ihn jedoch nicht.

»Sie erinnern sich nicht an mich«, sagt er.

Sie neigt den Kopf zur Seite und sieht ihn mit diesen grauen Augen an, von denen er so lange geträumt hat. »Tatsächlich, Sie kommen mir bekannt vor«, antwortet sie.

»Wir haben uns vor langer Zeit kennengelernt«, erklärt Guillaume. »Ich habe Sie gemalt.«

»Ja.« Sie lächelt. »Sie haben ein Haus gemalt und nicht mich.«

Sie erinnert sich! »Das stimmt«, erwidert er verblüfft.

»Ich weiß noch, dass mir das Bild sehr gut gefallen hat.« Sie sieht ihn neugierig an. »Was machen Sie hier?«

»Oh, nun ...« Er deutet auf die Bühne. »Ich *liebe* Jazz.« Die Band ist so laut, dass seine Ohren schmerzen. Für ihn ist das furchtbar kreischende Katzenmusik.

Suzanne trinkt aus ihrem Glas. »Die Musik ist wunderbar, nicht wahr?«

»Sie ist unglaublich«, antwortet er, was schließlich nicht gelogen ist.

»Haben Sie sich die Nase gebrochen?«

Er winkt ab. »Ein kleiner Unfall. Nichts Ernstes. Darf ich mich setzen?«

Suzanne zögert. »Ich schätze schon.«

Guillaume setzt sich, bevor sie ihre Meinung ändern kann. »Was für ein Zufall, dich nach dieser langen Zeit wiederzutreffen!«, sagt er.

»Sag mir noch mal deinen Namen.«

»Guillaume. Guillaume Blanc.«

»Guillaume, genau.« Sie verstummt. »Du hast mir ein Blatt mit Zeichnungen von Statuen geschenkt. Grabengel vom Friedhof von Montmartre. Weißt du noch?«

Er gibt vor, zu überlegen. »Nein«, antwortet er, »ich glaube nicht.«

»Ich liebe die Statuen. Ich sehe sie mir jeden Tag an.«

Bevor Guillaume etwas sagen kann, sieht er zu seinem Entsetzen Emile Brataille, der sich zwischen den Tischen hindurch zur anderen Seite des Raumes drängt, wo er hinter einem Samtvorhang verschwindet. Guillaume sieht sich um, hofft, Léon zu sehen, der ihm dicht auf den Fersen ist, doch niemand scheint dem Kunsthändler zu folgen.

Die Band beendet das Stück mit einem schrecklichen Wirbel aus Quietschen und Hupen. Es klingt, als ob ein Dutzend Schwäne brutal abgeschlachtet würde. Als der Lärm glücklicherweise leiser wird, brechen tosender Applaus und Jubel aus. Suzanne klatscht begeistert, weshalb Guillaume es ihr nachtut.

Der Saxofonist bittet mit einer Geste um Ruhe. »Eine liebe Freundin ist gerade eingetroffen«, verkündet er auf Englisch. Er sieht über die Köpfe der Zuschauer hinweg und lächelt jemandem zu. »Bitte heißen Sie die schönste Frau von Paris willkommen. Meine Damen und Herren, Mademoiselle Josephine Baker!«

Aufgeregtes Murmeln ertönt aus dem Publikum.

Camille dreht sich wie alle anderen um und beobachtet, wie die berühmteste Einwohnerin der Stadt durch den Raum geht und den Zuschauern lächelnd zuwinkt. Sie trägt ein atemberaubendes silbernes Kleid, das ihre Kurven betont. Ihre wunderschöne Haut strahlt. Sie bewegt sich mit müheloser Anmut.

Das Publikum applaudiert ekstatisch. Winkend und Luftküsse verteilend bahnt sie sich ihren Weg. Die Band hat aufgehört zu spielen, die Musiker wissen, dass sie mit einem solchen Spektakel nicht mithalten können. Josephine Baker geht auf die Bühne, Sidney Bechet nimmt ihre Hand und küsst sie demonstrativ zweimal. Sie lacht, knickst und küsst ihn auf die Wange.

Während die Amerikanerin in der Bewunderung dieser Fremden badet, denkt Camille an Monsieur Proust, allein in seinem Schlafzimmer, nur mit seinem Stift und einer flackernden Kerze als Gesellschaft. Er war immer so bescheiden und so zurückgezogen. Er konnte ein großes Fest genießen, sah aber lieber von außen zu. Sie beobachtet Josephine Baker, wie sie endlich aus dem Scheinwerferlicht tritt und zu einem Tisch in der Nähe geht. Ein Mann sitzt dort, der sich steif erhebt, um sie zu begrüßen. Alle Blicke ruhen immer noch auf ihr, und sie weiß es.

Die Band beginnt wieder zu spielen. Josephine Baker

und ihr Begleiter sind ins Gespräch vertieft. Camille sieht wieder zu den Tischen mit den lauten Amerikanern. Ernest Hemingway ist verschwunden. Der andere Mann sitzt allein da, raucht eine Zigarette und hört der Musik zu. Das Notizbuch liegt vergessen vor ihm auf dem Tisch.

Das ist ihre Chance.

Camille steht auf.

Jemand hämmert wild gegen die Tür.

»Ignorier es«, flüstert Thérèse Souren zu. »Wer auch immer es ist, er wird nicht…«

»Thérèse!«, ruft jemand auf dem Flur. »Thérèse!«

Sie lässt seine Hand nicht los. »Ich kenne die Stimme«, sagt sie stirnrunzelnd.

Souren starrt sie ausdruckslos an. Sie soll einfach nur weitersingen.

»Thérèse!« Jemand rüttelt am Türknauf. »Du solltest nicht arbeiten! Lass mich rein.« Wieder hämmert es an die Tür.

»Geh weg!«, rief sie. »Ich bin beschäftigt!«

»Aber ich bin es doch, *chérie*, Emile. Aus der Galerie. Ich komme, um dich mitzunehmen.«

Thérèse schließt die Augen. »*Ah non.*« Sie steht auf und geht durchs Zimmer. Sofort sehnt sich Souren nach ihrer Berührung. »Was willst du?«, zischt sie durch die Tür.

Schweigen.

»War Guillaume nicht hier und hat mit dir gesprochen?«, fragt die Stimme.

»Guillaume Blanc? Ja, der war heute Vormittag da.«

»Und hat er über mich gesprochen?«

»Nun, wir haben über deine kleine *cacahuète* geredet«, erwidert Thérèse. »Jetzt geh und lass mich in Frieden.«

Wieder Schweigen. Thérèse dreht sich um. »Es tut mir leid, *chéri*«, sagt sie zu Souren, setzt sich wieder neben ihn und nimmt seine Hand erneut. »Also, wo waren wir?«

Da splittert Holz, und die Tür wird aufgestoßen. Souren sieht einen Mann im Türrahmen, der sich vor dem Licht im Flur abzeichnet. Er atmet schwer. Die Kerzen neben dem Bett flackern.

»Du solltest mit mir kommen!«, brüllt der Mann.

»Ich gehe mit dir nirgendwohin«, antwortet Thérèse.

»Aber du verstehst nicht«, ruft der Mann. »Ich will dich von hier wegholen! Du sollst das Leben haben, das du verdienst. Mit mir, in Montparnasse!«

Souren Balakian steht auf. Er weiß nicht, wer dieser Mann ist. Er weiß nur, dass Thérèse, die ihn fürsorglich und freundlich behandelt hat, dies jetzt nicht mehr tut. Sie singt nicht mehr ihr wunderschönes Lied. Sie sieht ihn nicht einmal an. Und alles nur wegen dieses Mannes. Souren macht einen Schritt auf den Eindringling zu. »Verschwinden Sie«, knurrt er.

»Thérèse«, fleht der Mann. »Sei ein gutes Mädchen und komm mit mir.«

Weiß glühender Zorn durchfährt Souren. Er will nur, dass Thérèse weiter seine Hand hält, sonst ist ihm nichts mehr wichtig. Er schubst den Eindringling, so hart er kann. Der Mann stolpert ein paar Schritte zurück und kämpft um sein Gleichgewicht. Zum ersten Mal sieht er Souren an.

»Wer zum Teufel sind Sie?«, verlangt er zu wissen.

Josephine Baker küsst Jean-Paul auf die Wange, als wären sie alte Freunde, und schiebt sich auf den Stuhl neben ihm. »Ich hoffe, Sie haben nicht zu lange gewartet«, sagt sie.

»Ich habe die Musik genossen. Wie war die Show heute Abend?«

»*Comme ci, comme ça.* Ich habe getanzt, das Publikum hat applaudiert. Sie wissen, wie das läuft.« Ein Kellner taucht neben ihr auf. »Champagner«, verkündet sie. »Bringen Sie ein paar Gläser.«

Jean-Paul hebt eine Augenbraue. »Ein paar?«

»Ich will Sie doch ein paar Leuten vorstellen, haben Sie das vergessen?« Sie deutet auf die Bühne. »Sidney natürlich. Und Lloyd Waters. Und Ernest, wenn er hier ist.«

»Oh, er ist da«, meint Jean-Paul.

»Haben Sie Ihr Buch dabei?«

Jean-Paul tätschelt seine Jacketttasche. »O ja.«

»Wer ist das?«, fragt eine Stimme.

Josephine stößt einen kleinen Freudenschrei aus und steht auf, um Ernest Hemingway auf beide Wangen zu küssen. »Komm, setz dich zu uns«, sagt sie. »Champagner ist unterwegs.«

Hemingway sieht auf Jean-Paul hinab. »Wer ist das?«, wiederholt er.

»Ernest, das ist Jean-Paul. Jean-Paul, das ist Ernest.«

Der Amerikaner nickt Jean-Paul zu und wendet seine Aufmerksamkeit wieder Josephine zu. »Möchtest du tanzen?«, fragt er.

»Ich bin gerade erst gekommen«, antwortet sie. »Ich habe noch nicht mal etwas getrunken. Du hast vielleicht vergessen, dass ich den ganzen Abend schon getanzt habe.«

»Nur ganz kurz«, bittet er.

Der Kellner kommt mit einer Flasche Champagner und mehreren Gläsern. »Lass mich wenigstens erst einen Schluck trinken«, sagt Josephine.

Hemingway setzt sich und mustert sie eifrig.

»Ihr seid beide Schriftsteller, wisst ihr«, sagt Josephine, während der Kellner den Champagner einschenkt. »Jean-Paul hat auch ein Buch geschrieben, nicht wahr?«

Jean-Paul holt Elodies Buch aus der Tasche und legt es auf den Tisch.

Hemingway beäugt es misstrauisch.

»Wir haben gehofft, dass du Jean-Paul vielleicht helfen könntest, einen Verlag dafür zu finden«, meint Josephine und zwinkert Jean-Paul zu.

Der Amerikaner wirkt gequält, doch er will unbedingt mit Josephine Baker tanzen, weshalb er das Buch in die Hand nimmt. »Es ist auf Französisch«, beschwert er sich einen Moment später, als er durch die Seiten blättert.

Jean-Paul zuckt auf möglichst französische Weise mit den Schultern. »*Et oui.*«

Ernest Hemingway legt das Buch wieder weg und leert sein Glas Champagner in einem Schluck. »Also, wir hatten unseren Drink. Wirst du jetzt mit mir tanzen?«

Sie verdreht die Augen in Jean-Pauls Richtung. »Macht es Ihnen etwas aus?«

»Nicht im Geringsten«, antwortet er. Josephine steht auf und berührt ihn sanft an der Schulter. »Ich bin gleich wieder da«, verspricht sie.

Hemingway nickt Jean-Paul zu, bevor er Josephine Baker den Arm um die Taille legt und sie zur Tanzfläche führt. Das Buch lässt er auf dem Tisch liegen.

Guillaume und Suzanne verfolgen, wie Josephine Baker durch den Raum schwebt. Ihr Begleiter hat ein ansprechendes, wenn auch düsteres Gesicht. Sie sagt ihm etwas ins Ohr, doch das verstärkt das Stirnrunzeln des Mannes nur noch.

»Sie sieht göttlich aus«, sagt Suzanne. »Ich frage mich, wer das bei ihr ist.«

»Er wirkt jedenfalls nicht glücklich«, meint Guillaume. Er sieht wieder zu dem Samtvorhang, hinter dem Brataille verschwunden ist. Vermutlich kommt man dort zu den Zimmern, in denen die Prostituierten ihrem Gewerbe nachgehen. Mit jeder verstreichenden Minute wird er unruhiger.

Guillaumes Blick ruht auf Suzannes strahlendem Gesicht, während sie der Musik zuhört, und sein Herz macht einen kleinen Satz. Die Band spielt einen Blues, der so heiß und schwül ist wie eine Nacht in New Orleans. Josephine Baker und ihr Begleiter tanzen und pressen ihre Körper zum Takt der Musik aneinander. Der Mann hält Josephine Baker sehr fest. Kein Lichtstrahl dringt zwischen ihren Leibern hindurch.

»Ich habe dich beobachtet«, sagt Guillaume plötzlich.

Suzanne sieht ihn an. »Mich beobachtet?«

Er räuspert sich. »Nachdem wir zusammen waren, wurdest du schwanger.« Er verstummt. »Seither habe ich zugesehen, wie deine Tochter groß geworden ist.« Er holt tief Luft. »Unsere Tochter.«

Schweigen.

»Du bist nicht Arielles Vater, Guillaume«, sagt Suzanne sanft.

»Natürlich bin ich das.«

»Ich war schon schwanger, als ich dich kennengelernt habe.«

Er schüttelt den Kopf. »Das kann nicht sein.«

»Es stimmt.«

»Aber ich habe es ausgerechnet«, beharrt er. »Ich habe in den Kalender gesehen. Sie war ein paar Wochen zu früh, aber ...«

»Sie kam zwei Wochen zu *spät* auf die Welt.«

Guillaume schweigt. Arielle war die Sonne, um die er seit Jahren ergeben gekreist ist, und jetzt hat man ihn von ihr abgeschnitten. Plötzlich rast er ins Nichts.

»Guten Abend«, sagt Camille.

Der Mann am Tisch blickt auf. Er hat niedergeschlagen auf das leere Glas vor sich gestarrt, während eine vergessene Zigarette zwischen seinen Fingern verglüht. »Wie finden Sie das?«, fragt er auf Englisch und deutet in Richtung des Paares auf der Tanzfläche. »Ein Bekannter geht mit Ihnen was trinken und lässt Sie dann allein zurück, während er den Frauen nachjagt.« Er hält inne. »Wunderschönen Frauen, zugegeben, aber trotzdem. Ganz schlechtes Benehmen.« Er sieht Camille an. »Kenne ich Sie?«

Es fällt ihr schwer, die verwaschene Tirade des Amerikaners zu verstehen. Sie deutet auf die Tanzfläche. »Ist dieser Mann Ernest Hemingway?«

Der Mann seufzt. »Ja, das ist er.«

»Mein Name ist Camille Clermont«, sagt sie.

»Camille...?«

»Clermont.« Sie zeigt auf die Bühne, dann auf ihr Ohr. »Die Musik ist sehr laut.«

Der Mann grunzt zustimmend. Das Notizbuch liegt vergessen neben seinem rechten Ellbogen. Die Zigarettenasche hängt in einem gefährlichen Bogen über dem schwarzen Leder. Camille will das Notizbuch packen und wegrennen, doch sie wird sich nicht wie eine gemeine Diebin verhalten.

»Sie wollen wohl mit ihm reden, was?«, fragt der Mann. Er sieht zu dem tanzenden Paar. Josephine Baker hat den Kopf zurückgeworfen und lacht über etwas, das Hemingway gesagt hat.

Camille schüttelt den Kopf. »Nein, Monsieur, ich wollte mit Ihnen sprechen.«

Er wirkt erstaunt. »Mit mir?«

Sie deutet auf den Tisch. »Es geht um das Notizbuch.«

»Was ist damit?«

»Es gehört mir.«

Der Mann schüttelt den Kopf. »Ich fürchte, da irren Sie sich. Ernest hat es heute gekauft und mitgebracht, um es mir zu zeigen. Er ist sehr stolz darauf.«

Zu spät erkennt Camille ihren Fehler. Der Mann hat keinen Grund, ihr auch nur ein Wort zu glauben. Sie kann ihre Geschichte nicht beweisen. Sie hätte Sylvia Beach bitten sollen, ihr einen Brief mitzugeben, in dem sie erklärt, was passiert ist. Camille dreht sich um und sieht zur Tanzfläche, die jetzt voller ist. Ernest Hemingway und Josephine Baker sind verschwunden.

Souren lässt den Eindringling nicht aus den Augen. »Wer sind Sie?«, wiederholt der Mann. Souren antwortet nicht.

»Du musst gehen!«, ruft Thérèse.

Der Mann schüttelt den Kopf. »Ohne dich gehe ich nirgends hin, *mon amour.*«

Thérèse verschränkt die Arme vor der Brust. »Ich gehe nirgendwohin.«

»Das ist nicht der richtige Zeitpunkt, um deine Meinung zu ändern.«

»Was soll das heißen, meine Meinung ändern?«

»Guillaume hat mir alles erzählt, *chérie.* Er hat gesagt, du möchtest, dass ich komme und dich von diesem schrecklichen Ort rette.« Der Mann lächelt. »Und hier bin ich.«

»Aber ich habe ihm doch gesagt, dass ich dich nie wiedersehen will«, erwidert Thérèse.

»Ach, tatsächlich.« Der Mann schließt kurz die Augen. Als er sie wieder öffnet, sind sie dunkel vor Zorn. Mit zwei schnellen Schritten hat er den Raum durchquert und schlägt Thérèse mit der Faust ins Gesicht. Als sie zu Boden stürzt, tritt Souren vor und verpasst dem Mann mit seiner unverletzten Hand mit aller Kraft einen Fausthieb gegen den Kiefer. Der Kopf des Mannes wird von dem Schlag zur Seite gerissen, und der Eindringling fällt gegen den Tisch neben dem Bett, wobei er die Kerzen umwirft. Blind vor Wut verpasst ihm Souren noch einen Schlag, dann noch einen. Ohne nachzudenken, prügelt er mit seiner verletzten Hand auf den Mann ein, dann lässt der Schmerz ihn innehalten. Sein Gegner hat genug Zeit, sich gegen Sourens Beine zu werfen, worauf Souren überrascht zu Boden fällt. Schon schlägt der Mann auf ihn ein, trifft Sourens Wange, dann sein Kinn, dann stößt er ihm das Knie zwischen die Beine. Souren spürt die Hiebe allerdings kaum, so überwältigend ist der Schmerz in seiner verbrannten Hand.

Thérèse schreit auf, was den Angreifer für eine Sekunde innehalten lässt, worauf Souren ihm die Stirn gegen die Nase schlägt. Sein Gegner heult markerschütternd auf. Souren schiebt ihn von sich und kommt mühsam auf die Füße. Da sieht er den Grund für Thérèses Schrei: Die Vorhänge neben dem umgestürzten Tisch haben Feuer gefangen, entzündet von den Kerzen, die die Männer bei ihrem Kampf umgeworfen haben. Die Flammen greifen rasch auf das Zimmer über, springen von einem Stück Stoff zum nächsten. Innerhalb kürzester Zeit brennen alle Wände. Thérèse steht vor Souren. Der Mann hat ihr die Nase gebrochen, ihr Gesicht ist blutig. Sie schreit ihn an, doch er versteht die Worte nicht, die aus ihrem rubinroten Mund dringen. Rauch dringt in seine Nasenlöcher, seinen Mund, seine Kehle.

Dann stolpert der Mann auf ihn zu. Er hält etwas in Händen, etwas Großes, Schweres. Die Messinglampe vom Kaminsims, erkennt Souren eine halbe Sekunde bevor sie seine linke Kopfseite trifft.

Jean-Paul schenkt sich noch etwas von Josephine Bakers erstklassigem Champagner ein und trinkt einen großen Schluck. Wenn er schon allein hier herumsitzen muss, während sie tanzt, kann er es sich auch gemütlich machen. Er sieht den beiden Amerikanern zu. Hemingway ist ein arroganter Idiot, denkt er. Dann fällt sein Blick auf das Notizbuch auf dem Tisch. Ah, Jean-Paul, tadelt er sich. Vielleicht bist du hier der Arrogante.

Da ertönt ein lautes Krachen über ihren Köpfen, und die Band verstummt mitten im Stück. Sidney Bechet hält das Saxofon in der Hand und sieht nach oben zur Decke. Leises Murmeln macht sich im Raum breit. Ohne die Musik, die die Körper zueinandertreibt, haben sich Hemingway und Josephine Baker voneinander gelöst. Er hat immer noch den Arm um sie gelegt, als könne er sie noch nicht gehen lassen, und flüstert ihr etwas ins Ohr. Sie legt ihm eine Hand auf die Schulter und antwortet. Sofort lässt Hemingway seinen Arm fallen und stürmt zurück an seinen Tisch. Josephine sieht ihm nach und schlendert dann zu Jean-Paul. Sie setzt sich und nimmt ihr Glas mit Champagner.

»Ist alles in Ordnung?«, fragt Jean-Paul.

»O ja«, erwidert sie.

Jean-Paul wirft einen Blick auf Ernest Hemingways leere Champagnerflöte. »Ihr Freund wirkt etwas unzufrieden.«

»Oh, das ist er oft. Er mag ja ein berühmter Schriftsteller und das alles sein, aber manchmal führt er sich auf wie ein kleines Kind.«

»Er hat mein Buch vergessen«, bemerkt Jean-Paul.

»Wie unhöflich von ihm.«

»Ich glaube, er war ein wenig abgelenkt.«

»Sie sollten es ihm bringen.«

Jean-Paul sieht sie an. »Finden Sie wirklich, das sollte ich tun?«

Langsam breitet sich das berühmte Lächeln auf ihrem Gesicht aus.

Das Krachen, das die Band in ihrem Spiel unterbricht, scheint direkt über ihrem Tisch zu sein. Guillaume sieht besorgt nach oben. Kurz darauf wird der Samtvorhang beiseitegeschoben, und Brataille zieht Thérèse grob hinter sich her. Der Kunsthändler ist kaum wiederzuerkennen. Verschwunden ist der elegante Verehrer, der zuvor nach oben gehuscht war. Er trägt kein Jackett mehr, das Hemd hängt ihm aus der Hose und ist am Arm eingerissen. Sein normalerweise tadellos frisiertes Haar ist zerwühlt. Thérèse sieht nach unten und hält sich das Gesicht. Ihr Oberteil ist blutverschmiert. Die Band ist immer noch stumm, weshalb alle Anwesenden auf das Paar starren. Brataille wirft ihnen wütende Blicke zu. Guillaume macht sich so klein wie möglich. Um ihn herum reden die Leute leise und deuten auf die Neuankömmlinge. Brataille zerrt Thérèse am Arm hinter sich her zum Ausgang. Sie folgt ihm schweigend und wirft nur einen kurzen Blick zur Zimmerdecke. Guillaume sieht ihnen wie gelähmt nach.

Was in Gottes Namen hat er nur angerichtet?

»Wer sind Sie?«

Ernest Hemingway mustert Camille misstrauisch. Sein Atem geht schwer nach der Anstrengung auf der Tanzfläche.

»Mein Name ist Camille Clermont, Monsieur.« Sie deutet auf den Tisch. »Ich habe heute Nachmittag mit Sylvia Beach gesprochen. Sie hat mir erzählt, dass sie Ihnen das Notizbuch verkauft hat.«

»Und?«

»Ich war Marcel Prousts Zimmermädchen«, erklärt sie. Die Worte verleihen ihr Kraft. »Das Notizbuch gehört mir. Mein Mann hat es ohne meine Erlaubnis genommen und an Mademoiselle Beach verkauft, doch das durfte er nicht.«

Hemingway setzt sich und trinkt aus seinem Glas. »Ich verstehe nicht, was das mit mir zu tun haben soll.«

»Das Notizbuch gehört mir, Monsieur.«

Der Amerikaner schüttelt den Kopf. »Ich habe es anständig und ehrlich erworben, Madame. Ich habe gutes Geld dafür bezahlt. Es ist nicht mein Problem, wenn Sie Ihren Mann nicht im Griff haben.«

Camille denkt an Pauline Hemingway, allein in ihrer Wohnung.

»Ich habe Geld«, sagt sie.

»Ich will Ihr Geld nicht«, entgegnet Hemingway.

Da nähert sich ein anderer Mann dem Tisch. Er scheint zu hinken. Hemingway wirkt nicht erfreut. »Und was wollen *Sie?*«, will er wissen.

Der Mann lässt sich nicht von der Grobheit des Schriftstellers entmutigen und nickt Camille höflich zu.

»Sie haben meinen Roman vergessen«, antwortet der Mann und legt ein Buch auf den Tisch. »Ich wollte, dass Sie ihn mitnehmen.«

»Ich habe ihn nicht vergessen«, erwidert Hemingway. »Ich habe ihn mit Absicht liegen gelassen.«

»Aber es ist ein Geschenk«, sagt der Mann.

»Nachdem Mademoiselle Baker so versessen darauf ist, Zeit mit Ihnen zu verbringen«, bemerkt Hemingway eisig, »sollten Sie es vielleicht *ihr* schenken.«

»Ist hier alles in Ordnung?« Der Clubbesitzer ist an den Tisch getreten.

»Alles in Ordnung, Lloyd«, antwortet Hemingway und zündet sich eine Zigarette an. Er deutet auf den Mann neben Camille. »Dieser Herr will gerade gehen.«

Da bemerkt Camille den unverkennbaren Geruch nach Feuer.

Souren öffnet die Augen und sieht eine Flammenwand. Mit schier übermenschlicher Kraft stützt er sich auf eine Schulter. Seine Augen glühen und brennen vom Rauch. Alles steht in Flammen. Die Stelle, an der ihn die Messinglampe getroffen hat, pocht übelkeiterregend. Er hustet, bedeckt den Mund mit dem Ärmel und versucht aufzustehen, aber es gelingt ihm nicht. Wo ist Thérèse? Er ruft nach ihr, doch das Dröhnen der Flammen verschluckt seine Stimme. Er sieht sich um – er ist allein. Ein brennender Balken ist von der Decke gestürzt und versperrt den Weg zur Tür.

Ein letztes Mal kehrt er auf den staubigen Dorfplatz zurück.

Hector ist an den Stuhl gebunden.

Die glühende Spitze von Kamil Ömers Zigarette fällt in den Schoß seines Bruders.

Sofort lodern die Flammen auf, rasen über die Arme und Beine des Jungen, und nach wenigen Sekunden verschwindet er unter einer Decke aus Feuer. Eine Frau schreit. Die Menge stöhnt ungläubig. Hectors kerosingetränkte Kleidung brennt lichterloh. Dicke schwarze Rauchwolken steigen wütend in den Himmel und verhüllen sein Gesicht.

Er schreit nicht. Er wehrt sich nicht.

Souren sieht, wie sein Bruder verbrennt.

Ernest Hemingway starrt Jean-Paul mit vor Wut und Whisky geröteten Wangen an. Es hat nichts mit seinem Buch zu tun, erkennt Jean-Paul – der Amerikaner ist nur aufgebracht, weil Josephine Baker ihren Tanz beendet hat, um an ihren Tisch zurückkehren und mit ihm reden zu können.

Der berühmte Schriftsteller ist eifersüchtig auf ihn.

Ein unfreiwilliges Lächeln breitet sich auf seinem Gesicht aus.

»Was gibt es da zu lachen?«, fragt Hemingway herausfordernd.

Bevor Jean-Paul antworten kann, schreit jemand auf der anderen Seite des Raums:

»Feuer!«

Chaos und Panik.

Die Menschen springen auf, sehen sich verängstigt um und hasten dann auf den Ausgang zu. Der beißende Gestank nach Rauch steigt Guillaume in die Nase. Wo brennt es? Er sieht zur Tür, durch die sich die Menge auf die rettende Straße drängt. Leute schreien verängstigt auf, als sie von hinten geschubst werden. Das Nadelöhr an der Tür wird enger. Eine Frau schreit. Angestellte versuchen, die Gäste zu beruhigen, sie geordnet nach draußen zu bringen, doch die Panik der Menschen ist zu groß. Sie drängen und schieben und können nichts dagegen tun. Auf der Bühne packen die Musiker ihre Instrumente ein. Es muss einen Hinterausgang geben, denkt Guillaume.

»Was sollen wir tun?«, fragt Suzanne.

»Folge mir«, sagt er. Er führt sie weg von der schreienden, wogenden Menge. Eine kleine Prozession spärlich bekleideter Prostituierter kommt durch den Samtvorhang, alle in Begleitung verlegener Kunden. Guillaumes Herz schlägt hektisch. Wenn Thérèse bei Bratailles Ankunft bereits einen Mann auf dem Zimmer hatte, wo war dieser dann jetzt? Er erinnert sich an Thérèses ängstlichen Blick zur Decke, als Brataille sie weggeschleift hat. Irgendwo über ihnen knackt es laut.

Die Band eilt mit ihren Instrumenten unter den Armen zur Rückseite des Clubs. Das ist alles seine Schuld, erkennt Guillaume. Er hat Brataille heute Abend hierhergeschickt.

Ist der Mann noch in Thérèses Zimmer?

Er deutet auf die davoneilenden Musiker. »Folge ihnen«, sagt er zu Suzanne.

»Du kommst nicht mit?«

»Gleich. Ich muss erst noch etwas erledigen.«

»Wohin gehst du?«

»Nach oben.«

Sie wirkte verwirrt. »Warum?«

»Das ist eine lange Geschichte.« Er versucht zu lächeln. »Wenn du draußen auf mich wartest, erkläre ich dir alles, versprochen.« Der Rauch wird dichter. »Du solltest gehen.« Ohne ein weiteres Wort dreht sich Suzanne um und eilt davon. Guillaume zieht die Decke vom nächsten Tisch und wickelt sich den Stoff um Mund und Nase. Dann zieht er den Samtvorhang zur Seite und rennt die Treppe hinauf.

Die riesige Hand von Lloyd Waters liegt auf Camilles Rücken und schiebt sie voran. Über die Schulter ruft er seinen Angestellten Anweisungen zu. Er weiß, dass es vorbei ist.

Als der Warnschrei ertönte, schob Lloyd Waters Hemingway und seinen Begleiter umstandslos zum Ausgang. Dann packte er Camilles Arm. »Die beiden können sich um sich selbst kümmern«, sagte er zu ihr, »aber Sie müssen bei mir bleiben, Madame.« Jetzt führt er sie durch die verängstigte Menge, schützt sie mit seiner großen Gestalt gegen die dicht gedrängten Leiber.

Um sie herum werden die Menschen immer panischer, Camille jedoch wird mit jedem Schritt ruhiger.

Als die beiden Amerikaner davoneilten, um sich in Sicherheit zu bringen, vergaßen sie das Notizbuch, und Lloyd Waters zog sie beiseite, bevor sie danach greifen konnte.

Es liegt hinter ihnen auf dem Tisch und wartet auf das Feuer.

Die Hitze ist unerträglich. Würgend ringt Souren nach Atem.

Die Flammen sind gierig und ziehen alles in ihren Strudel lodernder Zerstörung. Nicht nur Materielles wird in die Umarmung des Feuers geholt und von ihr verschlungen: Das Inferno verzehrt alles. Kurze Entfernungen erstrecken sich in die Unendlichkeit. Die Zeit löst sich auf. Es gibt keine Minuten oder Sekunden mehr, nur eine ewige Gegenwart. Nichts ist mehr, wie es war.

Souren blinzelt in den brennenden Raum. Der herabgestürzte Balken liegt vor der Tür.

Es gibt keinen Weg nach draußen.

Er hat solchen Durst. Er sieht auf seine verletzte Hand und denkt an Thérèses vorsichtige Berührung, als sie den Verband gewechselt hat. Wie lieb sie gewesen ist! Der Rauch ist dick und schwarz und setzt sich tief und bösartig in seinen Lungen fest. Auf dem Boden neben dem Bett sieht Souren seinen Koffer. Er kriecht darauf zu und zieht an den Messingschnallen. Vertraute Gesichter begrüßen ihn, als er den Deckel aufklappt. Der Polizist, der Koch, die Prinzessin. Er lächelt. Seine Familie. Er legt seine Hand in den Koffer, zieht die Puppen heraus. Er sucht nach einer bestimmten. Hector. Wo ist Hector?

Dann fällt es ihm wieder ein, und er beginnt zu weinen.

»Nicht weinen, Souren.«

Er blickt auf. Sein Bruder geht durch die Flammen auf ihn zu.

»Warum weinst du?«, fragt Hector.

»Ich habe dich gesucht«, antwortet Souren. »Aber du warst nicht da.«

Hector lächelt traurig. »Nun, jetzt bin ich ja hier.« Er kauert sich neben seinen Bruder und legt ihm eine Hand auf die Schulter. »Ich habe auf dich gewartet«, flüstert er. »Komm.«

Die panischen Schreie werden lauter. Jean-Paul schiebt sich mit dem übrigen Publikum auf den Ausgang zu und wird bei jedem Schritt angestoßen. Er hält sein Buch fest an die Brust gedrückt. Der Geruch nach Rauch wird stärker. In der Ferne hört er die Sirenen der Feuerwehr. Hinter ihm weint eine Frau, während ihr Mann ihm ständig in den Rücken stößt, als könnte er ihn so dazu bewegen, schneller zu gehen. In dem Gedränge hat er Hemingway und seinen Freund aus den Augen verloren, ebenso wie die Frau, die mit ihnen diskutiert hat. Er dreht sich um und sieht zur Bühne. Josephine Baker spricht mit Sidney Bechet, dessen Hand auf ihrem Arm liegt. Der Saxofonist deutet hinter sich. Beide wirken nicht sonderlich beunruhigt. Es muss noch einen anderen Ausgang geben.

Noch ein Stoß in den Rücken. »Schneller«, knurrt eine Stimme hinter ihm.

Für Menschen wie Josephine, denkt Jean-Paul, gibt es immer einen anderen Ausgang.

Hinter dem Samtvorhang ist der Rauch dicker, giftiger. Es ist auch heißer. Auf halbem Weg die Treppe hinauf schwitzt Guillaume bereits und bindet sich das Tischtuch fester um Nase und Mund.

Im zweiten Stock schlagen ihm dichte schwarze Rauchwolken entgegen. Die hölzernen Türstöcke zu beiden Seiten des Flurs stehen in Flammen. Guillaume macht einen vorsichtigen Schritt nach vorn, dann noch einen. Vor der ersten Tür bleibt er stehen und späht in das Zimmer. Es brennt lichterloh. Hier kann niemand überlebt haben.

Er sieht in jedes Zimmer. Wer war bei Thérèse, bevor Brataille aufgetaucht ist, und wo ist er jetzt? Jeder Raum ist ein einziges Inferno. Eine Tür ist verschlossen, eine silberne Acht glänzt im Flammenschein. Die Tür ist auf Höhe des Schlosses eingetreten, doch als Guillaume mit der Schulter dagegendrückt, öffnet sie sich nur einen Spalt und wird dann von etwas Schwerem blockiert. Er schiebt mit aller Kraft dagegen, jedoch vergeblich. Er sieht durch den Spalt. Auch dieses Zimmer steht in Flammen. Doch alle anderen Türen stehen nach der hastigen Flucht der Zimmerbewohnerinnen offen.

»Hallo?«, ruft Guillaume in den Rauch und das Feuer. »Hallo?«

Keine Antwort.

Er stolpert weiter den Flur entlang. Die anderen Zimmer sind alle leer. Mittlerweile ist er von den Flammen umgeben. Er rennt zurück zur Treppe, so schnell es seine gequälten Lungen erlauben. Als er die Stufen hinunterrennt, gibt eine unter seinem Gewicht nach.

Sein Fuß wird vom Holz verschluckt, und er verliert das Gleichgewicht. Den restlichen Weg rollt er nach unten, fällt durch den Samtvorhang und landet auf dem Boden des Clubs. Er sieht sich bewegende Menschen auf der anderen Seite des Raums. Der Rauch ist jetzt tief in seinem Körper, füllt beißend und giftig seine Lungen. Er eilt zur Bühne und sucht nach dem Hinterausgang.

Und tatsächlich, eine Tür hinter der Bühne steht offen. Mit berstender Brust stürzt er ins Freie und saugt die frische Nachtluft tief in seine Lungen. Die Musiker stehen um ihn herum, schütteln die Köpfe und sehen zu, wie das Gebäude von den Flammen verschlungen wird.

Er sucht nach Suzanne.

Sie ist nicht da.

Die Gäste strömen auf die Straße, und endlich steht Camille in der Rue des Abbesses. Ein Metallschild schwingt im Nachtwind über dem Clubeingang: Eine weiße Katze steht im Mondlicht auf einem Hausdach und macht träge einen Buckel. Ein Feuerwehrauto fährt vor, und die Feuerwehrmänner rennen ins Gebäude. Sie sieht nach oben. Das Feuer wütet im zweiten Stock und ist deutlich durch die Fenster zu sehen. Auf der Straße hat sich eine ansehnliche Menge versammelt – nicht nur die Geflüchteten aus dem Club, sondern auch Schaulustige aus der Umgebung.

Lasst es brennen, denkt Camille.

Endlich wird das Notizbuch vernichtet, so wie seine einunddreißig Brüder und Schwestern. Wie Monsieur Proust es immer gewollt hatte.

Camille nimmt ihren Schal aus der Tasche und bindet ihn sich um den Kopf.

Wenigstens ist ihr Geheimnis sicher.

Um ihn herum husten und weinen Menschen und klammern sich erleichtert aneinander. Jean-Paul hinkt durch die Menge und sieht nach oben in den Himmel.

Er ist müde. Sein Bein schmerzt, und er will nach Hause. Er hätte nicht herkommen sollen, denkt er reumütig. Diese Amerikaner kümmern sich immer nur um sich selbst. Was für ein Dummkopf er doch war, sich vorzustellen, dass Ernest Hemingway ihm vielleicht helfen würde! Seine Geschichte muss auch nicht veröffentlicht werden. Er hat sie für sich und niemanden sonst geschrieben. Liebevoll sieht er auf das Notizbuch hinab und bleibt abrupt stehen.

Irgendetwas stimmt nicht.

Er öffnet den schwarzen Ledereinband und starrt auf die sauberen Textreihen, die die Seite bedecken. Verblüfft blättert er weiter. Die Worte sind nicht seine. Die Handschrift auch nicht. Es ist, als hätte jemand einen aufwendigen Zaubertrick vollbracht. Wohin ist seine Geschichte verschwunden? Wo ist Elodie? Er dreht sich zu dem brennenden Gebäude um, getauft mit frischer Trauer.

Vorne in dem Buch liegt ein einzelnes Blatt Papier mit dem Briefkopf eines Hotels. Jean-Paul liest die Adresse im gedämpften Licht einer Straßenlaterne.

Das Hotel ist in der Rue des Canettes.

Guillaume geht durch die Straßen. An jeder Ecke drängt sich noch eine kleine Gruppe Menschen, die nach so viel Aufregung noch nicht ins Bett zurückgehen wollen. Er mustert jeden Einzelnen, sieht jedoch nicht das Gesicht, nach dem er sucht.

Suzanne hat nicht auf ihn gewartet.

Er sieht auf seine Uhr. Le Miroirs Schläger werden seine Flucht schon vor Stunden entdeckt haben. Er stellt sich die Wut des Rattengesichts vor und Claudes leise, hämische Freude. Der Riese Arnaud wird versuchen, seine Enttäuschung zu verbergen, dass er Gertrude Stein nun doch nicht kennenlernen wird.

Sie werden nach ihm Ausschau halten.

Guillaume schiebt die Hände in die Taschen. Der erste Zug an die Westküste fährt nicht vor dem Morgen. Die restliche Nacht liegt vor ihm. Er schlägt den Mantelkragen hoch und macht sich auf den Weg durch die Stadt zum Bahnhof. Nun also doch Montparnasse.

Camille Clermont lässt das *Le Chat Blanc* hinter sich. Die Nachtluft ist kühl auf ihrem Gesicht. In Erinnerungen versunken geht sie durch die engen Kopfsteinpflasterstraßen von Montmartre.

Dieser Abend vor neun Jahren, nach der Ostermesse in der Église Saint-Gervais.

Nach dem Abwurf der Bombe.

Olivier war dort, mit dem Chor.

Plötzlich stand er in der Küchentür, von Kopf bis Fuß von Staub und Schutt bedeckt, das Gesicht schmutzverschmiert. Er hielt ein Baby auf dem Arm.

Ich habe sie in den Trümmern gefunden, sagte er.

Zwei Tage lang fütterten sie die Kleine, wiegten sie, sangen sie in den Schlaf. Sie kamen überein, sie nach dem Osterwochenende an die Behörden zu übergeben.

Es wurde Montag, dann Dienstag, dann Mittwoch.

Camille konnte die Augen nicht von dem Kind abwenden. Olivier sah, wie sehnsüchtig seine Frau das Baby anstarrte.

Donnerstag, Freitag.

Sie nannten es Marie.

KAPITEL 42

AM MORGEN

»Marie!«

Camille steht mit in die Hüften gestemmten Händen in der Lobby des Hotels. Kurz darauf hört sie schnelle Schritte die Treppe herunterkommen. Sie sieht ihre hübsche Tochter mit der dunkelgrünen Schürze, und ihr Herz macht einen kleinen Satz.

»*Oui, maman?*«

»Wir haben einiges zu erledigen«, sagt Camille. Im Speiseraum ist das Frühstück in vollem Gang. Berthe schenkt Kaffee ein und nimmt Bestellungen auf. Manche Gäste haben bereits gegessen und werden gleich aufbrechen. Camille sieht sich kritisch um. Einen Tag nimmt sie sich frei, und schon liegt überall Staub. Sie deutet zur Rezeption. »Setz dich doch dahin. Ich bringe dir das Silber, das wir gestern nicht mehr poliert haben. Und du kannst die Zimmerschlüssel der Gäste entgegennehmen, wenn sie gehen. Du weißt doch noch, wie man sie an die entsprechenden Haken hängt?«

Marie nickt. Sie mag es, den Gästen beim Kommen

und Gehen zuzusehen. Sie holt zwei Kissen, damit sie hinter der Rezeption alles überblicken kann, dann klettert sie auf den Stuhl.

»Na, Marie? Bereit zur Arbeit, wie ich sehe!« Olivier kommt breit lächelnd hinzu. »Sie ist ein Naturtalent, was, Camille? Im Handumdrehen wird sie den Laden führen.«

Camille nimmt die Hand ihres Mannes und drückt sie. Er sieht zu ihr hinab und grinst. Er versteht nicht, wofür sie alles dankbar sein kann, und mit etwas Glück wird er es auch nie erfahren.

Sie hat Olivier nicht erzählt, was am Abend zuvor im *Le Chat Blanc* passiert ist. Sie hat ihm nicht erzählt, dass sie das Notizbuch gefunden hat oder dass es nun endgültig zerstört ist. Ihr fällt kein guter Grund ein, ihn aufzuklären. Er braucht nie zu erfahren, wie nahe sie der Katastrophe waren.

Bei ihrer Rückkehr ins Hotel war Olivier sowohl großmütig als auch selbstzufrieden und entschuldigte sich immer noch nicht im Entferntesten für sein Handeln. Camille war zu erleichtert, um sich sonderlich darüber zu ärgern. Sie legten sich ins Bett und hielten einander fest. Marie schlief im Nebenzimmer. Meine Familie, dachte Camille.

Jetzt stellt sie eine Schublade voll Messer und Gabeln auf den Rezeptionstresen. Marie setzt sich aufrecht hin. Sie poliert gern Silber. Es gefällt ihr, wenn die angelaufenen Stellen unter dem Putztuch wieder strahlen und alles wie neu aussieht. Camille sieht ihr zu, wie sie sich an die Arbeit macht. Sie sieht so ordentlich und erwachsen aus, wie sie da hinter dem Tresen sitzt. Marie hebt den Kopf und grinst ihrer Mutter zu.

Das Notizbuch ist endgültig vernichtet, denkt Camille.

Alles sieht aus wie neu.

Jean-Paul Maillard unterdrück ein Gähnen, während er langsam die Rue Saint-Sulpice entlanggeht. Er hat nicht gut geschlafen, hat sich die ganze Nacht im Bett herumgeworfen und vor Schuldgefühlen keine Ruhe gefunden.

Er versteht nicht, wie er das *Le Chat Blanc* mit dem falschen Notizbuch unterm Arm verlassen konnte.

Sein eigenes wird mittlerweile zu Asche verbrannt sein.

Elodie ist endgültig verloren.

Fast hätte er das andere Notizbuch weggeworfen, nachdem er das Versehen bemerkt hatte, doch sein eigener Verlust ließ ihn innehalten. Das Blatt Papier aus dem Hotel ist der einzige Hinweis auf die Herkunft des Buches. Vielleicht kann die Hotelleitung den rechtmäßigen Besitzer ausfindig machen. Er hat kein Wort darin gelesen. Es ist ihm egal, wessen Stift die Seiten beschrieben hat.

Es ist ein weiterer wunderschöner Tag in Paris. Jean-Paul biegt in die Rue des Canettes ein. Einen Moment bleibt er vor dem Hotel stehen, um die Adresse zu überprüfen.

Er schiebt die Tür auf und tritt ein.

DANKSAGUNG

Als *A Good American* 2012 erschien, habe ich gern die Geschichte erzählt, wie eine Spitzenlektorin in New York eine frühe Fassung des Manuskripts gelesen und abgelehnt hatte. Ein Jahr später, nachdem ich das halbe Buch umgeschrieben hatte, überzeugte mein Agent besagte Spitzenlektorin irgendwie, das Buch noch einmal zu lesen. Da kaufte sie es und zwang mich, die andere Hälfte auch noch umzuschreiben. Wer Amy Einhorn kennt, wird nicht überrascht sein. Sie hat mich immer wieder zurück an den Schreibtisch geschickt, bis endlich alles perfekt war. Für solche Lektoren sollten Autoren unendlich dankbar sein. Ich zumindest bin es. Es war mir eine Freude, zu Flatiron Books zu wechseln und wieder mit Amy zu arbeiten, diesmal an *An jenem Tag in Paris.* Und wieder hat sie mich gedrängt und angeregt, das Beste aus dem Buch herauszuholen, und dafür danke ich ihr sehr. Außerdem danke ich all den anderen brillanten Menschen bei Flatiron, darunter Marlena Bittner, Cristina Gilbert, Bob Miller und Conor Mintzer.

Wie immer haben Emma Sweeney in New York und Andrew Gordon in London mich fachkundig und unterstützend beraten und angeleitet.

Unendlich dankbar bin ich meinen unglaublich klugen und großzügigen Erstleserinnen: Pamela Klinger-Horn, Bibi Prival, Allison Smythe, Alexandra Socarides und Stephanie Williams.

Erst seit ich selbst Buchhändler geworden bin, kann ich wirklich nachvollziehen, welche Hingabe, wie viel Köpfchen man für ein Unternehmen braucht, das gleichzeitig unrealistisch und unverzichtbar ist. Buchhändler sind wahre Superhelden. Jeder einzelne verdient einen Umhang und ein eigenes Marvel-Franchise, und ich danke allen von Herzen. Ich bin so stolz und glücklich, einer von ihnen zu sein. Vor allem aber danke ich meiner Geschäftspartnerin Carrie Koepke. Ohne sie hätte ich mir nie vorstellen können, Skylark Bookshop zu eröffnen. Danke für alles, Carrie. Und natürlich geht auch ein herzlicher Dank an unser wunderbares Team: Becky Reed, Carol Putnam, Beth Shapiro, Faramola Shonekan, Erin Regneri und Chris Talley.

P. G. Wodehouse hat einmal ein Buch seiner Tochter Leonora mit folgenden Worten gewidmet: »… ohne deren nie versiegende Anteilnahme und Bestärkung dieses Buch in der Hälfte der Zeit fertiggestellt gewesen wäre.« So sind Familien eben manchmal, und das ist gut so. Alexandra Socarides und unseren Kindern – Hallam, Catherine, Archer und Nate – gilt all meine Liebe und Dank. Ich könnte mir keine bessere Ablenkung vorstellen.

ANMERKUNG DES AUTORS

Eine der Freuden des Schreibens sind die Reisen. Nicht der tatsächliche Akt des Verreisens, nein, sondern die Reisen, die man im Kopf unternehmen kann. Während der Arbeit an meinem letzten Buch, *Setting Free the Kites*, habe ich endlose Stunden an der Küste von Maine zugebracht, auch wenn ich weit weg vom Meer mitten in Missouri feststeckte. So war es auch bei *An jenem Tag in Paris*. In den letzten paar Jahren bin ich mit Vergnügen die Boulevards von Paris auf und ab spaziert, ohne dafür meinen Schreibtisch verlassen zu müssen. (Und das Beste: kein Jetlag!)

Es ist von Vorteil, dass ich die Stadt so gut kenne. Mit dreizehn bin ich dort aufs Internat gekommen. Zehn Jahre später bin ich zurückgekehrt und habe als Anwalt für eine internationale Anwaltskanzlei gearbeitet. Es war mir eine Freude, bei der Arbeit an diesem Buch einige meiner alten Lieblingsplätze noch einmal zu besuchen.

Doch über Paris zu schreiben ist nicht ganz einfach. Immerhin gibt es bereits mehr Bücher und Filme, die in der französischen Hauptstadt spielen, als Croissants in den Pariser Bäckereien. Das Wahrzeichen von Paris ist das bekannteste Bauwerk der Welt. Wie soll man da also eine Geschichte aus einer neuen Perspektive erzählen?

Zuerst einmal habe ich den Roman auf den Straßen und in den Parks angesiedelt, wo echte Pariser leben und arbeiten, weit weg von den berühmten Touristenattraktionen. (In all meinen Jahren in der Stadt habe ich den Eiffelturm kein einziges Mal besichtigt.) Dann habe ich entschieden, die Handlung ins Jahr 1927 zu verlegen. Damals explodierte die Stadt nach dem Ersten Weltkrieg geradezu vor brillanter Kreativität, unzählige Genies, deren künstlerisches Erbe bis zum heutigen Tag wirksam ist, lebten in Paris. Und schließlich, und vielleicht meiner eigenen Intuition widersprechend, habe ich der Anziehungskraft dieser ganzen Berühmtheiten widerstanden. Einige bekannte Namen tauchen im Buch auf, aber am Rand der Handlung, nicht im Zentrum. Als Autor orientiere ich mich an meinen eigenen Vorlieben, und ich selbst fühle mich von ruhigeren Geschichten angezogen. Deshalb habe ich die Aufmerksamkeit von all den strahlenden Genies abgelenkt. Meine vier Protagonistinnen und Protagonisten sollten ihre eigenen Geschichten erzählen.

Beim Stichwort »strahlendes Genie« muss ich kurz etwas zu dem Musikstück sagen, das an verschiedenen Stellen im Roman auftaucht. *Passacaille* ist der dritte Satz von Maurice Ravels Klaviertrio, das für mich eines der schönsten und unglaublichsten Stücke ist, die je geschrieben wurden. Eigentlich ist es als ein Trio mit Klavier,

Violine und Cello gedacht. Ich habe mir die Musik als reines Klavierstück vorgestellt, auch wenn ich es so noch nie gehört habe.

Camille Clermont basiert zu großen Teilen auf Marcel Prousts echtem Zimmermädchen Céleste Albaret, wobei dieser Roman keine exakte Wiedergabe von Célestes Leben sein soll. Einige biografische Details habe ich übernommen, mir jedoch auch bei nachprüfbaren Fakten große Freiheiten herausgenommen. Zum Beispiel war Céleste nach meinen Informationen Marcel Proust absolut und unerschütterlich ergeben, zu seinen Lebzeiten und auch danach. Doch als ich las, dass sie auf seinen Wunsch hin all seine Notizbücher verbrannt hat, hat sich der Romanautor in mir gefragt, was wohl passiert wäre, hätte sie seine Anweisungen nicht bis ins Letzte umgesetzt. Und mit dieser kleinen Frage begann die Reise.

Ein hochgelobter Gesellschaftsroman nach einem wahren Fall

Hier reinlesen!

Emma Flint

In der Hitze eines Sommers

Roman

Aus dem Englischen von
Susanne Keller
Piper Paperback, 416 Seiten
€ 16,99 [D], € 17,50 [A]*
ISBN 978-3-492-06160-5

New York 1965. Die beiden Kinder der alleinerziehenden Ruth sind verschwunden. Ihr eigenwilliger Lebensstil und ihre Männerkontakte werden der jungen Mutter zum Verhängnis, die Polizei zieht vorschnelle Schlüsse. Der Reporter Pete beginnt zu recherchieren. Immer klarer sieht er das falsche Spiel der Presse und die frauenverachtenden Machenschaften der Polizei. Bald schon zweifelt er an allem, was er zu wissen glaubte.

»Das subtile Porträt einer Frau in der Krise und der Männer, die sie verurteilen.« *The Times*

PIPER

Leseproben, E-Books und mehr unter **www.piper.de**

Der einzige Unterschied zwischen Medizin und Gift ist die Dosierung

*Cover- und Preisänderungen vorbehalten

Hier reinlesen!

Ambrose Parry

Die Tinktur des Todes

Roman

Aus dem Englischen von
Hannes Meyer
Pendo, 464 Seiten
€ 16,99 [D], € 17,50 [A]*
ISBN 978-3-86612-472-1

1847: Eine brutale Mordserie an jungen Frauen erschüttert Edinburgh. Der Medizinstudent Will Raven hat gerade seine Stelle bei dem renommierten Dr. Simpson angetreten, in dessen Haus bahnbrechende Experimente mit Betäubungsmitteln stattfinden. Dort trifft Will auf das wissbegierige Hausmädchen Sarah, das sofort ahnt, dass er ein dunkles Geheimnis mit sich trägt. Ihre gemeinsamen Ermittlungen führen sie in die dunkelsten Ecken von Edinburgh. Und nur, wenn sie ihre Vorbehalte überwinden, können sie lebend wieder herausfinden.

PENDO

Leseproben, E-Books und mehr unter **www.pendo.de**